SEXO
— *sem* —
Amor?

Universo dos Livros Editora Ltda.
Rua do Bosque, 1589 – Bloco 2 – Conj. 603/606
CEP 01136-001 – Barra Funda – São Paulo/SP
Telefone/Fax: (11) 3392-3336
www.universodoslivros.com.br
e-mail: editor@universodoslivros.com.br
Siga-nos no Twitter: @univdoslivros

VI KEELAND

SEXO
— *sem* —
Amor?

São Paulo
2019

Grupo Editorial
UNIVERSO DOS LIVROS

Sex, not love
Copyright © 2017 by Vi Keeland
© 2019 by Universo dos Livros

Todos os direitos reservados e protegidos pela Lei 9.610 de 19/02/1998.
Nenhuma parte deste livro, sem autorização prévia por escrito da editora, poderá ser reproduzida ou transmitida sejam quais forem os meios empregados: eletrônicos, mecânicos, fotográficos, gravação ou quaisquer outros.

Diretor editorial: **Luis Matos**
Gerente editorial: **Marcia Batista**
Assistentes editoriais: **Letícia Nakamura e Raquel F. Abranches**
Tradução: **Cynthia Costa**
Preparação: **Alexander Barutti**
Revisão: **Bárbara Piloto Sincerre e Mariane Genaro**
Arte e Projeto gráfico: **Valdinei Gomes**
Design de capa original: **Sommer Stein**, *Perfect Pear Creative, www.ppcovers.com*
Modelo de capa: **Fabián Castro**
Fotógrafo: **Rafael Catala**
Adaptação de capa: **Rebecca Barboza**

Dados Internacionais de Catalogação na Publicação (CIP)
Angélica Ilacqua CRB-8/7057

K34s

    Keeland, Vi
    Sexo sem amor? / Vi Keeland ; tradução de Cynthia Costa. – – São Paulo : Universo dos Livros, 2019.
    416 p.

ISBN: 978-85-503-0398-7
Título original: *Sex, not love*
1. Ficção norte-americana 2. Literatura erótica I. Título II. Costa, Cynthia

18-1897   CDD 813.6

Na vida, o mais importante não é vencer – é aquela pessoa para quem você liga para contar que venceu.

Capítulo 1

Natalia

– Você acha que há alguma relação entre ser inteligente e bom de cama? – eu disse. Traguei do toquinho que sobrou de papel enrolado e segurei a fumaça no pulmão ao passar o baseado para a minha melhor amiga. Pelo menos nesta rodada eu não tinha engasgado nem tossido por cinco minutos. Nenhuma de nós fumou maconha nos últimos dez anos, desde a época da escola. Parecia oportuno marcar o fim oficial da nossa juventude fumando esse, que Anna confiscou do seu irmão de dezesseis anos ontem.

– Estou prestes a me casar com um homem que cria robôs capazes de aprender como pensamos. É claro que vou dizer que caras inteligentes são os melhores na cama. Bom, o Derek consegue solucionar um cubo mágico em menos de trinta segundos. A vagina é bem menos complicada.

– Aquele amigo dele, o Adam, é fofo. Mas passou a última hora me contando sobre um algoritmo que ele está criando para um robô de inteligência artificial chamado Lindsey. A minha contribuição na conversa se resumiu a "nossa!" e "que interessante". Você pode dizer ao Derek que ele precisa arranjar amigos mais burrinhos?

SEXO SEM AMOR?

Anna tragou e falou enquanto tentava segurar a fumaça, o que fez com que a voz dela subisse duas oitavas.

– Ele estudou no MIT e trabalha em uma empresa de tecnologia… Vai ser difícil achar amigos burrinhos. – Ela me cutucou com o ombro. – É por isso que preciso que você se mude pra cá. Não aguento ficar cercada de gente inteligente o tempo todo.

– Que fofa você – suspirei. – O Adam até que é bonitinho, pelo menos.

– Então estou entendendo que é hoje que você sai dessa seca?

– Talvez amanhã à noite, logo depois do casamento – disse com um sorriso metido. – Se ele der sorte. Ainda estou no horário de Nova York. Hoje à noite já estarei caindo de sono na mesa quando estiverem servindo a sobremesa.

A futura noiva e eu estávamos nos escondendo do restante dos convidados do jantar de pré-casamento, atrás de um arco de treliça coberto por uma trepadeira, no pátio do restaurante. De repente, uma voz profunda e rouca me deu um susto, e quase derrubei o tal arco.

– Se ele der sorte, é? Você é tão bonita de frente como é de costas, ou é só convencida mesmo?

– Mas o que… – Virei para o homem vindo na nossa direção, no escuro. – Por que não vai cuidar da sua vida?

O cara deu mais alguns passos largos e pôs-se sob a luz do refletor de teto que Anna e eu estávamos tentando evitar. Meus olhos quase se esbugalharam. Alto, bem alto – eu tenho um e sessenta e dois e estava com um salto de doze centímetros, mas mesmo assim tinha de esticar o pescoço para olhar no rosto dele. Cabelo escuro, sensual, como se precisasse de um corte, mas que ainda assim ficava bem para ele. Pele bronzeada, mandíbula quadrada e bem definida, e uma barba rala que devia ter crescido em duas horas, de tanta testosterona que o cara exalava. Os olhos dele eram de um azul-claro que se destacava no rosto moreno e algumas ruguinhas marcavam a pele ao redor dos olhos, o que me fez pensar que ele devia sorrir com frequência. E *que sorriso*. Não era bem um sorriso completo – era mais como um sorrisinho dissimulado, de gato que acabou de engolir o passarinho.

Todo aquele conjunto de homem era meio que demais para absorver de uma só vez. Mas enquanto fiquei ali parada, muda, Anna o abraçou.

Tomara que ela o conheça mesmo, pensei, e não que esteja mais chapada do que eu imaginava.

– Hunter! Você conseguiu vir.

Ufa.

– Claro que sim. Eu não perderia o casamento do meu amigão. Desculpe o atraso. Estava em Sacramento a trabalho e tive de alugar um carro e vir dirigindo, porque cancelaram meu voo de hoje à tarde.

O lindo intruso olhou para mim. Começou pelos meus pés e foi subindo devagar e de um jeito inacreditavelmente grosseiro, mas ainda assim sedutor, fazendo uma varredura completa pelo meu corpo. Meus mamilos se enrijeceram enquanto eu assistia àqueles olhos azuis da cor de um entardecer enevoado passeando sobre mim.

Quando ele terminou, nossos olhares se encontraram.

– Ah, sim, você é.

Hein?

Ao notar a minha expressão confusa, Hunter me deu uma ajudinha para que eu entendesse.

– Você é tão bonita de frente como é de costas. Você está certa. O cara com quem você está planejando dormir é mesmo sortudo pra caramba.

Minha boca se entreabriu. Não consegui acreditar na empáfia do cara... Minha pele, porém, começou a formigar.

– *Adam* – disse Anna. – Ele é o par dela no casamento. Ela vai dormir com o *Adam* amanhã à noite.

Hunter estendeu a mão para mim, assentindo.

– Hunter Delucia. Você tem nome, linda? Ou posso te chamar de transa-do-Adam?

Por alguma razão inexplicável, senti na boca do estômago que não era uma boa ideia tocar a mão dele. O meu corpo e o dele nunca deveriam se tocar, nem uma vezinha. Mas apertei a mão dele.

– Nat Rossi – disse.

– Nat? Apelido do quê?

– Natalia. Mas ninguém me chama de Natalia.

Ele sorriu de novo.

– Muito prazer em conhecê-la, *Natalia*.

A mão dele continuou na minha enquanto ele voltava a atenção para a Anna.

– E por que o par da linda Natalia é o Adam e não eu?

Minha amiga soltou o ar com incredulidade. Ela estava mesmo chapada.

– Porque vocês dois se matariam.

Ele pareceu gostar daquela resposta. Estreitou os olhos e os virou para mim.

– Ah, é?

Senti a eletricidade faiscando entre a gente, embora algo me dissesse que essa eletricidade era o presságio de uma tempestade de raios. A última vez em que eu experimentara uma reação física tão forte tinha sido com o Garrett, e o buraco no meu coração ainda não tinha se fechado depois daquele raio.

– Você se lembra de quando o irmão do Derek, o Andrew, perdeu o emprego e começou a ter problemas de sociabilidade? – Anna perguntou a ele. – Ele começou a ficar trancado em casa, e fiquei com medo de que estivesse virando agorafóbico?

– Sim – disse Hunter. – Lembro. Faz alguns anos.

– Sugeri que ele procurasse uma terapeuta para ajudá-lo a superar aquela fase difícil, aqueles medos todos. E o que você falou?

– Falei que você estava maluca e que ele estava precisando de um chacoalhão para largar de ser preguiçoso e arrumar um emprego.

Anna sorriu.

– Pois a Nat é terapeuta comportamental. Ela trata pessoas com transtornos de ansiedade e trabalha para mudar os hábitos obsessivos.

Ele ergueu a sobrancelha.

– Isso existe?

Tirei a minha mão da dele.

– Existe. Eu trato, sobretudo, de pessoas com transtornos obsessivo-compulsivos.

– Vivendo e aprendendo. Achei que estivesse inventando essa porra.

– O Hunter é arquiteto – continuou Anna. – Ele cria projetos grandes, como shopping centers. Daqueles que derrubam todas as árvores do terreno para construir quilômetros de lojas Gap, Sephora... Ele que projetou aquele shopping que agora ocupa uma parte do parque que a gente frequentava quando era criança, o Parque Medley. Ele e o Derek são amigos de infância, mas não se veem tanto porque o Hunter viaja pelo país meses a fio por causa desses projetos.

O Sr. Moreno, Alto, Bonito e Sensual pareceu orgulhoso daquele currículo.

Sorri para ele com uma doçura fingida.

– Eu adorava aquele parque. Que bom que você aumentou a emissão de carbono do bairro às alturas e destruiu um pouco do nosso meio ambiente.

– Você é daquelas que abraçam árvore, é? A Anna deve estar certa. Nós nos mataríamos se formássemos um par.

– Hmmm... Eu quero cheesecake. Estão com sede? Eu tô morrendo de sede.

É. A Anna estava bem chapada.

– Nós nem jantamos ainda – lembrei.

– E daí? Vamos comer sobremesa. Venham!

Lambendo os lábios, ela entrou de volta no restaurante, sem a gente.

Hunter riu.

– Foi um prazer conhecer você, Natalia. E, se as coisas não rolarem com o Adam, que é chato pra cacete, estou no quarto 315 do hotel. – Ele piscou e se inclinou para sussurrar no meu ouvido. – A gente pode até se matar... Eu sempre quis morrer na cama.

– Estas cadeiras estão ocupadas?

Adam e eu estávamos acabando a sobremesa quando Hunter se aproximou e apontou para duas cadeiras em frente a nós. O casal que estava sentado ali tinha ido embora alguns minutos antes.

– Estão – menti.

Mas Adam foi bonzinho e me corrigiu:

– Na verdade, o Eric e a Kim estavam sentados aí. Eles se despediram agora há pouco, lembra, Nat?

Um sorriso largo e arrogante se abriu no rosto do Hunter. Ele puxou uma cadeira para a moça, o par dele no casamento, e se sentou bem na minha frente.

– Esta é a Cassie. Ela é uma deusa da tecnologia, formada pela Caltech. Você conhece o Adam, Cassie?

Adam demonstrou grande interesse:

– Conversamos rapidamente hoje à tarde. Mas não sabia que você trabalhava com tecnologia. Eu me formei no MIT. Trabalho com o Derek na Clique, com programação de robôs.

A conversa entre o Adam e a Cassie deslanchou. Nenhum dos dois percebeu a careta que fiz para o cupido de nerds. Eu me inclinei para a frente, sorrindo, e falei entredentes:

– Eu sei o que você está fazendo.

Hunter recostou-se na cadeira com um sorriso pedante de orelha a orelha.

– Não sei do que está falando.

– Não vai funcionar.

– Você é quem diz. Mas estarei aqui caso você precise de um reserva.

SEXO SEM AMOR?

Bebi o resto de café que estava na xícara e ajustei a parte da frente do meu vestido para mostrar um decote insinuante na medida certa. Daí peguei o guardanapo que estava sobre a mesa e o deixei cair discretamente no chão. Levando o garfo à boca, derrubei acidentalmente um pedaço de cheesecake dentro do decote.

Hunter observou toda a cena com interesse.

Inclinando-me, toquei no bíceps do Adam.

– Você tem um guardanapo? Eles devem ter levado o meu quando limparam a mesa, e acabo de fazer uma zona aqui.

Como o cavalheiro que era, Adam pediu licença a Cassie e virou para me dar atenção. Quando os olhos dele baixaram até o cheesecake no decote, eu soube no mesmo instante que tinha ganhado. Sorri, triunfante, enquanto o nerd me ajudava a limpar o decote. A cara feia do Hunter era como uma vitória.

Para ser sincera, durante o jantar eu já tinha decidido que não dormiria com o Adam – eu precisava sentir algum grau de atração física por um homem, mesmo que fosse para ficar com ele só por uma noite. Mas gostei de zoar com o Hunter.

– Fico com a mão furada quando estou cansada – contei a Adam. – E ainda estou no horário de Nova York. Acho que vou voltar para o hotel.

– Eu vou com você – ele respondeu imediatamente.

Quem era Cassie mesmo? Risos.

Mas Hunter não cedia facilmente – isso eu posso dizer por ele. Ficou em pé.

– Estou de carro. Posso dar uma carona para vocês dois. Está pronta para ir, Cass? Nós quatro estamos hospedados no Carlisle, imagino?

Sorri para o Sr. Insistente e dei o braço para o Adam.

– Estou com um carro alugado, então o Adam e eu podemos ir juntos. Mas obrigada por oferecer, *Tanner*.

– Hunter.

– Certo. – Sorri.

O hotel ficava a apenas um quilômetro e meio pela rodovia. Ao entrarmos, demos de cara com rostos conhecidos – amigos do noivo – no bar do lobby. Parecia que a festinha pré-casamento tinha passado do restaurante para o hotel. Quando passamos, um dos caras que reconheci gritou para o Adam ir beber com eles.

Ele me olhou antes de responder.

– O que você acha? Tá a fim de uma saideira?

– Na verdade, estou bem cansada… Fuso horário e tal. Mas vá beber com eles, sim. Divirta-se.

– Certeza?

– Sim, certeza. Vou desmaiar na cama.

Adam me deu um abraço rápido de boa-noite e eu segui para o elevador sozinha.

Eu estava mesmo exausta. A Anna e o Derek haviam reservado o andar mais alto de suítes para os hóspedes vindos de fora da cidade, e eu tinha esquecido que precisava inserir o meu cartão-chave no painel do elevador para ter acesso ao andar. Depois de apertar o botão várias vezes, finalmente me dei conta disso e comecei a vasculhar a bolsa para achar o cartão. Estava ocupada procurando quando ouvi aquela voz.

– Natalia.

Dei de cara com o sorriso metidinho do Hunter.

– Você...

– Eu – ele confirmou.

Olhei em volta da sua figura grande e imponente.

– Cadê a sua parceira?

Ele deu uma piscadela.

– Eu a larguei no bar com o seu parceiro, assim os dois podem se conhecer melhor.

– Você não vai ficar solitário? – eu disse sarcasticamente.

– Pode ser que sim. Mas tem um jeito de consertar isso.

– Vai resolver a questão com as próprias mãos, né?

Finalmente encontrei a chave do quarto na bolsa.

Hunter deu uma risadinha e a tomou da minha mão para inseri-la no painel. *Claro* que estávamos no mesmo andar, pois éramos convidados do mesmo casamento. Quando as portas se fecharam, o elevador, de repente, ficou pequeno para nós dois. O fato de o Hunter continuar de frente para mim quando o elevador começou a subir também não ajudou. Ele ficou me encarando bem de perto e o meu corpo reagiu à proximidade.

– Você não conhece a etiqueta de elevador? – perguntei. – Vire e fique olhando para os botões como uma pessoa normal.

– Por que eu perderia o meu tempo com botões quando posso apreciar uma vista muito mais bonita?

– Você sabe que não vou dormir com você.

– Por que não? Você ia dormir com o Adam.

– É diferente.

– Como assim?

– Eu já conhecia o Adam. Ele é um cara legal.

– Sou um cara legal.

– Eu não te conheço.

Hunter colocou as mãos nos bolsos.

– Hunter Delucia, vinte e nove anos, solteiro, nunca foi casado, sem filhos. Fez a graduação e a pós-graduação em Arquitetura na Berkeley. Cresceu na casa ao lado da do Derek, são amigos desde bebês. Ele pode lhe dizer que sou um cara bacana. Moro em Idyllwild, a uma hora de distância do feliz casal, em casa própria. Construí a minha casa e tenho muitas árvores no terreno – aliás, isso deveria me render alguns pontos extras. Fiz exames há um mês, estou supersaudável. E, o mais importante de tudo... – Ele deu um passo na minha direção; os nossos corpos estavam quase se tocando. – Acho você muito sexy. Tem uma química louca entre nós, e acho que temos que tirar proveito disso.

Engoli em seco. Felizmente, o elevador chegou e as portas se abriram. Eu precisava de ar que não cheirasse a Hunter Delucia, então passei pelo lado daquele homem-árvore e saí. Ele me seguiu. Quando parei abruptamente, me dando conta de que estava indo para o lado errado, ele quase me atropelou. As mãos dele me pegaram, os dedos pressionando o meu quadril para que eu não caísse de cara no chão.

– Opa. Você tá bem?

– Mas que coisa! Você quase me derrubou.

– Você empacou de repente.

– Se não estivesse colado em mim, não teria me atropelado.

Ainda estávamos no meio do corredor, e ele ainda estava segurando o meu quadril... e eu estava *gostando*. Jesus, fazia muito tempo que eu estava na seca. Mais de *dois anos*.

Os dedos apertaram mais um pouco e a cabeça dele se inclinou para sussurrar no meu ouvido.

– Seu cheiro é uma delícia.

Um fogo subiu pelo toque dele. Fechei os olhos. *Humm... Ele e o Derek são amigos de infância. Ele não pode ser um cara tão mau. Talvez...*

Felizmente, a chegada de outro elevador me salvou de cometer uma estupidez. Alguns amigos do Derek apareceram e não notaram o que estava acontecendo entre mim e o Hunter.

– E aí, Delucia! – Braços se apoiaram nos ombros dele. – Vamos beber no nosso quarto.

Recuperei os sentidos e aproveitei a oportunidade para escapar, praticamente correndo pelo corredor na direção do meu quarto. É claro que o meu quarto tinha de ser o último. Hunter gritou o meu nome enquanto eu colocava a chave na porta. Ignorei-o e entrei logo. Encostada no lado de dentro da porta, dei um suspiro de alívio.

O que diabos estou fazendo? Controle-se, Nat. Literalmente fugindo de um homem em vez de apenas dizer "não" e despistá-lo? Mas algo nele fez com que me sentisse inquieta e nervosa – como se eu precisasse sair correndo na direção contrária.

Uma leve batida na porta, contra a qual eu continuava encostada, me fez dar um pulo.

– Natalia.

Por que ele tinha de me chamar assim?

– Estou dormindo.

Ouvi a risadinha dele.

NATALIA

– Só queria dizer que estou no quarto ao lado. Até o hotel acha que devíamos dormir juntos.

Balancei a cabeça, mas sorri.

– Boa noite, Hunter.

– Boa noite, Natalia. Mal posso esperar para ver você amanhã.

Capítulo 2

Natalia

Uma equipe estava trabalhando na futura noiva ao som das ondas de Jack Johnson. A enorme suíte estava cheirando a lilases – fragrância preferida da Anna. Toda vez que passava pela rua das floriculturas em Nova York na primavera, eu esperava encontrá-la na próxima esquina.

Quando a Anna me viu entrar, ergueu a taça de champanhe para o reflexo no espelho.

– Puta que pariu, eu vou me casar!

Em geral, qualquer coisa relacionada a casamento fazia emergir o meu lado mais amargo e pessimista, mas, pela Anna, reprimi esses sentimentos. Peguei a taça da mão dela e sorri de volta.

– Puta que pariu, você vai se casar!

O cabeleireiro sorriu ironicamente e balançou a cabeça.

– Somos muito refinadas, sabe? – brinquei.

Dali a duas horas, a minha melhor amiga estaria se casando com um cara rico, bonito, jovem, especializado em tecnologia e que beijava o chão que ela pisava. Estava muito longe de ser aquele meu embuste de casamento.

SEXO SEM AMOR?

– Vi o Hunter seguindo você ontem – Anna comentou. – Do jeito que ele estava em cima de você, a coitada da Cassie não tinha nem como competir.

Eu precisava beber uma mimosa para conseguir falar daquele homem. Bebi o drinque da Anna e fui até o bar para encher a taça dela e pegar uma para mim.

– Você se lembra de quando eu tinha dezessete anos e fiquei a fim do Sr. Westbrook, o professor substituto de inglês?

– Como eu poderia esquecer? Ele tinha vinte e três anos e era maravilhoso.

– O Hunter... Bem, não sei o que pensar dele, pra ser honesta. Ele é safado, direto, insistente... e muito sexy.

– E lindo, financeiramente resolvido, seguro e MUITO sexy – Anna acrescentou.

Suspirei.

– Sim. Tudo isso. Mas tem algo nele... algo que não consigo dizer o que é... que o faz ser tão proibido quanto o Sr. Westbrook era.

Os olhos da Anna se dirigiram ao meu reflexo no espelho.

– Sério?

– Por que tá sorrindo, bobona?

– Ele é proibido porque te deu frio na barriga.

– Não deu, não – menti.

Nem sabia por que estava mentindo. Além do mais, o frio que ele me deu não era do tipo que costumava passar pela minha barriga... Esse frio eu senti um pouco mais embaixo.

– Deu, sim.

– Não deu, não.

– Então por que não ceder? Você acabou de dizer que o acha sexy. Você estava pensando em dormir com o Adam, e ele não é nem de longe sexy como o Hunter.

Eu me lembrei das mãos deles no meu quadril na noite anterior e o frio começou a descer de novo. A sensação, somada aos argumentos da Anna, provava uma coisa que eu não queria aceitar.

– Eu o acho metido demais.

– Você gosta de caras metidos. Aliás, todos os caras com os quais você saiu eram metidos.

– Exatamente. Chega de metidos.

Anna deu um sorriso sapeca e falou para o cabeleireiro:

– Certeza que ela vai dar pra ele.

Ele olhou para mim, depois para a Anna.

– Ô se vai.

Derek e Anna casaram-se sobre uma falésia com vista para o mar. Apesar do meu desdém pelo casamento enquanto instituição, chorei lágrimas de alegria. Notei mais de um padrinho com lágrimas nos olhos também. Um deles, em especial, prendeu a minha atenção. Depois da segunda vez que Hunter me pegou medindo o quanto ele estava lindo de terno e cabelo penteado para trás, consegui evitar contato visual pelo resto da cerimônia e durante a primeira hora da festa. Não foi fácil, considerando que estávamos próximos por sermos, os dois, padrinhos do casamento. Mas consegui.

Até o momento em que estava dançando uma música lenta com o pai da Anna.

– Posso interromper? – Hunter deu um tapinha no ombro do Mark. – Você está monopolizando a convidada mais linda.

O pai da Anna sorriu e apontou o dedo para o Hunter.

– Sorte a sua ter dito "convidada", pois hoje é a noiva, minha filha, a mais linda de todas.

Os dois homens trocaram tapinhas nas costas e acabei nos braços do Hunter. Diferentemente do Mark, que manteve o corpo a uma distância educada do meu durante a dança, Hunter usou uma das mãos para pegar a minha enquanto deslizou a outra pelas minhas costas e puxou o meu corpo para junto do dele. *Droga, que sensação boa.*

– Você está me apertando um pouco.

– É pra você não fugir de novo.

Joguei a cabeça um pouco para trás.

– De novo? Nunca fugi de você.

– Chame do que quiser, mas você tem me evitado como se eu tivesse algo contagioso.

Eu gaguejei:

– Você deve ter algo contagioso mesmo.

Ele me ignorou.

– Você está linda hoje. Gosto do seu cabelo preso.

– Obrigada.

Ele me puxou para mais perto ainda, o que me forçou a apoiar a cabeça no ombro dele, depois se inclinou para sussurrar no meu ouvido:

– Mal posso esperar para soltá-lo.

O cara tinha colhões, viu.

E por que, meu Deus, eu queria que ele realmente soltasse o meu cabelo?

– Você está doido. Desde que fomos apresentados, tudo o que você me disse foi inconveniente.

– Então só *você* pode falar dos seus planos de transar com alguém? Eu não posso?

– Eu não falei dos meus planos de transar com ninguém.

– Você estava falando para a Anna sobre dormir com o Adam quando nos conhecemos.

– Aquela era uma *conversa particular*.

Ele deu de ombros.

– Esta também é.

– Mas… – Fiquei perdida, em parte porque ele estava meio certo. Na minha cabeça, falar sobre dormir com alguém para uma terceira pessoa não tinha problema, mas era errado da parte dele falar de maneira tão direta para a pessoa com quem ele queria dormir. Não fazia muito sentido, mas me apeguei à seguinte lógica: – Você está sendo grosseiro. Eu não fui explícita. Não é o que você diz que é ofensivo, mas a maneira como diz.

– Então não gosta de falar sacanagem? Talvez você nunca tenha ouvido uma boa sacanagem.

– Já ouvi ótima sacanagem.

– Então você *gosta*?

O homem era impossível. Felizmente para a minha sanidade mental, e também para a minha resistência, a música que estávamos dançando terminou e o DJ anunciou a hora do jantar. Mas Hunter não me soltou.

– A música acabou. Pode me soltar.

– Dançamos de novo mais tarde?

Dei um sorrisão.

SEXO SEM AMOR?

— Sem chance.

É claro que o Hunter gostou da minha resposta. Ele riu e beijou minha testa.

— Aposto que você é um vulcão na cama. Tô ansioso pra ver.

— Aproveite a festa, Sr. Delucia.

Senti os olhos dele na minha bunda a cada passo que dei para sair da pista de dança.

Fazia menos de um ano e meio que eu estava legalmente solteira. Não tinha nenhuma intenção de me casar de novo, então, quando chegou o famoso momento de pegar o buquê da noiva, fiquei sentada no meu lugar. Mas é claro que Anna não me permitiria isso. Ela tirou o microfone da mão do DJ e exigiu que eu e algumas outras mulheres que estavam fugindo do ritual fôssemos imediatamente à pista de dança. Em vez de fazer cena, eu me conformei e fui, embora tenha ficado ao lado da pista, bem longe, sozinha. Não queria buquê nenhum.

O DJ incentivou o público a fazer a contagem regressiva enquanto Anna se colocava bem no meio da pista, de costas para as moças solteiras e animadas.

— Três, dois, um!

O buquê não voou por cima da cabeça da noiva. Em vez disso, ela se virou de frente e o jogou bem na minha direção. Por instinto, peguei o ramalhete de flores.

Grrrr! Quis matar a Anna.

Especialmente quando olhei ao redor e vi o Hunter me encarando com um sorrisão estampado no rosto ao mesmo tempo que estalava os dedos como se estivesse prestes a entrar em uma luta.

Dez minutos depois, eu estava ao lado da Anna vendo a pista se encher de homens solteiros ansiosos para pegar a liga[1] que o marido tinha acabado de arrancar da perna dela. Estava segurando um drinque forte de vodca com cranberry, para o caso de eu precisar de coragem líquida.

– Se o Hunter pegar essa bendita liga, mato você.

– Aqueles que protestam mais alto são os que têm mais a esconder.

– Aqueles que causam demais irritam os outros – rebati.

– Ele é um cara muito legal. Consigo imaginar gente bem pior colocando a mão por baixo do seu vestido.

– Se ele é tão legal assim, por que mesmo não foi o meu par no casamento?

Anna suspirou.

– Ele é inteligente, seguro de si e sedutor.

– E...

– E já faz quatro anos que o conheço e, toda vez que o vejo, ele está com uma mulher linda diferente. Pensei que, depois do Garrett, talvez você quisesse outro tipo de cara.

Virei metade do drinque ao ouvir o nome do meu ex-marido.

– Por que me sinto atraída por idiotas?

– Porque eles são atraentes. É em parte por isso que são idiotas. O Hunter não é nenhum traste. Não mesmo. E deve ser ótimo na cama. No seu lugar, para uma noite sem compromisso, eu optaria por ele em vez do Adam.

---

1 Nos Estados Unidos, frequentemente as noivas usam uma liga por baixo do vestido para trazer sorte e felicidade ao casamento. É tradição jogar a liga da noiva para os homens solteiros. (N. T.)

SEXO SEM AMOR?

Ela virou o rosto para mim e disse:

– O Hunter é para fazer sexo sem amor. Desde que você se lembre disso, aposto que ele vai fazer você subir pelas paredes.

Uma gritaria repentina desviou nossa atenção para o que estava acontecendo na pista. Tínhamos perdido o Derek jogando a liga, mas não tinha como perder aquele sorriso metido do homem que estava girando a liga com o dedo e olhando na minha direção.

– Não vai me dizer que vocês vão seguir aquela tradição da Costa Leste de fazer o cara que pegou a liga a colocar na perna da mulher que pegou o buquê.

Anna riu.

– Não, nem pensar.

Os drinques logo fizeram efeito. Depois daquela primeira vodca com cranberry que tomei durante a conversa com a Anna, peguei outra e virei rapidinho. O que significa que eu estava tontinha quando o DJ colocou uma cadeira no meio da pista de dança e anunciou meu nome. Derek e Anna também se aproximaram sob o olhar de todos os convidados.

– Por que não se senta, Nat? – disse o DJ, batendo no assento. – A nossa linda noiva convidou o cavalheiro que pegou a liga para escolher uma música. Vou tocar um trechinho para ver se você aprova. Afinal, é ao som dessa música que ele entrará debaixo do seu vestido.

O DJ apertou um botão no iPad dele e uma música fez tremer o ambiente – era "You Shook Me All Night Long", do AC/DC. Depois de dez segundos, apertou outro botão e a música parou. Falou de novo ao microfone:

– Então, o que acha? Nosso amigo aqui, o Hunter, escolheu a música certa para esta noite?

Balancei a cabeça negativamente enquanto os convidados riam e os olhos do Hunter brilhavam.

– Tá certo. Então talvez seja melhor você escolher a música. Você deve ter algo mais apropriado em mente.

Pensei por um momento, depois acenei para que o DJ se abaixasse e eu pudesse falar no ouvido dele.

Ele sorriu e apertou mais botões no iPad antes de falar para o Hunter:

– Estou começando a sentir uma tensão aqui. Talvez vocês estejam se comunicando pelas músicas?

Hunter olhou para mim e eu dei de ombros. O DJ colocou a música que escolhi. Foi "Ridin' Solo", do Jason Derulo, um verdadeiro hino à solteirice. Começou a ressoar no salão e Hunter caiu na gargalhada. Depois que todo mundo riu, o DJ disse à multidão que talvez fosse melhor ele mesmo escolher uma trilha sonora.

Então Hunter se apoiou no chão sobre um joelho só, ao som de "Single Ladies", da Beyoncé. Claro que ele sabia fazer um espetáculo como ninguém. Girou a liga no dedo indicador enquanto distribuía supersorrisos para a plateia. Em seguida, levantou o meu pé lentamente, beijou-o de leve e deslizou a liga até a minha panturrilha.

– Ah, será que temos um cavalheiro hoje? – o DJ perguntou com o microfone aos convivas. – Será que vai subir?

O brilho malvado nos olhos do Hunter me dizia que ele não pretendia ser um cavalheiro. Pelos próximos minutos, ao som de "Sobe! Sobe!" entoado em coro pela ala masculina da plateia de convidados,

SEXO SEM AMOR?

Hunter deslizou a liga mais alguns centímetros para cima. E ele não estava só deslizando a liga. Os dedos dele acariciavam lentamente a parte de dentro da minha perna conforme ia empurrando o tecido. Quando chegou à metade da coxa, ele apertou a perna para chamar a minha atenção, e os nossos olhos se encontraram.

Depois, as mãos dele continuaram subindo.

Odiei não ter colocado um limite. Odiei que as minhas mãos tivessem ficado quietinhas, uma de cada lado do meu corpo, e a minha voz – em geral mandona – tivesse parecido amordaçada. Mas a reação do meu corpo era impossível de esconder. Meus mamilos ficaram duros como pedra, minha respiração acelerou, minha pele toda se arrepiou. Fiquei com muito mais tesão do que deveria. E não foi só a mão dele que fez isso – foi o jeito de me olhar. Eu sabia que ele estava tão excitado quanto eu, e isso é o que me deixou louca.

Os dedos do Hunter subiram num ritmo lento e sensual, chegando ao topo da parte de dentro da minha coxa. Senti o calor da sua mão irradiando entre as minhas pernas.

Embora uma multidão estivesse nos observando, graças ao meu vestido longo ninguém conseguiria ver até onde ele tinha ido. E, apesar de toda aquela cena erótica ter se passado em câmera lenta para mim, a Beyoncé nem chegou a acabar de cantar para as *single ladies*.

Hunter deslizou de volta a mão até o meu joelho e o apertou ao se inclinar para me questionar:

– Não vá me dizer que fui o único a sentir isso.

O DJ pediu uma salva de palmas e Hunter me deu um beijo no rosto e ficou em pé, estendendo a mão para ajudar a me levantar. Eu ainda estava atordoada.

Anna pareceu preocupada.

– Você está bem?

Limpei a garganta.

– Preciso de um drinque.

– Que tal se formos nós quatro beber um drinque no bar? – sugeriu o marido da Anna.

Um drinque levou a dois, dois levaram a três, e três levaram a...

Capítulo 3

Natalia

Jesus, eu me sinto péssima.

Minha cabeça estava latejando, meus músculos doíam. Tinha uma poça no meu travesseiro, no qual eu devo ter babado a noite toda. Sem erguer a cabeça, dei uma olhada geral no quarto e vi minha mala sobre um móvel no canto – *aff, nem me lembrava de ter voltado para o meu quarto de hotel.* Mas estava feliz por estar ali, e não no quarto ao lado. Tentei puxar na memória a última coisa de que me lembrava. Eu pegando o buquê, Hunter pegando a liga, *a mão dele sob o meu vestido.*

Ai, meu Deus. Eu estava me sentindo péssima, mas ainda assim consegui arrancar outra lembrança de dentro de mim.

Lembrei-me de nós quatro a caminho do bar – eu, Anna, Derek e Hunter. Hunter brindou às três coisas de que mais precisamos na vida – uma garrafa cheia, um amigo fiel e uma mulher linda – *e àquele que tem tudo isso.* Lembrei de Anna e Derek sendo chamados para tirar fotos, e de Hunter pedindo outra rodada e me contando histórias de quando Derek e ele eram pequenos. Ele era naturalmente galanteador, mas também havia doçura na maneira como falava sobre o amigo.

SEXO SEM AMOR?

Depois disso, as coisas pareciam confusas. Eu não conseguia de jeito nenhum recordar como fui embora do casamento é como voltei ao hotel. Alcancei meu celular no criado-mudo para ver que horas eram. *Merda*. Eram quase dez horas, e o meu voo era às treze. Estava prestes a me arrastar para fora da cama quando um barulho me fez parar.

Foi quase como um ronco.

Um ronco grave e rouco.

Eu estava deitada de lado, então tive de virar para ver de onde vinha o som.

Congelei ao descobrir.

Congelei.

Tenho certeza de que o meu coração parou por um ou dois segundos. Um homem estava deitado na cama ao meu lado, de costas para mim. E, pela largura dos ombros, eu sabia que não era um homem qualquer. Mas eu precisava confirmar. Segurando a respiração, olhei por cima daquele corpão para ver o rosto. Era o Hunter, e ele roncou de novo. Pulei para fora da cama. Consegui me controlar e fazer silêncio para não o acordar.

Merda. O que foi que eu fiz?

Andei nas pontas dos pés até o banheiro, com o coração acelerado e o cérebro desesperado, tentando lembrar algo da noite anterior – qualquer coisa que envolvesse Hunter Delucia dentro do meu quarto.

Dentro de mim.

Foi pior do que a minha pior noite da época da faculdade. Como poderia não me lembrar de nada? Meu reflexo no espelho logo explicou: parecia que eu tinha sido atropelada. Meu cabelo preto estava embolado, metade preso, metade solto, com grampos caindo para todo lado. Minha pele, em geral clara, estava ainda mais pálida, e os meus olhos verdes estavam vermelhos e inchados.

Foi aí que finalmente olhei para baixo. Eu estava de camiseta e calça de moletom, mas por baixo ainda estava de calcinha e sutiã. Não me lembrava de ter me vestido; isso me fez parar para pensar sobre por que eu tinha me vestido. Uma vez que eu tirava o sutiã, não o colocava de novo. E não sou tímida com relação ao meu corpo – não era do meu costume me vestir inteira depois de uma noite de paixão.

Seria possível que nós tivéssemos dormido juntos *sem* fazer sexo?

Coloquei a mão por dentro da calça e toquei minhas partes íntimas. Não estavam nada doloridas. Mas essa não era uma prova cabal – vai saber se aquele homem gigante que estava roncando na minha cama não era tão dotado anatomicamente e fazia amor de modo gentil. Nenhuma das duas alternativas parecia plausível.

Procurei no lixo por sinais de uma camisinha usada e chequei as toalhas para ver se um de nós não havia usado alguma para se limpar. Nada. Mas, ainda assim, eu estava um desastre. Parecia que eu tinha passado a noite fazendo sexo selvagem...

Infelizmente – ou talvez felizmente – não tive tempo para refletir demais a respeito do que acontecera. Se não fosse para o aeroporto nos próximos quinze minutos, perderia o avião.

Depois de uma ducha rápida, eu me sequei e voltei na ponta dos pés para pegar a minha mala. Juntei as roupas, mas não encontrei a liga que tinha começado essa confusão toda e fiquei chateada de não poder guardá-la como lembrança.

Hunter ainda estava imóvel. Na verdade, ele estava roncando mais alto e regularmente. Corri para me vestir, fiz um rabo de cavalo e passei um pouco de hidratante no rosto antes de enfiar tudo na mala.

Estava prestes a escapar quando decidi que precisava saber o que ocorrera. Coloquei a mala para segurar a porta e caminhei silenciosamente até o lado do Hunter na cama.

É claro que, diferente da minha, a aparência dele estava tão boa quanto na noite anterior. Parei um pouco para admirá-la. O cabelo castanho-acobreado dele estava bagunçado, mas ainda mais sexy do que quando estava penteado para trás no casamento. Cílios volumosos e escuros emolduravam os olhos fechados em formato de amêndoa – olhos que eu lembrava serem de um azul-claro impressionante.

O ronco dele continuava regular, então respirei fundo e me aproximei. Ele estava sem camisa, mas será que estava de calça?

Mais um passo.

Parei de novo para admirar aquele rosto antes de fazer meu movimento final. Ele ainda estava dormindo profundamente. *Ou foi o que pensei...*

Estiquei a mão para pegar a pontinha do lençol e levantar com cuidado, depois me debrucei para ver o que havia por baixo.

Meu Jesus amado.

Ele estava de cueca boxer.

Mas... estava exibindo uma bela ereção matinal. Havia uma *grande* protuberância por baixo da cueca justa. Sem chance de aquilo tudo ter estado dentro de mim. Eu estaria ao menos um pouco dolorida.

Sentindo-me aliviada – e com uma estranha sensação de arrependimento depois de ver aquele anexo colossal –, baixei o lençol e me virei para sair. Uma mão grande agarrou o meu pulso.

– Você se lembraria, querida, pode acreditar.

A voz grave do Hunter incorporava um tom um pouco divertido.

– Eu... estava procurando uma coisa.

Hunter ergueu uma sobrancelha.

– Ah, é? O que você estava procurando?

– Meu sapato.

Os lábios dele se franziram.

– De que cor é?

Eu me esforcei para lembrar qual sapato trouxera para a viagem.

– Preto com uma fivela prateada.

Os olhos do Hunter se dirigiram para os meus pés. *Merda.*

Ele olhou de novo para mim.

– Encontrei pra você.

Olhei para os meus sapatos a fim de evitar o seu olhar intenso.

– Aff, que boba eu sou. Dormi demais, estou meio passada. Agora preciso correr, senão vou perder o meu voo.

Tentei me soltar, mas ele apertou o meu pulso com mais força.

– Você não vai a lugar nenhum antes de duas coisas.

– Duas coisas?

– Deixar seu telefone e me dar um beijo de despedida.

– Eu... eu... Você nem escovou os dentes.

Hunter deu uma risadinha. Ele parecia saber o que estava por trás de tudo que eu falava. Ele pegou o celular dele no criado-mudo e me entregou antes de levantar.

– Ainda tem pasta de dente no banheiro?

SEXO SEM AMOR?

– Aquela pequenininha do hotel.

– Eu escovo os dentes, você salva o seu telefone.

Enquanto ele estava no banheiro, hesitei em não colocar nada no celular dele. Eu não ia manter contato com um homem morando a cinco mil quilômetros de distância. Um cara como ele era a última coisa de que eu precisava. Mas aí pensei em alegar que tinha gravado mesmo o meu número, já que ele parecia sempre saber o que eu estava planejando. Então digitei o meu nome e o telefone, mas inverti os dois últimos dígitos.

E foi bom ter feito isso, porque a primeira coisa que Hunter fez quando saiu do banheiro foi ver se eu tinha digitado mesmo alguma coisa. Por sorte, ele não tentou me ligar. Satisfeito, jogou o telefone na cama e assentiu com a cabeça.

– Obrigado. Agora me beije.

Percebi que ele não ia me deixar ir embora sem isso. Então, como um sacrifício para não perder o avião, fiquei na ponta dos pés e dei um selinho nele.

Humm... Lábios macios.

(E refrescantes.)

– Bom... Foi um prazer conhecê-lo.

Virei em direção à porta, mas o Hunter agarrou meu pulso de novo.

– Falei para me beijar.

– E eu beijei!

– Beije como você me beijou ontem.

Antes que eu pudesse assimilar as palavras, Hunter me puxou para ele. Uma das suas mãos enormes apanhou a minha nuca, segurando firme para virar a minha cabeça na direção que ele queria. Depois, os lábios colaram nos meus.

O choque daquela sensação da boca dele contra a minha rapidamente passou quando ele começou a lamber os meus lábios para que eu os abrisse. A língua dele entrou fundo na minha boca, e ele gemia enquanto segurava a minha cabeça e intensificava o beijo. A vibração do som viajou entre nós e zuniu pelo meu corpo. A partir daí, a suavidade foi embora pela janela. Ele agarrou minha bunda, enchendo a mão, e ergueu meu corpo contra o dele, para que eu abraçasse a sua cintura com as pernas. Conforme ele nos espremia contra a parede, um senso de familiaridade me tomou. Eu não conseguia lembrar detalhes do beijo anterior, mas reconheci a sensação que ele tinha me causado.

O celular caiu da minha mão para que eu pudesse acariciar os cabelos dele. Naquela situação extrema, eu queria mais e mais. Um gemido saiu do fundo do meu peito e foi para entre as nossas bocas grudadas. Hunter se pressionou com mais força contra mim, a enorme ereção dele pressionada entre minhas pernas abertas. Ele se mexia enquanto me beijava, provocando uma fricção entre as duas camadas de roupa que me levou para um lugar ao qual eu não sabia que era possível chegar inteiramente vestida.

Era como se ele quisesse me engolir inteira – e, naquele momento, eu teria deixado. Meus seios estavam amassados contra o peito dele, e o coração batia descontrolado – não sabia se era o meu ou o dele. *Jesus, onde esse homem aprendeu a beijar assim?*

Eu estava sem fôlego e atordoada quando o beijo cessou.

Hunter chupou meu lábio inferior, puxando-o antes de largar minha boca.

SEXO SEM AMOR?

A voz dele estremeceu.

– Mude o seu voo. Não acabamos aqui.

Engoli em seco, tentando recuperar alguma compostura.

– Não posso.

Minha voz não passou de um sussurro. Foi o máximo que consegui.

– Não pode ou não quer?

– Não posso. A Izzy volta para casa hoje.

Hunter afastou a cabeça, deixando mais espaço para eu respirar e falar.

– Izzy?

– Minha enteada. Ela me odeia com todas as forças.

Capítulo 4

Hunter
12 ANOS ANTES

Droga. Eu tô indo para a faculdade errada.

Foi o dia mais quente de que me lembro. No carro, o rádio dizia que já estava fazendo quarenta graus, mas era a umidade incomum para Los Angeles que tornava o clima insuportável. Como faltavam algumas horas para encontrar com o meu irmão e eu não conhecia o campus, sentei em uma escada de tijolinhos de frente para uma fonte, em um campo bem aberto, na esperança de que lá fosse bater pelo menos uma brisa. A brisa não deu as caras, mas uma coisa muito melhor aconteceu. A garota mais linda que eu já vi caminhava em direção à fonte circular. Tirou os sapatos, sentou na beirada e pulou na água. Ela mergulhou e voltou para pegar ar, tirando o cabelo loiro encharcado do rosto.

As pessoas que passavam espiavam, mas ela não parecia notar ou ligar. Boiou de costas naquele meio metro de água. O sorriso no rosto dela era contagiante, e fiquei hipnotizado ao assistir. Fazia quase um mês que minha mãe tinha morrido, e parecia que fazia um século que não me sentia feliz e livre daquele jeito.

SEXO SEM AMOR?

Após alguns minutos, a menina se sentou na beirada e me olhou.

– Você vai entrar aqui comigo ou vai ficar olhando que nem um pervertido?

Olhei em volta para ter certeza de que ela estava falando comigo. Não havia mais ninguém ali. Então levantei e caminhei até a fonte.

– Esse é o ritual de iniciação de alguma fraternidade?

Ela sorriu.

– Vai se sentir melhor se eu responder que sim? Porque você estava me olhando dali como se eu fosse louca.

– Eu não estava olhando como se fosse louca.

– Para mim, pareceu que sim.

Tirei os sapatos e entrei na fonte.

– Eu estava olhando e me perguntando se você sempre sorri assim, ou se ficou tão feliz porque estava se refrescando.

Ela inclinou a cabeça para o lado, como se estivesse me estudando.

– Por que não estaríamos felizes? Estamos vivos, não estamos?

A água fresca estava uma delícia. Ficamos boiando um tempo em silêncio, sorrindo toda vez que os nossos olhares se cruzavam.

– Meu nome é Summer – ela disse.

– Hunter.

– Você gosta de calor?

– Não nesse nível.

– Hunter, de qual estação você mais gosta?

Eu dei um sorrisinho.

– De *summer*, claro – brinquei com a palavra em inglês. – Do verão.

Ela nadou até a beirada e apoiou os cotovelos sobre o cimento, assistindo ao chafariz que espirrava água sem parar bem no meio da fonte. Eu a segui e fiquei ao lado dela, tentando não olhar para os mamilos aparecendo através da camiseta molhada. Não era uma tarefa fácil.

Summer virou para mim:

– Você estuda aqui?

– Não. Meu irmão que estuda. Vim passar o fim de semana com ele. E você, estuda aqui ou só vem para se refrescar na fonte?

O sorriso dela era ofuscante como o sol.

– Estudo aqui. Artes.

Ela pegou impulso no peitoril e nadou para o outro lado da fonte. Assisti, intrigado pelos gestos aleatórios dela. Quando parou de novo, fez uma concha ao redor da boca para gritar para mim, embora a fonte não fosse tão grande.

– Verdade ou desafio?

A menina era louca. E linda. Quem diria que louca e linda podia ser uma combinação tão sexy?

– Verdade! – gritei de volta.

Ela fez uma careta fofa pra cacete enquanto batia o dedo indicador no queixo, pensando. Quando finalmente decidiu o que ia perguntar, o rosto dela se acendeu, ficando tão brilhante que só faltou aparecer uma lâmpada acima da cabeça dela. Ri comigo mesmo.

– Qual é a coisa de que você tem mais medo? – ela gritou.

A resposta normal seria da morte, já que eu acabara de perder minha mãe. Ou talvez eu devesse ter dado uma resposta genérica, como de aranha ou de altura. Mas, em vez disso, fiz o que sempre me trazia problemas: responder com honestidade, sem filtro.

– De sofrer por amor.

Capítulo 5

Natalia

Meu celular tocou quando eu estava prestes a descer as escadas da estação para pegar um trem para o centro da cidade. Ao ver que era a Anna, subi de novo até a calçada, para não perder o sinal. Eu não estava com pressa para chegar em casa.

– Olá, Sra. *Grosso*.

Ela suspirou.

– Algum dia você vai conseguir dizer o meu novo sobrenome sem cair na risada?

– Não contaria com isso se eu fosse você. Ainda não tô acreditando que você trocou Anna P. Goodwin por Anna P. Grosso.

– Vou ignorar as suas piadinhas ridículas porque estou em clima de lua de mel.

– Piadinhas ridículas? E eu que pensei que o sobrenome do seu marido fosse um bom sinal.

Ela riu.

– Estou a caminho do aeroporto, vamos embarcar para Aruba. Mas antes queria lhe falar uma coisa.

– O quê?

– O Hunter está enchendo o saco do meu marido para ele dar seu telefone. Ele disse que você deu o número para ele, mas que deve ter digitado errado. Será que você digitou errado?

– Não. Eu dei o número certo... da Eden.

– Eden? Não me diga que você ainda distribui telefones de disque-sexo aos vinte e oito anos de idade.

– Claro que não.

– Então quem é Eden?

– É uma acompanhante que, por coincidência, tem um número de telefone parecido com o meu.

Anna deu um suspiro.

– Então estou entendendo que você não quer que o Hunter tenha seu telefone real?

– Ele é um playboy que vive a cinco mil quilômetros daqui. Pra quê?

– Tem razão. Mas ele é um cara bem bacana. Achei que vocês tiveram muita química.

– Experimentos químicos levam a explosões.

– Tá. O Derek não vai dar o seu número, apesar do fato de o Hunter estar enchendo o saco dele há dias. – Ela respirou fundo. – E como a Izzy está? Passou uma boa semana com a avó?

– Ela disse que nunca mais vai voltar para lá. Detesto admitir, mas me senti um pouco melhor quando soube que a Izzy também não gosta dela.

– Vocês precisavam de férias uma da outra.

A minha enteada, Isabella, mora comigo há dois anos. Bom, tecnicamente, eu poderia dizer que ela mora comigo há três, pois o

Garrett e eu ganhamos a guarda dela quando a ex-mulher dele faleceu. Izzy perdeu a mãe para o câncer quando estava no oitavo ano. Depois, na metade do nono ano – dia 31 de outubro, para ser exata –, ela perdeu o pai também. Só que dessa vez não para uma doença. No meio da festa de Halloween que havíamos organizado, o meu marido foi preso por estar envolvido em um esquema de pirâmide na reconhecida firma de investimentos dele. Na ocasião, ele estava vestido de pirata – nada mais irônico.

– Sim, precisávamos dessas férias. Ela até que tem sido educada comigo desde que voltei. Mas isso vai mudar. Domingo é dia de visita. O mau humor dela em geral atinge o auge na semana seguinte à visita à cadeia. E, neste mês, escrevi uma carta pedindo para ele contar que ela terá de sair da escola particular no ano que vem, porque não consigo mais pagar. Então acho que ela ficará especialmente chateada.

As nossas peregrinações mensais para o norte do Estado sempre eram difíceis. Como o estado de Nova York não permite que menores desacompanhados visitem presidiários, eu era obrigada a ver meu ex-marido todo mês para que a filha dele, que me odeia, pudesse ver o papai amado dela.

– Você vai para o céu por levá-la lá todo mês.

– Espero que não. Ficaria solitária sem você.

Ela riu.

– Preciso correr. Estamos indo para o terminal de embarque.

– Façam ótima viagem! Não engravide. Não estou pronta para ser tia ainda.

– Diz a mulher que cria uma adolescente de quinze anos.

– Pois é, digo por experiência própria.
– Te amo. Te ligo na volta.
– Te amo também, Anna P. Grosso.

– Sra. Lockwood? – o guarda penitenciário chamou sem tirar o olho da prancheta.
– Pronta? – perguntei a Izzy.

Ela tirou os fones de ouvido e foi guardar as coisas dela em um armário. Enquanto eu deixava todos os itens que eram proibidos no carro, Izzy não conseguia ficar sem os fones de ouvido na curta espera para ver o pai. Ai de mim se tentasse começar uma conversa com ela. Izzy "tapava" os ouvidos vinte e quatro horas por dia, sete dias na semana, como a maioria dos adolescentes da idade dela.

Fui até a mesa do guarda. Era um cara que eu nunca tinha visto antes.

– Meu nome é Natalia Rossi, estou visitando Garrett Lockwood. Vocês chamaram Sra. Lockwood, mas o meu sobrenome agora é Rossi.

Ele folheou os papéis na prancheta.

– Na lista de visitantes permitidos consta Natalia Lockwood, esposa. Não é você?

– Sim. Bom, na verdade, não. Era, quando comecei a vir. Mas agora nos divorciamos, e meu nome voltou a ser Natalia Rossi, que é o nome que está no meu documento e que eu assinei aí no papel.

– Você tem que falar para o detento atualizar a lista de nomes.

E eu fazia isso toda vez que ia lá. Mas o babaca se recusava a escrever o meu nome sem o sobrenome dele.

– Não tem uma ficha que eu mesma possa preencher?

– Só o detento pode pedir uma permissão de visita.

Que ótimo.

– Eu teria ficado com o sobrenome Lockwood – disse Izzy atrás de mim. Eu não tinha percebido que ela já havia guardado as coisas. – É mais bonito que Rossi.

Mordi a língua para não responder que até Grosso seria um sobrenome melhor do que o daquele ladrão mentiroso. Izzy e eu fomos levadas a uma sala onde algumas outras pessoas também esperavam, até nos levarem à sala de visitas. Garrett já estava lá. Ele se levantou ao nos ver e abriu aquele sorrisão capaz de arrancar milhões de dólares de centenas de investidores – e, de mim, as roupas e a dignidade.

Os olhos dele colaram em mim conforme nos aproximávamos, embora a filha dele estivesse quase correndo para abraçá-lo. Só um breve abraço era permitido no início da visita. Naquele momento, Izzy deixava transparecer a menina frágil que era. Com ares de "estou pouco me lixando", ela fazia o máximo para disfarçar, mas, por dentro, ainda era uma garotinha que perdera a mãe *e* o pai. Ela idolatrava o Garrett, mesmo com tudo o que ele fizera.

Depois do abraço, ele tentou me cumprimentar. Dei um passo para trás e só fiz um sinal com a cabeça.

– Oi, Garrett.

– Oi, Nat. Você está linda.

– Vou pegar algo para beber. Quer alguma coisa, Izzy?

Ela nem virou para responder que não.

Menores tinham de estar acompanhados por um responsável nas visitas. Mas nada me obrigava a sentar lá com o meu ex-marido. Eu só estava ali pela filha dele, mesmo que ela não fosse grata pela minha presença todo mês. Fui até a máquina e comprei uma garrafa de água. Depois me sentei a uma mesa vazia, do outro lado da sala.

Durante uma hora, olhei para Garrett e Izzy algumas vezes para ver se estava tudo bem com ela. Odiei quando os meus olhos se fixaram no rosto dele por alguns instantes. Não me dei conta de que o estava encarando. Mesmo depois de dois anos na cadeia, mesmo com a pele pálida e olheiras, ele ainda era um homem bonito. Mas eu tinha aprendido, da pior forma possível, que um rosto bonito não significa nada quando se tem um coração feio.

Quando o guarda avisou que o horário de visita estava no fim, caminhei até a Izzy. Poderia ter esperado na porta, mas não queria que ela se despedisse dele e saísse andando sozinha.

Garrett sempre usava os momentos da chegada e da saída para me manipular.

– Será que posso trocar uma palavrinha com você, Nat? Izzy, nós vamos falar um pouquinho de dinheiro.

Esperei até que ela se afastasse o suficiente para não ouvir.

– Você disse a ela? – perguntei.

– Não era a hora certa.

Meus olhos se arregalaram.

– Você só tem uma hora por mês. Não pode se dar ao luxo de ter uma "hora certa".

Os olhos dele baixaram para o meu colo.

– Lembra-se de quando estávamos na lua de mel, e você...

Eu o interrompi.

– Nós não vamos falar do passado. Volte à realidade. Você está prestes a voltar lá para dentro e precisa falar para a sua filha que gastou o dinheiro das mensalidades escolares dela. Eu não tenho como pagar 25 mil dólares por ano para ela continuar na escola particular.

– Estou dando um jeito nisso.

– *Daqui da prisão?* – eu me indignei. – Não me faça ter de falar para ela. A Izzy já me odeia. Você precisa segurar essa barra.

Ele fez um gesto para me tocar. Levantei a mão.

– Nem pense. Você não consegue nem fazer *isso* por mim.

– Tô com saudade de você, Nat.

Puta que pariu, será que ele estava me ouvindo?! Levantei as mãos em sinal de frustração.

– É inútil.

Virei as costas e acompanhei a minha enteada até a saída do presídio estatal, jurando para mim mesma que nunca mais voltaria... como eu fazia todo santo mês.

Capítulo 6

Natalia
9 MESES DEPOIS

– A que horas é o chá amanhã?

Anna nem me disse oi antes de fazer a pergunta, assim que atendi ao telefone, às oito da manhã do sábado.

Dei uma chacoalhada na cabeça ao virar na cama com o celular no ouvido.

– Ora, tome chá a hora que quiser. Estou dormindo.

– Será no Magnólia?

– A gravidez afetou o seu cérebro. Do que você tá falando?

– Não se faça de desentendida. Eu vi na agenda da minha mãe. E sei que você não faltaria ao meu chá de bebê. Faz tanto tempo que não nos vemos, e você me ama demais para não vir.

Sentei e esfreguei os olhos.

– Por que você estava xeretando na agenda da sua mãe?

– Para descobrir algo sobre o chá de bebê, ué!

– Você é uma chata. Não dá para não estragar a surpresa?

– Bom, não consegui descobrir onde vai ser. Por isso estou ligando para você.

SEXO SEM AMOR?

Eu me empurrei para fora da cama e me arrastei até a cafeteira. Estava fingindo como se estivesse concorrendo ao Oscar.

– Anna... eu sinto muito. Domingo é dia de visita da Izzy, e não consegui adiar.

– Ai, meu Deus. Como a minha quase irmã não conseguiu coordenar o dia do chá com o dia da visita à prisão?

Pois eu tinha coordenado direitinho.

– É, o mundo não pode girar em torno do Garrett. Desculpe, querida. Mas também não vou à prisão, na verdade. Estou atolada de trabalho e queria tirar alguns dias mais para a frente, quando o gordinho já tiver nascido, assim posso passar alguns dias com vocês.

Quando ouvi a voz dela, me senti um pouco mal por estar mentindo.

– Mas eu estou com saudade... e não posso fazer uma festa sem você. Lembra-se de quando tentei fazer isso no nono ano? Usei aquela roupa horrível, com uma calça de gancho tão baixo que ia até o meu joelho e um laço enorme na cabeça? Acabei beijando o Roger Pinto. E os colegas começaram a me chamar de Anna Laça-o-Pinto, o que não era de todo mau... até uma semana depois, quando terminei com ele. Ele ficou bravo comigo e disse para todo mundo que eu tinha feito um boquete nele na festa. Daí virei Anna-Chupa-o-Pinto. Pelo amor, você precisa vir. Não posso fazer uma festa sem você!

Tive de sufocar o riso porque ela parecia realmente apavorada, mesmo que o argumento fosse ridículo. Anna estava à beira de um ataque de nervos agora que a data do parto estava chegando. Mesmo que eu nunca tivesse passado por uma gravidez, lembro-me de quando uma reviravolta na minha vida fez com que me sentisse assim também.

– Me mande uma foto da roupa que escolher que eu avalio para você. Também tenho bastante certeza de que você não beijará nenhum homem além do seu marido na festa. Vai dar tudo certo. Vamos fazer uma chamada de vídeo durante a festa para eu sentir que estou aí com você.

Ouvi o bico que ela fez.

– Tá. Mas já aviso que você terá de ficar aqui no mínimo uma semana quando vier depois do nascimento. E terá de trocar todas as fraldas de cocô.

Eu ri.

– Ok, combinado. Mas agora preciso ir. Tenho de estar em um lugar daqui a uma hora.

No aeroporto.

– Mas você vai me dizer pelo menos onde será o chá, já que você nem estará lá?

– Tudo bem. Mas só porque você parece estar nervosa. Será na sua casa – menti ainda mais. E por que não? Eu estava indo muito bem! – O Derek vai levar você para almoçar e vai fazer você pensar que está indo para o chá. Quando você voltar, puta porque não terá chá nenhum, todos estarão aí. Por isso, sorria ao entrar em casa.

– Ai, meu Deus. Obrigada. Você tem razão, eu ficaria decepcionada voltando para casa. Ok, vou deixar você ir para o seu compromisso. Ligo para você amanhã, durante o chá na minha casa!

Depois de desligar, terminei de fazer a mala e tentei acordar a Izzy de maneira bem-humorada. Pisquei a luz do quarto dela e disse:

– Acorda e arrasa, linda. Será um grande dia.

Ela cobriu a cabeça com o lençol.

– O que o dia terá de grande?

– Bom, o sol está brilhando e você não precisa ir à escola.

– Odeio sol. Estraga a pele e dá rugas quando você fica velha – ela disse debaixo das cobertas. – E preferiria ir para a escola a ir para a casa da vovó. Não sei por que você precisa viajar tanto.

Viajar tanto. Um pouco dramático, já que fazia nove meses que eu tinha deixado a Izzy para ir ao casamento da Anna na Califórnia. Desde então, eu tinha ficado com ela quase todas as noites.

– Ahhh... Você está chateada porque vai ficar com saudade de mim, né?

– *Grrrr.*

– Vou deixar você levantar com calma e vou fazer crepes de Nutella. – Eu tinha de apelar para a prática do suborno para fazê-la se sentar à mesa e conversar comigo.

– Tá – era o jeito adolescente de dizer "vá se foder".

Quinze minutos depois, ela não conseguiu resistir ao cheiro de creme de chocolate com avelãs que invadiu o quarto. Coloquei os crepes em um prato e os exibi na frente dela.

– Também trouxe cápsulas descafeinadas do Starbucks para você. Quer que eu faça um café?

– Eu ia preferir com cafeína.

Abri uma cápsula e fiz café para ela.

– E eu ia preferir que duendes lavassem a roupa para mim, mas vou ter de me contentar em levar o cesto de roupa suja até a lavanderia, no porão.

– Quando o meu pai estava aqui, a empregada lavava a roupa.

A Izzy preferia lembrar apenas as coisas boas da época com o pai dela. Mas, em vez de dizer que a empregada era paga com as economias de famílias enganadas que haviam confiado ao pai dela os seus investimentos, eu simplesmente disse:

– As coisas mudam.

Depois de preparar a bebida descafeinada, sentei com ela à mesa, com a minha segunda caneca de café normal.

– Estarei de volta para o seu jogo na terça à noite. Se por algum motivo eu me atrasar, a mãe da Marina vai me mandar o placar por mensagem.

Ela deu de ombros.

– Vou começar no time titular. Mas não tem problema se você não conseguir ir.

– Nada disso, claro que tem problema. Quando foi que uma aluna do ensino médio entrou pro time universitário de basquete da Beacon?

Ela tentou disfarçar, fingindo que não ligava, mas deu para perceber nos olhos dela.

– Nunca.

– Pois é, eu quero muito ver você não só começando no time universitário, mas arrasando na quadra.

Ela tomou o café da manhã de maneira relativamente calma depois disso. Enquanto eu descarregava a lava-louças, ela me surpreendeu iniciando uma conversa. Por dois anos, quase todas as conversas haviam sido iniciadas por mim.

– Você vai sozinha para a Califórnia?

– Claro. Com quem eu iria?

Ela desviou o olhar.

– Com aquele cara com quem você saiu na semana passada.

Parei de tirar os pratos da máquina para dar atenção total a ela.

SEXO SEM AMOR?

– Não, foi só um encontro. E acho que não vou sair com ele de novo.

A voz dela se animou.

– Por causa do papai?

– Não, minha linda, não por causa do seu pai. Com quem eu saio ou deixo de sair não tem nada a ver com seu pai. Não rolou química com o Brad.

– Ele é feio.

Havia pouco tempo que eu me obrigara a voltar a sair com outros homens. Nem sempre eu tinha tempo, mas, quando tinha, tomava cuidado para que eles não cruzassem com a Izzy.

Ergui a sobrancelha.

– Como sabe da aparência dele?

– O site de namoro estava aberto quando você me emprestou o computador.

– Ah. Desculpe.

– Ele não é o seu tipo.

Tradução: ele não se parecia com o pai dela.

– Estou tentando mudar de tipo.

– Por quê?

A verdade era que eu estava tentando evitar os homens lindos que me deixavam louca e burra. E a Izzy era inteligente o suficiente para entender o que eu queria dizer. Eu tinha jurado para mim mesma não falar mal do pai para ela, mesmo quando parecesse irresistível. Toda garota tem de ter a liberdade de idolatrar o pai e tomar as próprias decisões quando crescer. Um dia a Izzy talvez se desse conta de quem o Garrett realmente era, mas não seria eu quem abriria os olhos dela.

– Para ser sincera, acho que era exigente demais quando era

mais nova – disse a ela. – Se um menino não fosse muito bonito, eu nem dava uma chance. Julgava o livro pela capa, por assim dizer. Agora que estou mais velha, estou me dando conta de que posso ter deixado passar homens incríveis. Então estou tentando não focar nas características bobas em que eu focava antes.

Izzy ficou calada por um momento, depois disse:

– Meus amigos tiram sarro desse menino, o Manu. Bom, primeiro porque o nome dele é *Manu*, e o nariz dele é meio grande. Ele se mudou da Índia para cá no ano passado. Está na minha turma de pesquisa científica e joga no time masculino de basquete. Mas ele é legal e me faz rir...

Uau. Fiquei atordoada ao ouvir Izzy finalmente compartilhar algo comigo.

– É. Adolescentes podem ser cruéis. Bom, adultos podem ser cruéis também. Mas fico feliz que você seja amiga do Manu.

Ela baixou os olhos, e me toquei de que ela estava me contando algo mais.

– Izzy, você gosta desse menino... como namorado?

O pouquinho que ela tinha se aberto para mim se fechou de novo.

– Eu não disse isso.

– Tudo bem se você gostar. Você tem quase dezesseis anos. Eu já me interessava pelos meninos quando tinha sua idade.

Ela arriscou uma olhadela na minha direção.

– Meu pai disse que só posso namorar com vinte e um anos.

Peguei a mão dela para que ela prestasse atenção.

– Nunca vou falar para você ignorar algo que seu pai disse. Ele é seu pai, e todo conselho que ele lhe der merece consideração. Mas tudo o que acontecer aqui na nossa casa, desde que sejamos sempre

SEXO SEM AMOR?

sinceras uma com a outra, só diz respeito a nós duas. Precisamos confiar uma na outra sobre essas coisas. Assim como contei sobre o meu encontro com o Brad. Estamos juntas nessa, Izzy.

Ela desviou o olhar, mas fez que sim.

Era mais do que ela me oferecia em geral.

– Vou terminar de fazer a minha mala para ir para a vovó.

Sorri.

– Ok. Vamos sair daqui a meia hora. Vou deixar você na casa dela a caminho do aeroporto.

A meia hora virou uma hora. Como estava atrasada, me despedi da Izzy à porta da casa da mãe do Garrett.

– Juízo, hein. Só vou ficar fora por alguns dias.

– Tá.

– Ah, e agora estou no Snapchat também. Aceite o meu pedido de amizade… ou seja lá como funciona. Assim podemos trocar mensagens e fotos.

Izzy ficou horrorizada.

– Por favor, não. Não vou te adicionar no Snapchat.

– Por que não?

– Porque não é um bom lugar para se comunicar com a mãe.

Com a mãe. Ela nem se deu conta do que disse. E talvez estivesse fazendo uma generalização, mas decidi entender como algo mais significativo. Voltei até ela e a abracei com força.

– Eu te amo, Isabella.

O rosto dela se suavizou por um momento antes de ela se blindar novamente.

– Nem vem que eu não vou te adicionar.

Desci pelo jardim. A mãe do Garrett sorriu e assentiu com a cabeça.

– Mando uma mensagem quando desembarcar – avisei.

– Você vai para Los Angeles. Me mande fotos de celebridades, ou de caras gatos, pelo menos – ouvi a Izzy dizer.

– Ah, isso aí eu só posto no Snapchat. Você vai ter de me seguir para conseguir ver! – gritei ao entrar no táxi, que estava esperando.

Fechando a porta, acenei uma última vez e murmurei para mim mesma:

– Além disso, você passará longe dos caras gatos, né, Nat?

Famosas últimas palavras.

Capítulo 7

Natalia

Chegar ao aeroporto de Los Angeles sempre me divertia.

Havia umas duas fileiras de motoristas de terno esperando no desembarque. Assim que saí, li algumas das plaquinhas que eles seguravam.

Sr. Spellman.

Piedmont.

Família Laroix.

Sr. Damon.

Humm, será que é para o Matt Damon? Afinal, estou em Los Angeles. Continuei andando enquanto olhava as placas. A maioria era escrita à mão, embora algumas fossem impressas. Um cartaz em particular me chamou a atenção – não porque o meu primeiro nome estava escrito nele, mas porque parecia ser um saco de pão rasgado. A letra era um garrancho, quase ilegível. Mas, conforme fui me aproximando, distingui as palavras:

Natalia Numero-Sbagliato

Repeti dentro da minha cabeça antes de me dar conta do que se tratava.

SEXO SEM AMOR?

Natalia.
Numero. "Número" em italiano.
Sbagliato. "Errado" em italiano.
Natalia Número-Errado?

Tive um pressentimento antes que os meus olhos se erguessem até o rosto do homem que segurava a placa. Um calor inexplicável invadiu o meu baixo ventre, e os cabelos na minha nuca pareceram se eriçar. Mas, quando os meus olhos encontraram com os daquele homem com um sorriso metido estampado no rosto, fiz a única coisa que poderia fazer: tropeçar nos meus próprios pés e cair de bunda.

– Tá tudo bem?

Foi impossível dar uma de descoladinha sentada lá no chão do aeroporto, com as bochechas vermelhas graças a uma mistura de vergonha, empolgação e raiva. Além disso, Hunter estava ainda mais lindo do que eu lembrava, com um leve bronzeado californiano e vestindo roupas casuais, o que fez os meus joelhos tremerem – ainda bem que eu já estava no chão. Mas, por mais que eu gostasse de admirar o que estava diante dos meus olhos, odiava a forma como ele era capaz de me desequilibrar. Foquei no ódio.

– O que está fazendo aqui?

Hunter pulara a cordinha que nos separava e ajoelhou-se ao meu lado antes de eu me recompor da queda.

– Vim te buscar. Não viu a placa com o seu nome?

– Natalia Numero-Sbagliato? Que graça. Muito engraçadinho. Como sabe que eu falo italiano?

Hunter estendeu o braço para me ajudar a levantar.

– Você me xingou baixinho em italiano na noite do casamento do Derek e da Anna.

Eu não me lembrava disso. Se bem que aquela noite ainda está confusa na minha cabeça. Peguei na mão dele e me levantei.

– O que aconteceu com a Samantha? Ela ia me buscar para resolvermos as pendências do chá de bebê juntas.

Hunter sorriu como um moleque.

– Me ofereci para ajudar a resolver essas pendências.

Eu conhecia a Samantha. Ela podia até ser a irmã mais velha, mas não tinha a mesma energia da caçula. Aliás, "preguiçosa" seria uma boa palavra para descrever a Sam.

– Imagino que você nem precisou insistir.

– Nem precisei mesmo. Mas teria insistido só para poder buscar você no aeroporto. – Ele pegou a alça da minha mala. – Não tem mais bagagem?

– Não, só essa. Não gosto de despachar mala.

– Estacionei no rotativo, então não vamos precisar andar muito.

Andamos juntos pelo aeroporto lotado até o estacionamento. Os passos do Hunter eram mais largos do que os meus, então, quando paramos no sinal, antes de atravessarmos a rua, pude dar uma espiada na bunda dele. Ele estava de bermuda. *Aposto que faz um milhão de agachamentos na academia.*

Quando chegamos ao carro, não fiquei surpresa ao ver que estava impecavelmente limpo e que era uma picape preta do último modelo. Ele apertou o botão para abrir as portas e me conduziu para o banco do passageiro. A porta se abriu, e degraus elétricos baixaram para eu subir, o que me deu alívio, porque o carro era alto

SEXO SEM AMOR?

demais para eu subir sem ajuda. Hunter colocou a minha mala no banco de trás e fechou a minha porta antes de dar a volta rapidinho para entrar pelo lado do motorista.

Por dentro, o carro parecia ainda mais espaçoso do que por fora. Hunter me pegou inspecionando o veículo.

– Que foi?

– É tão grande.

Um sorriso malicioso cruzou o rosto dele.

– Ouço isso com frequência.

Revirei os olhos.

– Estou falando da picape. Nunca tinha entrado numa antes.

– E qual é o veredito?

A picape do Hunter não era para trabalho. Estava mais para uma suv chique, forrada de couro com pesponto, com uma enorme quantidade de acessórios eletrônicos e detalhes de madeira escura.

Assenti, em sinal de aprovação.

– Sim, é bonita. Combina com você.

Ele colocou a mão no volante.

– Ah, é? Combina comigo? Que carro você tem?

– Que carro você acha que eu tenho?

Ele estreitou os olhos como se fosse realmente refletir sobre isso, depois rapidamente deu ré.

– Fácil. Você tem um Prius.

– Como você sabe? A Anna contou.

– Não. A sua amiga Anna não quis me contar nada sobre você. Não consegui arrancar dela o seu sobrenome nem o seu telefone.

– Então, como sabe?

– Combina com você. Assim como você disse que a picape combina comigo.

Hunter parou na cancela do estacionamento, inseriu o ticket na máquina e pagou quarenta dólares.

– Jesus. É mais caro do que parar no aeroporto de Nova York – comentei.

– O tráfego é pior aqui também. E o preço dos imóveis.

– Então do que tanto as pessoas gostam?

– Sol brilhando o ano todo. Nada bate o clima daqui.

– Gosto de passar pelas quatro estações.

Ele riu. O som do riso dele era profundo e gostoso de ouvir.

– A Anna não estava brincando.

– Sobre o quê?

– Quando ela nos apresentou e disse que éramos opostos e que acabaríamos nos matando.

Na maior parte dos dias, eu mal me lembrava do que tinha comido no café da manhã. Ainda assim, eu me recordava bem do comentário que o Hunter fizera depois das palavras de Anna, nove meses antes. *A gente pode até se matar... Eu sempre quis morrer na cama.*

Depois de manobrar pelo labirinto do aeroporto de Los Angeles, Hunter entrou na via expressa.

– Então, Natalia Numero-Sbagliato, por que você me deu o número errado e impediu a Anna de dar o certo?

Olhei para fora, pela janela.

– Achei que seria melhor assim.

– Melhor para quem?

– Para nós dois.

SEXO SEM AMOR?

– Nós dois? Então você também sabe o que é melhor para mim?

– Só estou tentando te poupar da dor de um coração partido.

Hunter olhou para mim. O canto da boca dele se contraiu.

– Coração partido, é? Você acha que eu passaria uma noite na sua cama e depois ficaria sofrendo de saudades de você por anos?

Virei o rosto para encará-lo.

– Faz nove meses, e aqui está você, indo atrás de mim. E depois de uma noite na minha cama. E eu nem dei pra você. Imagine em que condição você estaria se eu tivesse dado.

Hunter balançou a cabeça.

– A Anna estava errada sobre uma coisa. Ela disse que éramos completos opostos, mas você é tão metida e pretensiosa quanto eu.

Entramos na Rodovia 405, mas estávamos indo na direção norte, e não na sul, onde morava a Samantha, irmã da Anna. Eu ia passar a noite na casa dela para que a Anna não me visse antes do chá de bebê.

– Você está indo para o lado errado.

– Não, não estou. A Sam disse que você tinha de resolver umas pendências com ela hoje.

– Sim. E ela mora no sul, não no norte.

– Ah, entendi por que está confusa. Você ainda acha que passará o dia resolvendo pendências com a Samantha.

– Foi o que planejamos...

– Eu me ofereci para resolver a *maioria* das pendências, não apenas te buscar no aeroporto. Então você vai passar o dia resolvendo pendências comigo.

– Por que você faria isso?

– Porque não dá para você fugir de mim enquanto estiver presa na minha picape.

– Nossa, esse cheiro é uma delícia.

Estávamos na segunda parada da lista da Sam – uma floricultura chamada Ousadias Floridas, onde fomos buscar dezoito centros de mesa de lilases. A atendente foi encaixotá-los enquanto eu passeava pela loja cheirando vários arranjos e plantas.

– O que é isso? – Hunter perguntou.

– É uma ervilha-de-cheiro. – Fiz uma concha com as mãos para pegar a delicada florzinha roxa. – Cheire. – Ele se inclinou para cheirar.

– O cheiro é bom mesmo.

– Não é? Essas florezinhas me lembram da minha vó. Quando eu tinha uns dez anos, a minha mãe nos levou para a Itália para visitá-la. A *nonna* tinha ervilhas-de-cheiro por todo canto do quintal dela. Tinha uma cerca ao redor da pequena casa, e essas flores cresciam nela de um jeito que mal dava para enxergar a cerca branca por trás dos arbustos. Molho de tomate aos domingos e a fragrância das ervilhas-de-cheiro: esses sempre serão os aromas da minha *nonna* Valentina. Ela morreu quando eu era adolescente. A minha mãe manteve a tradição do molho aos domingos, mas lá em Howard Beach, o bairro onde ela mora em Nova York, é frio demais para plantar ervilhas-de-cheiro.

– Você vem de uma grande família italiana?

– Quatro irmãs. Nós nos reunimos todo domingo para jantar na casa da minha mãe. Duas das minhas irmãs têm filhas, cada uma tem duas. Não tem muita testosterona na família.

A florista voltou dos fundos.

– Já vamos acabar de empacotar. Eu ligo para você quando for para estacionar nos fundos da loja. Nós colocamos no carro para vocês.

– Ok, tá ótimo – Hunter concordou e apontou para a ervilha-de--cheiro. – Vamos levar esta flor também.

– Espero que não seja para mim. Não vou conseguir levá-la no avião.

– Não, é para a minha casa. Não tenho nenhuma flor. – Ele piscou e se aproximou de mim para que a florista não ouvisse. – Além disso, imagino que você queira sentir esse cheiro quando acordar.

Eu tinha de dar algum crédito a ele: o homem continuava com a mesma atitude. Mesmo depois de quase um ano.

Hunter ajudou a colocar as caixas com os centros de mesa e a sua nova flor na caçamba da picape e a cobriu.

– Qual é o próximo item da lista? – perguntei ao afivelar o cinto.

– Minha casa.

– Sua casa? Nem vem. Temos de revolver mais coisas.

– Mas isso é uma coisa a ser resolvida. A Sam pediu para eu construir um poço dos desejos para o chá. Eu o pintei hoje de manhã. Precisava secar antes de colocar na caçamba.

Hunter leu minha expressão facial, que estava dizendo "me engana que eu gosto".

– É sério! – ele insistiu.

– Então essa não é uma tentativa de me levar para a sua cama?

– Não. Mas, agora que você vai ficar impressionada com a minha casa, não me responsabilizo pelas suas atitudes caso queira tirar vantagem de mim.

– Você viaja.

– Talvez eu esteja viajando, ervilhinha… mas você não viu a minha casa ainda.

A casa do Hunter era incrível. E nada a ver com o que eu imaginava. Cercada de árvores, no meio de um grande terreno, erguia-se uma casa de estilo rústico combinado com elementos industriais, madeira e pedras. A enorme fachada de pedras, com grandes janelas panorâmicas, parecia-se muito mais com uma daquelas casas de revistas de decoração do que eu teria esperado de Hunter Delucia.

Desci do carro, ainda tentando assimilar aquela casa.

– Esta é mesmo a sua casa? É maravilhosa.

– Eu que projetei e construí. Levou seis anos.

– Uau. Não é como eu imaginava.

– O que você imaginava? – Ele foi até a caçamba e descarregou sua nova flor.

– Não sei. Algo mais óbvio, talvez… Não tão natural e charmosa. – Ouvi o som de água correndo. – E você tem até um laguinho! E árvores. Muitas árvores.

– Levei o dobro do tempo para construir porque usei pouco equipamento, para reduzir o número de árvores que precisariam ser cortadas. Gosto de olhar pelas minhas janelas e ver a natureza. Tentei construir algo que exalte a natureza, não que se sobreponha a ela.

– É, você com certeza conseguiu isso. Parece que estou em uma cabana no meio da floresta. Mas estamos só a dez minutos da rodovia.

– Fico feliz que tenha gostado. Venha, deixe-me mostrar como é dentro. Este é só o começo do tour.

Ele abriu a porta e encostou a mão nas minhas costas para que eu entrasse.

– Acho que, de tudo, você vai gostar mais do último cômodo do tour. O meu quarto.

Revirei os olhos para esconder que tinha achado graça.

O interior da casa era tão lindo quanto o lado de fora. Simples, modesto e surpreendentemente sustentável. Uma cozinha de aço inoxidável ficava separada da sala por uma ilha de granito. Portas francesas conduziam a um deque enorme nos fundos da casa, onde uma lareira de pedra estava sendo construída.

Hunter apontou para fora.

– No ritmo em que estou indo, a lareira pode levar até seis meses para ficar pronta.

– Não acredito que você construiu tudo isso. É meio irônico que você construa propriedades comerciais, transformando parques em shoppings, mas more em uma casa ecologicamente sustentável como esta.

– Construir é a minha profissão. E eu adoro. Mas isso não quer dizer que eu queira morar em um dos shoppings que construí. Você mora em um prédio alto em Nova York?

– Sim.

– Quer dizer que você gosta de poluição, já que vive em um edifício que contribui para a redução de ar limpo e iluminação natural?

– Não. Acho que você tem razão.

– Sempre tenho razão.

– Estava gostando mais de você enquanto estava me apresentando a sua casa e deixando os seus trabalhos manuais me impressionarem, não o seu papinho.

Ele riu.

– Então, vamos continuar. Posso pensar em muitas formas de impressionar você com as minhas mãos nesse próximo cômodo. Embora eu ache que você vai preferir a minha boca.

É claro que o próximo cômodo do tour era o quarto do Hunter.

– Uau!

Meu queixo caiu quando ele acendeu as luzes. Assim como os outros cômodos da casa, era espaçoso e bem aberto. A cama *king-size* era alta o suficiente para se desfrutar das melhores vistas do jardim, que mais parecia uma floresta, através de duas janelas diferentes, uma em cada parede. A vista incluía uma casinha de passarinho. Sobre ela, no momento, havia um gaio-azul. Andei até as janelas para espiar lá fora. Só quando cheguei perto que vi outras casinhas de passarinho. Havia muitas, na verdade.

– Você gosta de observar pássaros?

– Não. A minha mãe gostava. Mas sempre quis uma arara. Todo ano, desde que aprendi a mexer com as ferramentas, eu fazia uma casinha de passarinho para dar de aniversário a ela. Ela colocava sementes nas casinhas para olhar os pássaros vindo comer, e sempre achei que ela ia entender a dica e dar para a gente um passarinho de presente. – Hunter estava em pé ao meu lado e apontou para uma casinha de passarinho pendurada em um galho à direita. – Aquela foi a primeira que fiz. Eu tinha sete anos. Se você olhar dentro, vai ver que a minha mãe colocou uns passarinhos de plástico dentro dela. Por muito tempo, achei que ela tinha feito isso para atrair pássaros de verdade. Mas, depois de alguns

SEXO SEM AMOR?

anos, ela parou de fazer isso. E, um ano, finalmente perguntei para ela o porquê, e ela me disse que era porque eu finalmente tinha aprendido a construir uma boa casinha de passarinho. No fim das contas, os passarinhos de plástico não tinham nada a ver com atrair outros pássaros. Da maneira como eu construí as primeiras casinhas, com pregos aparecendo do lado de dentro, ela tinha medo de que os pássaros acabassem se machucando.

Ri da história.

– Que engraçado. Foi fofo ela não ter te contado antes. Quantas casinhas você fez ao todo?

– Dez. Fiz uma por ano, dos sete aos dezessete. Era a única coisa que ela me pedia.

– Você parou de fazer quando foi para a faculdade?

– Não. Ela faleceu quando eu tinha dezessete anos.

– Ah... Sinto muito.

– Obrigado. – Ele olhou para fora. – Ela teria gostado dessa vista. Se eu colocar um pouco de semente em cada casinha, vira um aviário lá fora.

Olhei para o Hunter, que ainda estava olhando fixamente pela janela. Ele parecia mais jovem sob a luz natural.

– Então você não é só um rostinho bonito.

Ele voltou a atenção para mim.

– Foi isso o que tentei lhe contar assim que nos conhecemos. Há muito mais sobre mim para você conhecer. E nós estamos no lugar perfeito para isso.

As palavras dele eram brincalhonas, mas, quando ele se aproximou e me puxou pelo quadril, a resposta do meu corpo não foi brincadeira.

Ao longo dos nove meses anteriores, eu tinha saído com alguns homens. Nenhum deles me acendeu como Hunter conseguia me acender com um só toque. Aliás, a diferença era tão grande que eu havia me convencido de que a minha memória estava me traindo e exagerando as reações que aquele homem provocava em mim. Mas não. A única coisa exagerada era meu sentimento de negação.

– Me beije – ele falou em voz baixa e acariciou meus lábios com os dedos. – Sonhei pra caralho com essa boca.

– Não é uma boa ideia – não soei muito convincente, nem para mim mesma.

– É uma ideia muito boa – ele baixou a cabeça devagar.

– Nós temos coisas a resolver.

– Elas podem esperar. Um beijo.

Eu não sabia se conseguiria me controlar depois de *um beijo* naquele homem. Ele se movia devagar, como se estivesse me dando a chance de pará-lo, que é o que eu pretendia fazer. Mas o meu corpo não estava acompanhando o meu cérebro e, enquanto os dois lutavam um contra o outro em uma espécie de cabo de guerra, os lábios do Hunter repousaram sobre os meus.

Tinha me esquecido de como a boca dele era suave. Era o oposto do toque firme que ele usou para me abraçar e acabar com a pequena distância entre nós. Mesmo que eu tivesse me esforçado para esquecer a sensação do toque dele, o meu corpo não tinha se esquecido de como reagir. Instintivamente, as minhas pernas se ergueram e o abraçaram na altura da cintura. Hunter nos carregou para longe das janelas e, antes que eu pudesse me dar conta, estava deitada sobre a colcha da cama.

– Hunter... – protestei fracamente.

SEXO SEM AMOR?

– Só um beijo – ele rosnou. – Por ora.

Fazia anos que eu não dava uns amassos como aqueles de adolescentes. Nossos corpos estavam entrelaçados, a ereção dele pressionada contra mim. Agarrei o cabelo dele, as costas, qualquer coisa em que pudesse pôr a mão para trazê-lo para mais perto. Cada terminação nervosa do meu corpo pedia mais e mais enquanto eu o beijava com uma paixão que não me lembro de ter sentido por outro homem.

Eu já fui beijada centenas de vezes, mas dessa vez foi tão excitante quanto os amassos da adolescência – talvez até mais, porque nenhum corpo de menino de quinze anos se parece com o de Hunter Delucia, com aquela ereção me pressionando.

Senti vagamente uma vibração contra o meu quadril, mas o meu corpo todo estava trêmulo, então não me dei conta de que era o celular até que vibrou de novo.

– O seu...

– Deixa – Hunter me calou.

O tom desesperado da voz dele me fez sorrir mesmo com a boca colada na dele. Mas, dez segundos depois, o meu celular começou a tocar. Eu nem sabia onde o tinha largado. Ignorar tinha funcionado da primeira vez, mas, quando foi meu celular que tocou, ficou difícil.

Consegui sair de baixo do Hunter e encontrei o celular no chão, perto da janela, onde tínhamos começado a nos beijar. Parou de tocar de novo antes de eu atender. Apareceu uma chamada perdida da Samantha.

– Foi a Sam.

Hunter tirou o celular dele do bolso e verificou o histórico de ligações.

– Ela ligou para mim também – ele murmurou. – Deve estar querendo adicionar mais uns seis itens à lista de pendências.

Parei por um segundo para arrumar o cabelo, que o Hunter tinha bagunçado, e retornei a chamada.

– Cadê você? – Samantha parecia em pânico.

– Calma. Já pegamos as flores e estamos na casa do Hunter para buscar o poço dos desejos que ele fez. Vamos fazer tudo que precisa ser feito.

– Não! Não vai ter mais chá de bebê. A Anna entrou em trabalho de parto. Esqueça os preparativos. O bebê vai nascer!

– Ai, meu Deus! Mas ainda faltavam seis semanas! – Cobri o celular e gritei para o Hunter: – A Anna está em trabalho de parto!

– O médico disse que o bebê está grande o suficiente e, já que a bolsa dela estourou, não vão tentar parar o processo. Ela já está com quatro centímetros de dilatação.

– Ela está em qual hospital?

– Cedars-Sinai.

– Já vamos para lá.

Capítulo 8

Natalia

– Quê? O bebê já nasceu? Perdi o nascimento?

Acordei com um tapinha leve depois de cair no sono por alguns minutos na sala de espera. Eu era uma das seis pessoas que estavam ali desde as duas da tarde, e agora já eram quase duas da manhã – no horário da Califórnia. Ou seja, para mim, eram cinco horas da manhã, exatamente vinte e quatro horas depois do horário em que havia me levantado no dia anterior. A ideia de que um dia inteiro tinha se passado desde que me levantei para pegar o avião não parecia possível.

Hunter sugeriu em voz baixa que tentássemos não acordar as duas irmãs da Anna, que estavam sentadas à nossa frente.

– Vou tentar encontrar uma máquina de café para a mãe do Derek. Você estava dormindo no meu ombro, e eu não queria que a sua cabeça caísse quando eu levantasse.

– Ah. Ok. Obrigada. – Massageei a minha nuca, que estava dura. Olhando para o Hunter, de repente me senti constrangida ao ver uma marca molhada no ombro dele, onde eu estava encostada. – Acho que babei um pouco em você. Desculpe.

SEXO SEM AMOR?

– Você roncou também. Quer um café ou vai voltar a fazer a cachoeira no meu ombro quando eu voltar?

Alonguei os braços para cima.

– Vou com você. Estou dura por causa da posição em que estava dormindo.

– É, eu também fiquei *duro* enquanto você dormia em cima de mim. Tive uma vista perfeita de dentro da sua blusa. Sutiã vermelho, aliás, *gostei*. Sexy.

– Você é um pervertido até quando são duas da manhã.

– Você desperta o melhor de mim, ervilhinha.

Caminhamos ao longo dos corredores do hospital até encontrar uma máquina de café que funcionasse. Quando voltamos com o café para a Margaret, o Derek estava na sala de espera atualizando todos sobre a situação.

– Já faz algumas horas que ela chegou a sete centímetros e parou de dilatar… Os médicos disseram que ainda pode levar um tempo para nascer.

– Não dá para apressar a perfeição – eu disse.

Derek estava com cara de que *ele* havia passado as últimas doze horas em trabalho de parto. Fez um gesto de cansaço e desabafou:

– Meus pés estão me matando. Mas, se eu dissesse isso para a Anna, no estado em que ela está, era capaz de ela literalmente me matar.

Margaret riu e falou:

– Eu não comentaria isso com ela.

– Aliás, ela também está puta com você. – Derek virou para o Hunter.

– Comigo? – Hunter exclamou. – O que diabos eu fiz?

– Lembra quando lhe contamos que a Anna estava grávida?

– Acho que sim, por quê?

– O que você disse?

– Parabéns? – Hunter chutou.

– Não. Você disse que o bebê ia nascer com seis semanas de antecedência, no aniversário do tio preferido dele.

Hunter sorriu.

– Ah, acho que posso ter dito isso mesmo.

– Pois é… A minha mulher achou que o bebê nasceria ontem, mas parece que ficou enrolando para nascer no mesmo dia que você.

– Então a culpa é minha que ela ainda esteja em trabalho de parto?

Derek riu.

– Bom, é melhor do que a culpa ser minha. E era, até ela inventar essa teoria maluca.

– Aguento essa por você. Sem problemas.

Com a promessa de que ele só apareceria de novo para anunciar o nascimento, Derek voltou à sala de parto da maternidade.

Já que tínhamos de inventar uma maneira de passar o tempo, Hunter e eu decidimos sair e dar uma voltinha ao redor do hospital para respirar um pouco de ar puro. Estava escuro, mas Los Angeles ficava acesa mesmo de madrugada.

– Então quer dizer que devo lhe dar os parabéns?

– Obrigado.

– Quantos anos você tem mesmo?

– Trinta.

Virei para andar de costas.

– Uau. Este é um aniversário significativo. Como pretende comemorar?

– Era para eu tomar uma cerveja com o Derek enquanto você e a Anna estivessem no chá de bebê. Depois, íamos levar os presentes do chá para a casa deles na minha picape. Eu pretendia convencer a convidada deles a continuar o nosso beijo onde paramos no casamento, no ano passado.

Eu ri.

– Parece que esse presente você já ganhou. Fizemos isso ontem à tarde.

– Janta comigo hoje à noite?

– Não sei se é uma boa ideia.

Hunter fez bico.

– Você vai me largar sozinho no meu aniversário de trinta anos?

– Algo me diz que você não precisa ficar sozinho se não quiser ficar. Aposto que, num estalar de dedos, você conseguiria marcar um encontro. Aliás, você não tem namorada, Sr. Delucia? O que há de errado com você?

– Só porque não tenho namorada deve haver algo de errado comigo? Imagino que você também não tenha namorado, já que me beijou. Então há algo de errado com você?

– Hmmm… Pra começar, foi *você* quem *me* beijou. Eu não te beijei. Depois, não tenho mesmo namorado, senão o beijo não teria acontecido, não importa quem o iniciasse. E, além de tudo isso, sim, há algo de errado comigo.

Hunter parou de repente. Estava escuro, mas vi uma preocupação real no rosto dele.

– O que há de errado com você?

– Tenho vinte e oito anos e já sou divorciada. O meu ex-marido está em um presídio federal. Tenho a guarda total de uma adolescente de quinze anos que não é minha filha e nem gosta muito de mim. Acabei de pegar emprestado vinte mil dólares da minha mãe, que provavelmente nunca vou conseguir devolver, para pagar o colégio caríssimo dessa menina de quinze anos, quem sabe assim ela me odeie menos. Devo continuar?

– Você maltrata animaizinhos?

– Animaizinhos? Claro que não.

– Você pisa nas pessoas quando elas já estão pra baixo?

– Não.

– Você já roubou, botou fogo, agrediu ou matou?

– Nunca.

– Então não há nada de errado com você que não se possa consertar.

– E se eu não quiser consertar?

– Aí tudo bem. Mas não quero consertar você.

– Não?

Ele balançou a cabeça.

– Só quero te comer. Fazer você esquecer um pouco esses problemas.

– Você é muito vulgar.

– Talvez. Mas sou honesto. Não sei qual é a história com o seu ex, mas imagino que a razão pela qual você está com um pé atrás com homens seja o fato de ele não ter sido honesto.

Claro, ele estava certo. Garrett tinha me magoado muito. A confiança era como vidro. Espalhou-se ao se quebrar e, mesmo depois de conseguir juntar os cacos de novo, ficaram as fissuras. Nunca voltou a ser forte como era quando inteira.

– E se formos jantar para comemorar seu aniversário como

amigos? Sem a expectativa de sexo. Podemos jantar em um restaurante legal e nos despedir. Eu até pago o jantar.

– Tudo bem. Mas você não vai pagar o jantar, isso quebraria o nosso acordo. Eu pago, ou você que arrume outro para jantar e depois não fazer sexo.

Caí na risada. Estendendo a mão para apertar a dele, eu disse:

– Você acaba de fechar um acordo um pouco estranho, aniversariante! Estamos combinados.

Hunter estendeu a mão para apertar a minha, mas aí me puxou para ele e beijou a minha testa.

– Faço muitas coisas um pouco estranhas. E não é porque concordei com a cláusula sem sexo que quer dizer que vou deixar você se safar de mais beijos e amassos.

– Veremos. – Ri como se estivesse brincando, mas na verdade eu estava mesmo pagando para ver.

Caroline Margaret Grosso nasceu às 3h47 da manhã, depois de dezoito horas de trabalho de parto. Eu já tinha assistido a muitos filmes em que o papai de primeira viagem tira aquela camisola de hospital e grita que o neném nasceu, mas fazer parte dessa cena na vida real foi mágico. O Derek estava com uma máscara de papel azul e uma touca quando saiu com os olhos cheios de lágrimas.

– É uma menina!

Ele mal conseguiu pronunciar essas três palavras antes de as lágrimas começarem a correr pelo seu rosto. Não havia quem não estivesse chorando naquela sala de espera depois disso.

Mesmo que eu houvesse prometido nunca ter filhos depois que a minha vida se arruinara ao longo dos últimos anos, acho que, quando vi a bebê da Anna na maternidade, uma brechinha se abriu no meu coração. Depois de mais uma hora esperando, nós nos revezamos para visitar a nova mamãe.

O Derek não tinha contado para a mulher dele que eu estava lá. Então, como eu havia dito que não conseguiria ir, ela ficou bem surpresa quando entrei no quarto.

– Você está aqui! Você está aqui!!

– Graças a Deus eu estou. Se não tivesse vindo para o chá, teria perdido o nascimento.

Nós nos abraçamos chorando de felicidade, até que uma enfermeira bateu à porta, trazendo a bebê em um carrinho transparente.

– Hora de a mamãe exibir esta fofura – disse a enfermeira.

Ela estacionou o bercinho móvel e pegou Caroline com cuidado. A fofinha estava toda encapotada, então só consegui ver o seu rostinho cor-de-rosa e lindinho.

Enquanto a enfermeira colocava outras cobertas sobre a Anna e um travesseiro para ajudar a segurar a bebê, fui até a pia e lavei as mãos, depois passei o álcool em gel por precaução. Assim que a enfermeira saiu, pulei na cama para ficar junto da minha amiga.

– Ai, meu Deus. Ela é linda. É idêntica a você. – Descolei os olhos da beleza da recém-nascida e olhei para a minha parceira no crime. – Você é mãe.

– Puta que pariu, eu sou mãe.

Eu ri.

– Acho que você não deveria falar assim na frente da minha sobrinha fofa.

O sorriso dela murchou.

– Era para você se tornar mãe ao mesmo tempo que eu e morar na casa vizinha, para que fôssemos levar os bebês para passear juntas, como fazíamos com as bonecas quando éramos pequenas.

Fiz um carinho na bochecha da neném. A pele era tão macia.

– Talvez eu possa dar um jeito de transferir o meu ex-marido para um presídio na Costa Oeste, assim eu me mudo para cá. Será que eles fabricam carrinhos extragrandes? Acho que a Isabella não se importaria de passear de carrinho.

Eu me inclinei para cheirar a bebê Caroline.

– Que cheirinho bom de neném!

Ficamos ali na cama, no nosso mundinho, então não ouvimos quando o Derek e o Hunter entraram no quarto. Foi a voz do Hunter que anunciou a presença deles.

– Você acabou de *cheirar* a bebê?

Derek riu e disse:

– Ela cheira tudo.

– Não cheiro, não.

Sim, eu cheiro.

Intrigado, Hunter veio até a cama.

– Que cheiro ela tem?

– De bebê – respondi.

Hunter fez uma cara engraçada para mim, inclinou-se e inalou profundamente para sentir o cheiro da Caroline. Derek se divertiu:

– Espero que ela já tenha usado a fralda nova dela.

A enfermeira voltou e interrompeu a cheiração.

– Estamos prontas para ver se conseguimos amamentar?

Anna assentiu, embora parecesse nervosa.

– Mais pronta do que nunca.

– As primeiras vezes podem ser um pouco frustrantes, então por que não pegamos o travesseiro para usar como apoio e uns protetores de seio enquanto você se despede dos seus amigos? Eles podem ir para a sala de espera e eu vou buscá-los de volta quando você quiser.

– Não, tudo bem – Anna disse. – Eles precisam ir para casa descansar. Ficaram acordados a noite toda. Por que vocês não vão dormir e voltam à noite?

Eu estava mesmo exausta. E sabia que a Anna precisava ainda mais de sono do que eu.

– Sim, tudo bem.

– Vou dar a chave para você – Derek me disse.

Eu tinha esquecido completamente que o meu plano era ficar na casa do Derek e da Anna depois do chá. Seria estranho ficar lá sem a Anna. Além disso, eles precisavam de privacidade agora, com a recém-nascida em casa pela primeira vez.

– Não se preocupe, vou para um hotel.

– Não seja ridícula, fique em casa. O Derek vai ficar aqui a maior parte do tempo até eu voltar para casa, de qualquer forma.

Hunter decidiu colaborar.

– Eu arrumo um lugar para ela.

– Tem certeza? – perguntou Anna.

– Absoluta. Vamos descansar um pouco e voltamos mais tarde.

Anna bocejou.

– Tá bom.

– Tchauzinho, lindinha! – Fiz mais um carinho na bochecha da Caroline e dei mais uma cheiradinha nela.

– Você sabe de algum lugar aqui perto onde eu possa ficar?
– Claro que sei.

Eu me recostei no banco de couro da picape do Hunter e fechei os olhos.

– Não ficava tanto tempo acordada desde a faculdade. Meu corpo está doendo por causa da falta de sono. Estou velha.

– Vamos dormir um pouco e logo você vai se sentir tão bela quanto é.

Murmurei algo sobre como ele era cheio dos papinhos e comentei comigo mesma que só uns três minutos descansando os olhos não fariam mal. Porém, só os abri de novo quando estava sendo carregada para fora da picape. Pisquei para conseguir enxergar.

– Onde nós estamos?
– Na minha casa.
– Você devia ter me levado para um hotel.
– Não. Você me perguntou se eu conhecia um lugar aqui perto, e eu disse que conhecia. E conheço. Minha casa.

Ele bateu a porta do carro com o pé.

– Não vou ficar aqui na sua casa.
– São seis da manhã. O check-in dos hotéis costuma ser à tarde. Mesmo se encontrássemos um hotel com quarto disponível, o que não é muito fácil nessa área, você teria de pagar pela noite toda.

Fazia sentido. Mas ainda assim...

– Não posso ficar aqui...
– Tenho um quarto de hóspedes. Você pode dormir lá por

algumas horas. Levo você para um hotel hoje à tarde, se é o que quer. Mas tem muito espaço aqui e você pode ficar o quanto quiser.

Uma parte de mim queria protestar. Mas o homem tinha me levado para cima e para baixo desde que me pegara no aeroporto e devia estar tão exausto quanto eu.

– Tá bom. Mas sem safadeza.

Hunter deu aquele sorriso malicioso.

– Nunca.

Capítulo 9

Natalia

Um feixe de luz quente estava batendo diretamente nos meus olhos quando acordei. Desorientada, não tinha ideia de onde estava nem de que dia era. Sentei na cama confortável e dei uma olhada no quarto, que me pareceu familiar, até que o que havia acontecido de manhã me veio à cabeça. *A casa do Hunter*. Tinha deixado o celular na minha bolsa, que ainda estava na cozinha – eu acho – e não havia nem sinal de relógio no quarto de hóspedes. Então, depois de passar no banheiro, saí para pegar o meu telefone, tentando não acordar o Hunter caso ele ainda estivesse dormindo.

Só que… Hunter *definitivamente* não estava dormindo.

Fiquei paralisada ao virar a esquina do corredor dos quartos para a cozinha e a sala. Ele estava de costas para mim, no fogão, fritando algo que parecia ser bacon – sem camisa e dançando ao som de Billy Joel.

Na categoria "melhor vista ao acordar", essa deveria ganhar o primeiro lugar. Ele estava de calça de moletom cinza, com o cós bem abaixo da cintura, e os músculos das costas dele formavam um V até os ombros largos. Não havia dúvidas de que o homem malhava – muito. Fiquei lá em silêncio, só o observando rebolar um pouco ao som da música, lembrando-me de como ele tinha uma ginga boa quando havíamos dançado juntos no casamento da Anna. *Que merda.*

– Espero que você não seja vegetariana. Não faço nada com tofu, especialmente bacon.

Dei um pulinho de susto ao som da voz dele. Ele não tinha se virado para ver que eu estava ali, e continuou sem se virar.

O meu coração acelerou.

– Você me deu um susto.

Ele finalmente se virou.

– *Eu*? Não fui eu que fiquei espiando a sua bunda enquanto você fritava bacon.

Estreitei os olhos para fazer cara de brava:

– Eu não estava espiando a sua bunda.

– Tudo bem se estivesse, não ligo.

– *Eu não estava espiando a sua bunda.*

Hunter voltou para o fogão, abriu o armário e tirou um prato, depois usou um pegador para tirar o bacon da frigideira.

– Quanto mais negamos a verdade, mais poder ela passa a exercer sobre nós.

Ele colocou o prato sobre a mesa antes de me olhar de novo com um sorriso divertido.

– Mas, pensando bem, pode continuar negando. Assim você vai ficar mais focada ainda.

– Que bundão você é, sabia?

Hunter levou a mão à orelha, como se quisesse ouvir melhor.

– Que foi? Você elogiou o meu bundão?

– Você é sempre chato desse jeito pela manhã? Deve ser por isso que mora sozinho.

– Já faz tempo que não é mais de manhã. São quase três da tarde. Vem comer. O seu ovo vai ficar pronto num minuto.

– Três da tarde? – Me dirigi até a mesa, esquecendo o comentário sobre a bunda. – Dormi quase o dia todo.

– Você estava precisando.

Ele fez uma caneca de café para mim.

– Leite, açúcar?

– Sim, por favor. Não tô acreditando no tanto que dormi. A que horas você acordou?

– Umas onze horas. – Ele me entregou a caneca.

– Obrigada.

Quando me passou a caneca, olhei involuntariamente para o peito dele. Teria sido rápido e inofensivo, caso ele não tivesse percebido. Jesus, o homem não deixava passar nada! Ele levantou uma sobrancelha e sorriu.

– Cala a boca. Vá colocar uma camiseta, se não quer que eu olhe.

– Mas eu não disse que não queria que você olhasse.

– Qual é a sua? Você é um pavão? Exibindo por aí as suas penas para atrair fêmeas?

– Não é uma má ideia. Me permita te mostrar o meu rabo.

Não aguentei e ri.

– Vamos começar tudo de novo. Bom dia, Hunter.

O sorriso dele foi genuíno. Ele assentiu.

– Bom dia, Natalia.

– Você dormiu bem?

– Dormi. E você?

SEXO SEM AMOR?

– Eu não me lembro da última vez em que caí dura assim. A cama é muito confortável.

– Fico feliz que tenha gostado. Só para você saber, a do quarto principal é do mesmo modelo, caso você queira testá-la da próxima vez.

Balancei a cabeça.

– Você não consegue se controlar, né? Tudo é sempre sexo.

Ele deu uma risadinha e foi para o fogão buscar os ovos.

– Falei com o Derek agora há pouco. Ele disse que a Anna e a bebê estão ótimas, e que eles vão voltar para casa amanhã de manhã, provavelmente.

– Nossa, que rápido! Acho que eu ia preferir passar alguns dias no hospital para ser bem cuidada antes de voltar para casa.

– O Derek vai cuidar bem dela.

– Sim, tem razão. Esqueço que ela tem um marido fantástico – eu disse e, depois, em tom de deboche: – Às vezes esqueço que esse tipo de marido existe.

– O Derek me contou que você é divorciada. Foi só o que consegui arrancar dele.

– Ele é um cavalheiro. Prefere não dizer nada a dizer algo ruim, então tenho certeza de que ele não tem nada a dizer sobre o Garrett.

– Você falou algo sobre prisão. O que houve, se você não se importar de eu perguntar?

– Vou resumir para você. Eu me casei depois de seis meses de namoro. Vivi o perfeito sonho americano em uma cobertura com um homem lindo e rico. Ele foi preso três anos depois por fraude, e eu não tinha noção nenhuma disso. Fui enganada por todos os lados. Ele me deixou com uma dívida maior do que o que eu ganho com um ano de trabalho, porque tinha feito falcatruas em meu nome *e* me nomeou como a única responsável da filha dele de treze anos, que me odiava. Ainda estou tentando lidar com essas duas coisas dois anos depois.

– Jesus.

– Pois é. – Eu estava ansiosa para mudar de assunto. – Você sabe quais são os horários de visita?

– Das 15h30 às 17h30 e das 18h30 às 20h30. Mas o Derek disse para tentarmos ir mais cedo porque ele encomendou um jantar no restaurante preferido da Anna, que será entregue às 18h30.

– Ele é um fofo. Então acho bom irmos logo. Estava querendo fazer check-in num hotel e tomar um banho antes de ir, mas acho que não temos tempo.

– Você pode tomar banho aqui. E fique o tempo que quiser. Tenho que viajar amanhã de manhã para o norte, a trabalho, então você vai poder ficar sozinha aqui.

– É muito gentil da sua parte. Mas talvez eu aceite só o banho, se estiver tudo bem para você. Depois da visita no hospital, vou procurar um hotel.

– Depois do jantar, você quer dizer?

– Jantar?

– Meu jantar de aniversário. Você aceitou jantar comigo.

– Meu Deus. Esqueci totalmente. Parece que aquela conversa aconteceu há uma semana, não nessa madrugada. *Ainda* é o seu aniversário?

– É. Mas vou passar a tocha para a bebê Caroline depois de hoje. Trinta é a última idade que vou comemorar. Depois de hoje, ela pode ficar com o aniversário só para ela. Então, você vai me ajudar a comemorar o meu último aniversário.

– Nossa, que pressão. Agora acho que tenho que colocar um vestido e ser superdivertida e inteligente.

Hunter piscou.

– Fique à vontade para usar um vestido bem curto e decotado.

– Você está linda, Natalia.

Depois da nossa visita ao hospital, Hunter me deixou em um hotel para que fizesse o check-in e me preparasse para o jantar.

– Obrigada.

Era a segunda vez que ele me elogiava depois de me buscar. Mesmo que ele gostasse de tirar uma com a minha cara com papinhos sexuais – e, algumas vezes, ele estava falando sério –, senti que o elogio era sincero naquela noite.

– Você também não está nada mal *para um homem de trinta anos*.

– Vai com calma. Só faz oito horas que tenho trinta anos.

A garçonete veio nos atender.

– Posso lhes oferecer algo para beber? O drinque especial de hoje é a margarita de coco. Leva creme de coco fresco, limão, Cointreau e tequila Patrón. A borda da taça vem salpicada com coco queimado levemente salgado.

– Humm. Parece ótimo. Vou querer um – eu disse.

Hunter pediu uma Coca-Cola.

– O quê? É o seu aniversário. Seu último aniversário. Peça um drinque para brindarmos!

– Eu vou dirigir. E meu voo é às seis da manhã.

Virei para a garçonete:

– Dá para fazer a margarita de coco sem álcool?

– Dá, claro.

– Então traga uma para ele. E coloque aquele guarda-chuvinha. Ele está fazendo *trinta anos*.

Ela sorriu e olhou para o Hunter para ver se ele concordava com a troca no pedido. Ele riu.

– Pode ser o que ela disse. Obrigado.

Depois que a garçonete saiu, olhei ao redor – estávamos em um restaurante mexicano no terraço de um prédio. A vista das luzes de Los Angeles era de tirar o fôlego.

– Este lugar é lindo. Você vem sempre aqui?

– Primeira vez.

– Jura? Imaginava que este lugar estaria entre os seus destinos preferidos para encontros. Um restaurante descolado com uma vista dessas e uma longa carta de drinques, além de ficar no topo de um hotel. É como o combo playboy. Uns drinques... depois um quarto...

– Prefiro deixar um colchão na caçamba da minha picape. É mais barato e fica mais prático para deixá-las em casa depois.

Eu ri.

– Espertinho.

– Eu não sou galinha.

A garçonete trouxe os drinques e provei o meu. Era o drinque mais delicioso que já tinha provado – como se fosse sorvete de coco queimado derretido.

– É mesmo? Então com quantas mulheres você saiu, digamos, no último mês?

– Três.

SEXO SEM AMOR?

– Humpf. Um número bom, eu acho. – Beberiquei o drinque e estreitei os olhos, como se fosse analisá-lo: – A menos que você tenha dormido com as três, porque daí seriam três mulheres diferentes por mês, portanto trinta e seis no ano... Depois de dez anos de solteirice, você teria acumulado trezentas e sessenta mulheres. O que é meio nojento.

Hunter fez uma careta.

Eu ri.

– Ah, então você dormiu com todas elas.

– Viajo bastante a trabalho. Às vezes passo quase três meses em outro estado, então nem sempre consigo sair com alguém.

– Então você não fica com ninguém quando está viajando? Nunca conheceu uma mulher num bar, em outra cidade, e a levou para seu quarto de hotel?

Outra careta.

– Quando nos conhecemos, *você* estava ou não estava dizendo que ia levar um cara... chato pra cacete, diga-se de passagem... para o seu quarto? E você estava em uma viagem, longe de casa.

– É diferente.

– Por quê?

– Tenho uma boa razão para não querer nada além de sexo hoje em dia. Além disso, não transo com frequência.

Hunter não disse nada. Ele parecia gostar de debater comigo, então imaginei, pelo silêncio repentino, que eu tivesse tocado em alguma questão que ele não queria levar adiante. Talvez ele também tivesse boas razões para não querer nada além de sexo.

– Então me diga algo sobre a sua vida amorosa, aniversariante que não é galinha. Hoje lhe dei uma versão de trinta segundos das minhas dores. E quanto a você?

– Não há muito o que dizer.

– Já se casou?

– Não.

– Noivou?

– Não.

– Namorada séria?

– Uma.

Tomei mais um gole.

– Ah, agora chegamos a algum lugar. Quanto tempo durou?

– Alguns anos.

Embora tenha me surpreendido, até que fazia sentido. Eu não queria um relacionamento por causa do trauma do meu casamento.

– Por que terminaram?

Ele se mexeu na cadeira.

– É a vida.

– *Ah.* Isso me diz muito.

– Prefiro viver a vida olhando para a frente, não para trás. Se olhar demais pelo espelho retrovisor, você pode acabar perdendo o que está bem na sua frente.

Nossa. Essa resposta eu não esperava. Ótimo argumento.

A garçonete voltou. Ela sempre chegava na hora certa para mudarmos de assunto. Depois de ela anotar os pedidos e de eu terminar a minha margarita, compartilhei uma coisa sobre a qual estivera pensando enquanto me arrumava.

– A minha mãe é uma ótima jardineira. Quando eu era mais nova, ela plantava uma flor diferente a cada aniversário meu. A flor cresceria na primavera, na época do meu aniversário. Todo ano, íamos ao jardim plantar uma nova flor, e todas as minhas plantinhas de aniversário floresciam na mesma época. Quando fui embora para a faculdade, ela me mandava fotos do jardim. É meio besta, mas eu adorava e ficava esperando todo ano. Ontem, quando você me mostrou as casinhas de passarinho do aniversário da sua mãe, pensei que podíamos começar uma nova tradição desse tipo para a Caroline.

Hunter relaxou na cadeira.

– Eu acho legal. No que você pensou?

– Sabe aquele carvalho enorme que fica ao lado da janela do quartinho da Caroline, no quintal da casa deles?

– Sim.

– Pensei que poderíamos mandar plantas todo ano para serem penduradas ali no aniversário dela. Você poderia fazer uma jardineira para a Anna e o Derek, para guardar as flores em vasinhos individuais. Daí, no aniversário dela, poderíamos nos revezar para ir pendurando os vasinhos com ganchos nos galhos da árvore, como se fosse uma árvore de Natal, mas uma árvore de aniversário.

Hunter olhou para mim de um jeito engraçado por um minuto. Achei que pudesse ser um olhar de decepção, então eu disse:

– Se achar bobo, deixamos para lá.

– Não, de jeito nenhum. Me parece uma ótima ideia.

– Ah, que bom. Você fez uma cara estranha, então pensei que tivesse achado a ideia boba.

Hunter coçou o queixo e apertou os olhos, como fazia quando tentava refletir sobre algo.

– O quê?

– Nada.

– Diga. Vi na sua cara que você estava pensando em alguma coisa.

Ele me encarou por mais um minuto antes de se inclinar para a frente e cruzar os dedos sobre a mesa.

– Ok. Quando fui à casa da Anna tentar conseguir o número certo de seu telefone e ela recusou, perguntei o porquê, e ela disse: "Não vou dar o telefone dela para o seu próprio bem. Ela é tão linda por dentro quanto é por fora, e ela vai te fazer sofrer quando você se der conta de que ela não está pronta para se envolver com ninguém ainda". – Ele fez uma pausa. – Achei que ela estava sendo ridícula, tentando me dizer nas entrelinhas que você não queria nada comigo, para não ferir o meu ego frágil. Agora já não tenho mais tanta certeza.

O Hunter não brincou sobre irmos transar quando saímos do restaurante. Para a minha surpresa, ele nem tentou subir até o meu quarto de hotel ao me acompanhar até o lobby.

– Obrigada pelo jantar. *Eu* é quem deveria ter pagado, já que é seu aniversário. E obrigada por me pegar no aeroporto, por me deixar dormir na sua casa e por me levar para cima e para baixo.

– De nada.

Apertei o botão para chamar o elevador.

– Então eu te ligo no ano que vem, para começarmos a tradição de aniversário da Caroline?

– Precisamos trocar telefones para conseguirmos nos falar. Acho que você pode me dar o número certo, agora que somos amigos?

Sorri.

– Claro.

Hunter tirou o celular do bolso e o passou para mim, mas, quando estendi a mão para pegar, ele deu um passo na minha direção.

– Me dê mais um beijo.

SEXO SEM AMOR?

Olhei ao redor. Havia pessoas circulando no lobby, até uma família com crianças.

– Acho que o nosso beijo é proibido para menores.

Como se estivesse de conchavo com ele, o elevador chegou na mesma hora. Hunter pegou na minha mão e me puxou para dentro. Ele apertou o botão para fechar as portas e me puxou para perto.

– Agora temos privacidade. Qual andar?

– Décimo quinto. Mas eu não vou...

O resto da frase foi engolido pelo beijo. Talvez porque já fosse a terceira vez, ou porque eu soubesse que a viagem de elevador duraria um tempo limitado, ou porque eu inconscientemente não quisesse perder um segundo sequer, dessa vez nem tentei lutar. Eu me abri para ele, e o meu corpo derreteu no dele no mesmo instante em que a sua língua encontrou a minha. A eletricidade que vinha faiscando entre nós desde o nosso primeiro beijo parecia agora ter explodido. Hunter pegou os meus pulsos e os segurou nas minhas costas, o que só me fez querer tocá-lo ainda mais desesperadamente.

Quando nos afastamos, notei que me sentia confusa. O meu coração estava acelerado, a minha respiração, rápida e irregular, e as portas do elevador que eu vi se fecharem agora se abriram. Nós subimos quinze andares e nem me dei conta. Hunter se ajoelhou para pegar o celular dele no chão. Eu o tinha derrubado sem perceber. Isso sempre acontecia quando nos beijávamos – a minha habilidade de focar em qualquer coisa além do beijo desaparecia.

Ele me entregou o telefone e limpou a garganta, embora a voz dele ainda estivesse rouca quando ele falou:

– Se você quer que eu seja um cavalheiro e fique dentro deste elevador, grave o seu telefone. Ou vou para o seu quarto e vou insistir até você ceder.

NATALIA

Eu me recompus e assenti, ainda sem conseguir falar. Antes daquele beijo, eu tinha toda a intenção do mundo de dar o meu telefone para ele. Que problema teria? Ele vivia a cinco mil quilômetros de distância, e eu tinha quase certeza de que ele não era um serial killer. Além disso, agora nós tínhamos a tradição do presente de aniversário da fofa Caroline. Mas o meu coração ainda acelerado me lembrava de que eu deveria restringir o meu contato com esse homem. Não havia uma razão específica para fazê-lo, mas eu sabia que era a decisão certa a tomar. Era como quando alguém vem dar um soco e você instintivamente leva as mãos ao rosto para se proteger. O beijo do Hunter colocou o meu corpo em modo de autoproteção. Sorrindo para ele e admirando aquele rosto lindo pela última vez, digitei sete números no celular dele e o devolvi.

– Tem certeza de que é o número certo desta vez?

– Sim – menti, e praticamente corri para fora do elevador. – Boa noite, Hunter. Feliz aniversário. Se cuida.

Capítulo 10

Hunter
12 ANOS ANTES

Nove horas em um ônibus fedendo a urina. Feliz aniversário para mim.

A última vez que viajei da Berkeley à Universidade da Califórnia em Los Angeles foi um horror. O ar-condicionado não estava funcionando durante uma das piores ondas de calor que atingiram o sul da Califórnia naquela década. Um mês depois, o calor do verão se amenizara com a chegada do outono, então pelo menos a temperatura não estava piorando aquele cheiro forte de *mijo* quente. Ainda assim, da próxima vez eu iria para o terminal mais cedo, para conseguir um lugar melhor e não ter de sentar ao lado do banheiro fedido.

A única coisa boa da viagem era que o lugar ao meu lado estava vazio. E eu aproveitei totalmente, espalhando os meus lápis-carvão e cadernos de desenho por todo lado. Eu estava fazendo o sombreado de um desenho que tinha de entregar na segunda-feira, para a disciplina de projetos estruturais, quando meu celular tocou no bolso. Sorri antes de atender, sabendo que era ela.

SEXO SEM AMOR?

A estação podia até estar mais fresca, mas as coisas entre nós estavam começando a esquentar. Afinal, ela era o meu *summer* – o meu verão – particular. Depois de passar horas na fonte, juntos, naquela tarde em que nos conhecemos, ela teve de ir embora – os pais dela foram buscá-la para passar um fim de semana em San Diego, onde eles moravam. Nós trocamos telefones e acabei mandando uma mensagem para ela naquela noite, depois de beber cerveja demais com o meu irmão e os amigos dele. Mesmo a minha mensagem de bêbado, dizendo umas merdas sobre como ela era linda e tal, não a assustaram. Nas seis semanas seguintes, trocávamos mensagem algumas vezes por dia, falando umas coisas sobre as quais eu não costumava falar. Mais recentemente, quando o dia da minha visita foi chegando, as nossas mensagens ficaram mais quentes, mas também mais pesadas. Falamos sobre o quanto o padrasto dela era um babaca, sobre a morte da minha mãe e sobre os planos para o futuro, sobre o que queríamos fazer um com o outro quando nos encontrássemos de novo.

Digitei a minha senha e a mensagem dela apareceu.

Summer: Verdade ou desafio?

Sorri. Considerando que eu estava sentado em um ônibus, não tive muita escolha. Além disso, aquele era o nosso jogo. Eu sempre escolhia "verdade". E a Summer sempre escolhia "desafio".

Hunter: Verdade.
Summer: Hmm... Ok. Vou pensar em algo bom.

Alguns minutos depois a mensagem chegou.

Summer: Qual foi a coisa mais nojenta que você já fez com uma menina?

Eu sabia a resposta sem ter de pensar, embora duvidasse se ela ia mesmo querer saber aquilo. Eu respondi.

Hunter: Tem certeza de que você quer saber essa verdade? E se te der nojo?
Summer: Agora é que fiquei curiosa e preciso saber...

Eu ri. Ok, foi você quem pediu.

Hunter: Chupei os dedos do pé de uma menina uma vez. É bom eu dizer que ela tinha acabado de tomar banho, então estavam limpinhos.
Summer: Isso te dá tesão?
Hunter: Nem um pouquinho.
Summer: Você só queria experimentar?
Hunter: Não, ela é que pediu.
Summer: Hmmm...

O que ela quis dizer com aquilo? *Hmmm...*

Hunter: Você ficou com nojo?
Summer: Nadinha. Pelo contrário. Acho sexy que você esteja disposto a fazer algo só para dar prazer à sua parceira.

Eu queria demonstrar a minha dedicação e dar prazer a *ela* da pior forma possível.

Hunter: Sua vez. Verdade ou desafio?

Ela respondeu na mesma hora.

Summer: Desafio.

Eu sabia o que queria. Estava ficando duro dentro da calça só de pensar no que queria que ela fizesse como desafio. Mas não queria ser babaca de escrever *me mande uma foto pelada*. Então peguei leve e passei a bola para ela.

Hunter: Me mande uma foto sexy.

O meu celular ficou quieto por uns dez minutos. Eu tinha começado a me preocupar de tê-la aborrecido quando vibrou.

Summer: Use as mãos para esconder a tela dos pervertidos do ônibus sentados atrás de você.

Deixa comigo.

Alguns segundos depois, uma foto apareceu na tela. Summer estava completamente nua, mesmo que eu não conseguisse ver tudo em detalhes. Ela estava ajoelhada de lado, com um braço cruzado sobre os seios, mas deixando um espaço entre o dedo indicador e o do meio para que o mamilo esquerdo aparecesse por completo.

Como se essa já não fosse a coisa mais sexy que eu já tinha visto, a cara que ela estava fazendo era a cereja do bolo. A cabeça dela estava ligeiramente inclinada para baixo, de um jeito tímido, mas os lábios estavam entreabertos, fazendo bico, como se estivesse olhando para a câmera por sob os cílios volumosos.

Que foda. Ela era o sonho de qualquer cara. Aberta, extrovertida, com um rosto de santa e um corpo de pecado. Fiquei olhando para a foto e não percebi que o tempo passou, até que ela me escreveu de novo.

Summer: Diga algo. Fui longe demais? O que você está pensando aí?

Hunter: Quer a verdade?

Summer: Claro.

Hunter: Que você é linda pra caralho. Estou me perguntando se devo entrar no banheiro com cheiro de mijo pra bater uma ou tentar aguentar até chegar ao apartamento do meu irmão.

Summer: Hahaha. Feliz aniversário, Hunter. Mal posso esperar para dizer pessoalmente.

Ela deve ter achado que eu estava brincando. Respirei fundo. O ônibus fedia. *Vai ter que ser no apartamento do Jayce, então. Desculpa aí, irmão.* O que me lembrou de que... a Summer e eu tínhamos falado sobre passarmos um tempo juntos no fim de semana, mas não tínhamos planejado nada específico, e o meu irmão queria que eu fosse a uma festa conhecer uma menina pela qual ele estava apaixonadão.

SEXO SEM AMOR?

Hunter: O que vai fazer hoje à noite? Meu irmão quer me levar para uma festa em uma república. Quer vir com a gente?
Summer: Hmmm. Prometi a uma amiga que passaria em uma festa também. Fora do campus. E se fôssemos às nossas festas separados e nos encontrássemos depois, no dormitório?

Livrar-nos de duas festas separadamente para depois ficarmos sozinhos me pareceu um ótimo plano.

Hunter: Eu te escrevo quando conseguir escapar.
Summer: Quero muito te ver.

Passei a última hora da viagem memorizando cada detalhe do corpo dela na foto. Tinha algo de especial naquela menina – e não era só o fato de ela ser muito sexy. Eu até queria que o Jayce a conhecesse, coisa que nunca tinha me passado pela cabeça com outras meninas. Nenhum de nós tinha levado uma garota para casa para conhecer a nossa mãe. Esse pensamento deixou meu coração pesado, sabendo que agora isso jamais aconteceria. Mas, por alguma razão, a Summer era diferente. Tínhamos passado apenas algumas horas juntos pessoalmente, embora viéssemos trocando mensagens havia mais de um mês. Mas queria que ela conhecesse a família que eu tinha. O Jayce ia gostar dela – bom, nós tínhamos um gosto parecido em se tratando de mulher.

Capítulo 11

Natalia

Desde que voltei da Califórnia, perdi três jantares de domingo na casa da minha mãe e, agora, estava atrasada para o quarto jantar, porque o nosso trem deveria ter saído há quinze minutos.

– Por que não vamos com o seu carro ou, melhor ainda, de Uber? Sempre íamos de carro para Howard Beach quando o meu pai ia junto.

Isabella era uma garota esperta. Ela sabia a resposta.

– Porque tem muito congestionamento entre Manhattan e Howard Beach e porque um Uber custaria cento e cinquenta dólares, ida e volta. O trem A é mais rápido e custa três dólares.

Ela empinou o nariz.

– Quando eu crescer, não vou ser pobre.

– Nós não somos pobres.

– Então por que estamos presas nesse trem fedido e não num Uber com ar-condicionado?

– Porque não jogamos dinheiro fora. Nós o usamos de forma inteligente. – E apontei o queixo para os pés dela. – Veja esse Nike de cento e quarenta dólares que acabei de comprar para você. O preço do seu Uber.

Ela revirou os olhos, mas parou de reclamar. Alguns minutos depois, o trem finalmente começou a se mover. Ainda bem, porque, embora eu não seja claustrofóbica nem nada do tipo, o calor estava fazendo com que me sentisse sufocada.

A casa da minha mãe ficava a uma caminhada de quinze minutos da estação de trem. Ela ainda morava na mesma casa de tijolinhos de dois andares na qual tínhamos crescido – só que, em vez de ter um inquilino no andar de cima para ajudar a pagar o aluguel, agora era minha irmã mais velha e a família dela que moravam lá. Eles haviam se mudado dois anos antes, quando ela teve a segunda filha e minha mãe se dispôs a ajudar com as crianças.

Sentimos o cheiro de molho de tomate no ar quando viramos a esquina do quarteirão dela. É claro que, em Howard Beach, quase toda casa de tijolinhos da vizinhança estava cozinhando molho de tomate – ou molho de carne, como muitos o chamavam. Mas eu conseguia até identificar o aroma do molho da minha mãe. A minha boca começou a salivar à medida que fomos nos aproximando.

Usei a minha chave para entrarmos.

– Chegamos! Desculpem pelo atraso!

– A massa vai ficar cozida demais – disse a minha mãe com os dedos juntos, chacoalhando o pulso, naquele gesto tipicamente italiano.

Ela me beijou com animação nas duas bochechas e fez o mesmo com a Izzy.

– Você cresceu ainda mais nas últimas semanas. Agora você tem mais espaço na barriga para as almôndegas. Venham. Vocês podem lamber a massa do bolo que acabei de fazer.

Segui as duas até o olho do furacão, isto é, a cozinha. Minhas duas sobrinhas estavam em cadeirões, a de um ano chorando e a de dois batendo uma colher na bandeja de plástico, gritando "Ma ma ma" sem parar. Minha irmã Alegra gritou "oi" para nós enquanto passava o molho de uma panela gigante para uma tigela também gigante. Minha irmã Nicola gritou "merda" enquanto colocava o pão no forno – parece que se queimou. E minha mãe a xingou em italiano.

Sim. Eu estava com saudades dos jantares de domingo.

Ao adentrar na bagunça, peguei os copos e guardanapos e me pus a arrumar a mesa do jantar. Quando voltei para a cozinha para pegar os pratos, a campainha tocou.

– A Francesca nunca vai se lembrar de trazer a chave dela?

– Sua irmã não vem. Ela está passando o fim de semana na praia, em Nova Jersey – minha mãe murmurou. – Espero que tenha levado filtro solar.

– Bom, colocar a mesa agora ficou mais fácil – disse isso porque minha irmã Francesca apresentava uma série de comportamentos obsessivo-compulsivos, um deles relacionado à simetria e à ordem. Ela levava mais de uma hora para *ajustar* a mesa aos domingos quando outra pessoa tinha arrumado os pratos e talheres. Foi por isso que me interessei por terapia comportamental – mas ela nunca me deixou trabalhar com ela *nem* foi a outro terapeuta.

A campainha soou de novo.

– Natalia, vá atender a porta.

– Por quê? Deve ser alguém querendo salvar nossa alma. – Virei para Alegra. – Pensando bem, você deveria ir lá atender. A sua alma precisa ser salva, biscate.

Minha mãe berrou:

SEXO SEM AMOR?

– Vá atender a porta, Natalia. É o nosso convidado. Não o faça esperar.

– Nosso convidado?

– Vá logo! E dê uma arrumada nesse cabelo antes de abrir a porta.

Balancei a cabeça, mas fui mesmo assim. Quando a Sra. Bella Rossi nos mandava fazer algo, era melhor obedecer.

O olho mágico era tão alto que tive de ficar na ponta dos pés e esticar o pescoço. Um homem estava lá fora, olhando para a rua. De costas, usando calça jeans, ele parecia ter uma aparência ótima. Talvez eu devesse ter arrumado o cabelo antes de abrir para a testemunha de Jeová. *Espere... Testemunhas de Jeová fazem sexo antes do casamento?* Ri comigo mesma. *Eu tô precisando dar urgentemente... Estou me sentindo atraída pelo religioso que está do lado da estátua da Virgem Maria que fica na porta da casa da minha mãe.*

Com um sorriso no rosto, abri a porta.

– Como posso ajudá-lo?

O homem se virou, e a minha respiração ficou presa na garganta. Pisquei algumas vezes, mas o rosto diante de mim não mudou – o lindo rosto com um sorriso que logo se tornou malicioso.

– O que... o que você está fazendo aqui?

– Sua mãe me convidou para jantar.

Eu tinha me esquecido de que havia passado a ele o número da minha mãe ao me despedir dele na Califórnia, um mês antes.

– Minha mãe?

– Sim. Você *acidentalmente* gravou o número da Bella no meu celular, e não o seu, lembra?

Ai, meu Deus. Eu vou matar minha mãe. Dei o telefone dela como uma piada, imaginando que ele ia entender a mensagem pouco sutil. E, caso não entendesse, eu sabia que minha mãe o faria correr para longe. Ela não conseguia conversar com um homem solteiro por três minutos sem mencionar que a sua filha Natalia precisava de um marido e de filhos.

Fiquei completamente passada ao ver o Hunter na porta da casa da minha mãe.

– A minha mãe convidou você, e você veio do outro lado do país para comer macarrão?

– Eu tinha de vir a trabalho para Nova York nesta semana, então a Bella pensou que seria legal se pudéssemos nos reencontrar. Imaginei que, já que estou aqui, seria uma boa oportunidade para corrigir o seu *descuido* de me dar o telefone errado. De novo.

– Acho que você deve ser um pouco louco.

Minha mãe me deu um susto quando escancarou a porta atrás de mim.

– Ah, você deve ser o Hunter. – Ela saiu e beijou as duas bochechas dele. – Prazer em conhecê-lo. Por que vocês estão aqui fora? A minha filha mal-educada esqueceu as regras básicas da hospitalidade? Entrem, entrem.

Eu estava petrificada desde que abri a porta. Hunter entrou na casa, fazendo uma pausa ao passar por mim. Ele se abaixou e me beijou no rosto, depois sussurrou no meu ouvido:

– Vou aceitar um beijo de boas-vindas de verdade mais tarde.

Eu ainda não conseguia acreditar que o Hunter estava em Nova York, ainda por cima sentado à mesa da minha mãe.

SEXO SEM AMOR?

Todos estavam de mãos dadas e com a cabeça baixa para a oração, o que me deu a oportunidade perfeita de encará-lo sem ser vista. Jesus, que homem lindo de morrer. Perigosamente lindo. Enquanto a minha mãe rezava para a Virgem Maria, peguei-me imaginando como seria ficar debaixo daquele homem. A Bella teria de passar uma semana rezando pela minha alma se soubesse que tipo de pensamento estava cruzando minha cabeça durante a oração.

Aposto que ele é uma máquina na cama, e atencioso também. Inconscientemente, passei a língua no meu lábio inferior enquanto mil safadezas passavam pela minha mente. É claro que o Hunter espiou naquela hora. Um sorriso malvado de menino abriu-se no rosto dele quando nossos olhares se encontraram. Jesus, o meu estômago se revirou como o de uma adolescente.

Forcei os meus olhos a se fecharem para o restante da oração, o que não foi nada fácil. Assim como na primeira vez em que nos encontramos, eu estava maravilhada com o fato de que aquele homem tinha um efeito visceral em mim. Como no início do relacionamento com o Garrett. *Esse pensamento* foi um balde de água fria. Ao menos meu ex-marido servia para alguma coisa.

Levou menos de dois minutos depois da oração para que as mulheres da família Rossi começassem a inquisição. Hunter não fazia ideia do que era se sentar à mesa com *sete* mulheres da família Rossi e uma adolescente impertinente.

– Então, Hunter, como você e a minha irmã se conheceram?

– No casamento da Anna e do Derek.

Minha mãe resolveu contar detalhes:

– Ele pegou a liga, a Nat pegou o buquê. Não é romântico?

A sala inteira fez "aaahhh".

Minha mãe acrescentou:

– O Hunter é arquiteto. Ele constrói prédios comerciais.

Ao que parecia, a minha mãe e o Hunter tinham passado um bom tempo ao telefone. Logicamente, a minha mãe deve ter pensado que ele estava pronto para lhe dar netos na semana seguinte. Ela convidaria um assassino para jantar, se fosse para eu me casar de novo e engravidar. Mal sabia ela que Hunter Delucia só queria tirar proveito da filhinha dela.

– Que romântico!

Minha irmã Alegra tinha acabado de bater os cílios e suspirar?

Izzy olhou para mim.

– Você tá saindo com esse cara?

– Não.

– Porque você tem um encontro com aquele idiota do Marcus nesta semana.

Obrigada por guardar segredos, garota.

– Hmm, sim. Mas, como eu disse, não estou saindo com o Hunter. Somos só amigos.

Hunter sorriu para Izzy e piscou.

– Amigos que às vezes se beijam.

Arregalei os olhos. Izzy pareceu achar divertido. Coloquei o guardanapo sobre a mesa e me levantei.

– Hunter, será que posso trocar uma palavrinha com você na cozinha?

Ele olhou para a minha mãe antes de se levantar.

– Com licença, Bella.

Antes de sair da sala de jantar, ouvi a Izzy dizendo:

SEXO SEM AMOR?

– Ela deve estar querendo beijá-lo de novo. – E todos caíram na gargalhada.

Minhas mãos se apoiaram nos meus quadris assim que Hunter fechou a porta da cozinha.

– O que pensa que está fazendo?

Ele se fez de inocente.

– Jantando. Conhecendo sua família.

– Você acabou de contar que nós nos beijamos às vezes!

Ele se apoiou na ilha da cozinha e cruzou os braços.

– É verdade.

– Pra início de conversa, você não devia contar isso. A Izzy não tem nem dezessete anos. Depois, isso não é da conta da minha família. E, pra completar, foram só dois beijos e no primeiro eu estava bêbada, então nem conta.

– Foram cinco vezes, e estou contando a vez em que você estava bêbada. Aliás, daquela vez, foi você quem me beijou.

– Cinco? Não foram cinco vezes. E duvido muito que eu tenha começado o beijo. Você está inventando isso porque sabe que não lembro direito.

– Cinco vezes. – Ele começou a contar nos dedos: – Primeiro, na noite do casamento. Segundo, na manhã seguinte, na porta do quarto do hotel. Terceiro, na minha casa… começou na janela, acabou na cama. Quarto, no elevador, quando agi como o cavalheiro que não sou.

Ok, então eu tinha me esquecido daquele beijo na casa dele. *Droga. Que beijo maravilhoso.*

– Tá bom – retruquei. – Mas foram quatro, não cinco.

Seu olhar diabólico enfraqueceu os meus joelhos. Ele se aproximou

118

de mim tão rápido que mal consegui recobrar os sentidos.

– Me beije – ele disse, com rispidez.

Não esperou por uma resposta e juntou seus lábios aos meus. *Jesus, esse homem sabe beijar.* Foi lento, seguro, com o grau perfeito de agressividade que me fazia querer me agarrar à pele dele.

Quando acabou, ele encostou sua testa na minha.

– Agora são cinco, ervilhinha.

Ele deve ter sugado o meu cérebro junto com a língua, porque sorri de volta como uma idiota, em vez de mandá-lo tomar naquele lugar. *Aquele lugar sexy dele.*

– Não acredito que você esteja aqui.

– Nem eu. Mas é melhor você se acostumar. Vou trabalhar aqui por um tempo.

– Por quanto tempo?

Ele olhou nos meus olhos.

– Dois meses. E nem se dê ao trabalho de ficar se escondendo. Sua mãe me deu seu telefone na semana passada.

Sete de uma vez.

Eu me lembrei do conto de fadas dos Irmãos Grimm em que um gigante fica impressionado porque acha que o alfaiate exterminou sete homens com um só golpe. O alfaiate não era ninguém perto de Hunter Delucia, que conseguiu conquistar sete mulheres da família Rossi – bem, oito, contando comigo.

Depois do jantar, minhas irmãs e minha mãe ficaram espiando pela janela da frente, vendo o Hunter jogar basquete com a Izzy na rua. Sentei em uma poltrona do outro lado da sala, tentando fingir que não queria olhar.

– Jesus, toda vez que ele arremessa a bola, a camiseta dele sobe. Espero que ele ganhe da Izzy – comentou Alegra.

– Eu não via um V tão marcado no abdome de um homem desde... Bom, acho que nunca vi um assim – Nicola suspirou.

Minha mãe liderava a Campanha Pró-Hunter.

– Ele é bonitão. Mas o chamei para jantar antes de vê-lo. Isso deveria lhe dizer algo. Ele é tão atraente por dentro quanto é por fora.

– Por quanto tempo você falou com ele? – perguntei, massageando as minhas têmporas.

– Tempo suficiente para saber que ele teve um namoro, que a mãe dele morreu quando ele tinha dezessete anos, que o irmão dele faleceu alguns anos atrás e que os hobbies dele são mergulho, surfe e escalada.

Fiquei boquiaberta.

– O irmão dele morreu? Escalada?

– Sim, o nome do irmão era Jayce. Hunter é católico, também. Mas faz uns anos que não se confessa. Você deveria convencê-lo a corrigir isso. É bom para a alma pedir perdão a Deus.

Por que diabos esse homem apareceu na porta da casa da minha mãe? Qualquer outro ia sair correndo o mais rápido possível, sem olhar para trás. Mas ele não apenas sobreviveu ao interrogatório da minha mãe – uma mulher que, por experiência própria, sempre tem um pé atrás com homens – como pode tê-la feito se apaixonar um pouquinho por ele.

Levantei e fui até a janela, onde minha mãe ainda estava suspirando. Fiquei atrás dela e coloquei a mão no seu ombro.

– Ele parece maravilhoso, mamãe.

– Parece mesmo.

– Você tem a minha bênção.

– Que bom. Espere. *O quê?*

– Você tem a minha bênção para sair com ele. Sei que ele é um pouco mais novo que você, mas acho que formariam um ótimo casal.

Minhas irmãs morreram de rir. Minha mãe até corou.

– Não estou interessada nele para mim, mas para você!

– Aham. – Escondi meu sorriso e fiz aquela cara de "sei".

– Natalia Valentina Rossi. Você precisa começar a namorar de novo, e esse homem cruzou o país só para conhecer você melhor.

– Ele está trabalhando aqui, mãe. Ele viaja pelo mundo a trabalho e desta vez teve de vir a Nova York.

– Não. Ele pediu para assumir um projeto em Nova York só para ficar perto de você.

Fui pega de surpresa.

– Ele disse isso?

Izzy entrou pela porta da frente.

– Ele é melhor que meu treinador!

Aquilo era... *um sorriso* no rosto dela? O diabo do homem não era só charmoso, era mágico.

– Mas ele não é tão bom quanto eu, né?

Hunter entrou e fechou a porta. Ele estava suado, *deliciosamente suado.*

– Você joga?

Izzy tirou sarro de mim:

– Quando arremessa a bola, ela levanta a perna como se fosse a Marilyn Monroe. Mas fez um gol outro dia.

SEXO SEM AMOR?

– Ah, ela também joga futebol? – Hunter perguntou com uma cara interessada.

– Não, foi o que ela disse quando fez uma cesta. Começou a pular e a dizer que tinha feito um gol.

– Fiquei empolgada.

Izzy balançou a cabeça, mas não desfez o sorriso.

– Convidei o Hunter para vir me ver jogar na terça-feira. Ele vai assistir e me dizer o que estou fazendo de errado, como o papai fazia.

Olhei para o Hunter.

– Ah, ele vai?

– Tudo bem para você? – Ele pareceu sincero.

Izzy estava tão empolgada que eu não poderia recusar. Ao menos foi essa a desculpa que dei para mim mesma por não ter me oposto.

– Claro. É legal da sua parte. Tenho um compromisso marcado para depois do jogo, mas posso adiar um pouco e ficar para ouvir os comentários.

Os suspiros provocados pelo Hunter se estenderam para a sobremesa. Quando terminamos e vi o horário no meu celular, fiquei surpresa por serem quase dez horas. Em geral, nós íamos embora às oito, porque a Izzy tinha de acordar cedo na manhã seguinte e a viagem de trem demorava mais de uma hora.

– Está ficando tarde. É melhor irmos, Izzy.

Ela fez uma careta. Mas aí uma ideia a animou.

– Qual trem você vai pegar, Hunter?

– Vim de carro. Mas estou ficando em Manhattan, subloquei um apartamento. Posso deixar vocês em casa no caminho.

Izzy e eu respondemos ao mesmo tempo. Eu disse "não, obrigada". Ela disse "eba, obrigada!". Os dois me olharam fazendo bico. Revirei os olhos.

– Tá. O trânsito deve estar melhor agora.

A carona foi surpreendentemente silenciosa. Izzy colocou os fones de ouvido para escutar música no banco de trás e acabou dormindo. Provavelmente estava cansada por causa da longa partida com o Hunter. Ele parecia perdido em pensamentos, e eu lutava contra os meus próprios enquanto olhava pela janela. A ideia de me envolver com aquele homem era muito tentadora, mas eu não estava pronta para um relacionamento. Eu também precisava me manter focada nas coisas importantes: minha carreira e minha enteada.

Ao cruzarmos a ponte para Manhattan, Hunter quebrou o silêncio desconfortável:

– Sua família é ótima.

Sabendo que ele havia perdido a mãe e o irmão, sensibilizei-me com o comentário. Em geral, eu ficaria irritadiça, mas dessa vez me senti grata.

– Sim, ela é. Mas não conte que falei isso.

Hunter sorriu e falou calmamente:

– Espero que você não se importe de eu ir ao jogo na terça à noite. Eu jogava basquete na escola. Ela é muito boa, e não consegui dizer não.

– Não, de jeito nenhum. Achei fofo da sua parte.

Depois de alguns minutos, ele disse:

– O compromisso que você tem depois tem a ver com aquele cara chamado Marcus, que a Izzy mencionou no jantar?

Assenti.

SEXO SEM AMOR?

– Sim, vou sair com ele.

– Primeiro encontro?

– Segundo.

Ele ficou quieto de novo. No fim, disse:

– Coitado.

Fiz uma careta.

– O quê? Por quê?

– Marcus… Provavelmente, o primeiro encontro foi bom. Nunca vai entender por que você agirá de maneira distante no segundo encontro e depois nunca marcará um terceiro. Ele vai achar que fez algo errado.

– Do que está falando?

Hunter deu de ombros.

– Você vai ficar pensando em mim durante o encontro. O coitado nem vai entender o que está acontecendo.

– Você é tão metido.

Embora Izzy estivesse dormindo com os fones de ouvido, ele se aproximou para sussurrar:

– Talvez. Mas logo vou meter em você também.

Capítulo 12

Natalia

Passei um bom tempo me aprontando para ficar bonita para o encontro *depois do* jogo. Não tinha nada a ver com o homem com quem eu estaria *no* jogo. Repito: *nada a ver com Hunter Delucia.*

Marcus era um cara ótimo. Bom emprego – desenvolvedor de websites em uma empresa local de serviços públicos. Bem-educado – abriu a porta do carro para mim e puxou a cadeira para eu sentar, no jantar do nosso primeiro encontro. Bonito – altura média, porte médio, talvez precisando perder uns dez quilinhos. Mas quem não precisava perder uns dez quilinhos depois dos trinta?

Eu odiava saber que a resposta para essa pergunta aparecia na minha cabeça na mesma hora. Hunter, obviamente, não tinha que perder dez quilinhos.

Dei uma última olhada no espelho. Minha saia vermelha era bem chamativa. Não era curta, mas conseguia ser sexy porque mostrava as minhas curvas sem ser justa demais. Combinei com uma blusa preta bem feminina de botões com manguinhas curtas e sandálias de salto, mas não muito alto, porque não fariam sentido em um jogo de basquete.

SEXO SEM AMOR?

Quando cheguei ao ginásio da escola da Izzy, o jogo ainda não tinha começado, mas Hunter já estava sentado na arquibancada. Ele se levantou quando fui sentar ao lado dele e me deu um beijo inocente no rosto. Apesar de que não havia nada de inocente na maneira como eu me sentia perto dele.

– Você está um arraso.

– Obrigada.

– Coitado – Hunter resmungou.

Dei uma risadinha para não entrar no assunto, e nos sentamos assim que as meninas saíram dos vestiários. A Izzy era a terceira da fila.

– Ela é a única que ainda está no primeiro ano do ensino médio e já é a mais alta de todas.

– Os pais dela são altos?

– O pai tem um metro e oitenta e oito. A mãe devia ter quase um e oitenta.

– Devia?

– Ela morreu há alguns anos.

– Nossa... Difícil. O pai na prisão, a mãe morreu jovem. Que sorte ela ter você.

– Na maior parte do tempo, acho que ela não pensa assim.

– Ela tem quinze anos. Ela vê o que quer ver como forma de justificar o mau humor. Não estou dizendo que o que aconteceu a ela foi fácil, mas adolescentes encontram razão para ficar encanados mesmo quando não existe uma.

– Você parece falar por experiência própria.

– Depois da morte da minha mãe, fui morar com o meu tio Joe e a mulher dele, tia Elizabeth. Ele era muito mais novo do que a minha mãe, então estava mais para um primo mais velho do que para um tio. Nós nos dávamos muito bem, mas ele e a filha dele... Aí a coisa pegava. Quando a Carla tinha mais ou menos a idade da Izzy, ela era insuportável. A vida dela era perfeita. Os pais felizes no casamento. Pai médico. A mãe tinha optado por ficar em casa para criá-la. Ela era inteligente e linda – pegou os melhores genes dos pais. Ainda assim, encontrava razão para ser um pé no saco. Nunca entendi por que ela era tão revoltada. Eu teria dado tudo para estar no lugar dela. Agora ela tem vinte e quatro anos e está mudada. Sempre tiramos sarro de como ela costumava ser.

– Não sei se um dia chegaremos a esse ponto de rir do passado. Mas entendo o que você quer dizer.

– Por quanto tempo mais o pai vai ficar preso?

– Mais alguns meses. Ele fez um tal acordo ridículo testemunhando contra um fiscal da Receita Federal que ele subornou e acabou pegando trinta meses em vez dos trinta anos que ele merecia.

– O que vai acontecer quando ele sair? A Izzy vai morar com ele?

– Não sei. Imagino que sim, mas não conversamos sobre isso ainda. Estou tentando viver um dia de cada vez.

O narrador do jogo chamou as jogadoras para a quadra. Hunter e eu nos levantamos e torcemos quando chamaram o nome da Izzy. Ela olhou para a arquibancada com um meio sorriso antes de desviar o olhar para algumas fileiras acima de nós, e de repente o sorriso chocho que ela dirigiu para a gente virou um sorrisão brilhante quando ela acenou para outra pessoa. Hunter e eu seguimos o olhar dela para ver quem era: um menino alto de ascendência indiana, sentado na última fileira.

– Quem é aquele? – Hunter apontou para trás, com o dedão, para o alto da arquibancada quando voltamos a nos sentar. Ele só tinha convivido com a Izzy por um dia, mas já demonstrava um tom protetor na voz.

– Deve ser o Manu – suspirei.

– Quem?

– O menino de quem ela gosta. Ele se chama Manu.

Hunter balançou a cabeça e resmungou:

– Outro coitado.

– Você teve um aproveitamento de sessenta por cento – Hunter disse para Izzy. – Você arremessa bem, mas com certeza pode melhorar. Está batendo o dedão do lado de fora na bola, o que a faz desviar levemente para a esquerda.

– O treinador me disse a mesma coisa.

– Você já tentou deixar o dedão mais próximo do indicador?

– Tentei, mas esqueço quando estou jogando pra valer.

– Você precisa treinar arremessos, voltar ao básico. Um tipo especial de munhequeira e uns cinquenta arremessos depois do treino até você conseguir fazer naturalmente, sem a munhequeira, em algumas semanas. Posso arrumar uma pra você.

– Tá bom! O que mais?

Olhei o horário no meu telefone – eram quase sete e meia. Andamos até o café da esquina depois do jogo para que Hunter pudesse fazer as suas considerações para Izzy. Mas o jogo demorou mais do que o previsto, e o Hunter precisou se desculpar para atender um telefonema de trabalho que demorou quase meia hora. Agora, faltava só meia hora para o meu encontro, e eu levaria mais tempo que isso para levar a Izzy para casa e depois ir encontrar o Marcus.

Hunter me pegou olhando o celular e sorriu. Não me espantaria se ele tivesse ficado meia hora lá fora de propósito, falando sozinho.

– Me deem licença um minutinho. Agora sou eu quem precisa fazer uma ligação – eu disse.

Saí e adiei o encontro com o Marcus para as oito e meia, pedindo desculpas. Teríamos menos tempo juntos, porque eu não gostava de deixar a Izzy sozinha à noite por muito tempo, então sempre voltava por volta das dez. Eu poderia ter remarcado para outro dia, mas me recusei a dar essa alegria para o Hunter.

Quando voltei para a mesa, Hunter ficou em pé.

– Estamos segurando você?

– Não, adiei o encontro por meia hora – respondi com um sorriso afetado.

Hunter e Izzy voltaram a falar de basquete.

– Quando arremessa de longe, de fora da linha dos três pontos, você precisa baixar o cotovelo para que o arremesso fique mais forte.

– Achei que estivesse baixando.

– Não o suficiente. E está se inclinando para a frente também. Vou lhe mostrar. – Ele levantou e me estendeu a mão. – Natalia?

Relutantemente dei a mão. Ele me virou de costas. Pegando o meu quadril com uma das mãos, ele usou a outra para controlar o meu braço. Basicamente como se eu fosse uma boneca.

– Você está arremessando assim. – Ele parou a minha mão acima da minha cabeça.

Sem que eu percebesse, ele tinha me inclinado para a frente, seguindo a minha mão estendida. Hunter deslizou os dedos pela

SEXO SEM AMOR?

lateral do meu corpo, contornando o arco que eu tinha feito com as costas. Friozinhos sopraram por todos os lados.

– Viu como ela está automaticamente se inclinando? Agora veja a posição se o arremesso for feito antes.

Ele de novo controlou os meus braços e fez como se eu estivesse arremessando a bola, mas parou a minha mão no ar em um ponto um pouco mais baixo para simular o arremesso. De novo deslizou a mão pela lateral do meu corpo. Só que, dessa vez, mais devagar. Izzy estava tão concentrada no conhecimento dele e nos conselhos que ele estava dando que ela pareceu não ver nada além da demonstração. Mas eu senti muito bem.

– Viu? Sem arquear as costas – ele disse com a mão na lateral do meu quadril. – Quando é o próximo jogo? – perguntou ao se sentar.

– Na quinta à noite.

– Que pena, nesse não vou poder ir. E depois?

– Temos outro no sábado de manhã. Mas é fora daqui, em Westchester.

– Treine isso que conversamos. Estarei lá.

O rosto da Izzy se iluminou.

– Tá bom!

Quando fomos pagar a conta, coisa que o Treinador Delucia não me deixou fazer, eu já estava atrasada – de novo – para o meu encontro.

Izzy começou a mandar mensagens no celular dela no momento em que pisamos na rua.

Virei para o Hunter.

– Acho que te vejo no sábado, então?

– Eu busco vocês. Podemos ir juntos.

Aceitei porque não gostava de dirigir na ponte. *Bom, na verdade, eu gostava.*

– Izzy, dê boa-noite e agradeça o Hunter.

Ela desviou o olhar do telefone por dois segundos e sorriu genuinamente para ele.

– Obrigada e boa noite, Hunter.

– De nada.

Izzy imediatamente voltou a atenção ao celular.

– Boa noite, *Natalia.*

Eu tinha cansado de corrigi-lo para que me chamasse de Nat, como eu preferia. Mas por que a maneira como ele dizia meu nome soava tão atraente?

Limpei a garganta.

– Boa noite, Hunter.

Ele me puxou e se inclinou para me dar um beijo no rosto. Ficou com a cabeça bem rente à minha orelha.

– Não durma com o cara só para tentar me esquecer. Não vai funcionar.

Capítulo 13

Natalia

– Desculpe. O que você disse? – Jesus, eu queria dar um soco no Hunter. Isso era tudo culpa dele.

Marcus fez uma cara interrogativa. Éramos só nós dois sentados a uma mesa tranquila no fundo de um bom restaurante, aliás, de um restaurante caro. Ainda assim, eu não conseguia me manter focada.

– Perguntei se você gostaria de ir a um vernissage no domingo à tarde.

– Ah, desculpe. Tive um longo dia no trabalho hoje e estou com o caso de um paciente na cabeça – menti. – Hmm, claro. Parece interessante.

Infelizmente, eu não queria ir a um vernissage no domingo. Só disse que sim porque precisava de algum obstáculo no caminho do Hunter. O Marcus era o obstáculo.

Não importava o quão legal ele era e o quanto eu queria me sentir atraída por ele, não tinha química. Depois de ter estado com o Hunter uma hora antes, não tinha como esquecer qual é a sensação de se sentir realmente atraída por alguém. Não dá para forçar a química nem para negar quando ela existe. Mas a química também não era tudo o que as pessoas acham. A química pode fazer as pessoas quererem ficar juntas. Confiança, respeito e compatibilidade é que são as chaves para manter as pessoas juntas. Eu tinha toda a química do mundo com o meu ex-marido, mas isso não significou nada no fim das contas.

Marcus estendeu a mão e pegou na minha.

– Você não parece muito animada – ele brincou.

– Desculpe. Acho que não estou num bom dia. Não é nada com você. Juro, não é mesmo.

Ele entrelaçou nossos dedos.

– Como foi o jogo da sua enteada?

– Elas ganharam na prorrogação.

– Foi legal da parte do treinador dar um feedback para ela depois. Ele deve ser muito bom.

Eu tinha comentado que me atrasaria porque a Izzy estava recebendo conselhos de como jogar melhor.

– Ah, não foi o treinador dela que deu o feedback. Foi o Hunter, que é amigo de um amigo.

– O cara da Califórnia?

Foi a minha vez de ficar confusa.

– Sim. Ele veio passar um tempo aqui a trabalho. Como você sabia que ele é da Califórnia?

– Você falou dele no nosso primeiro encontro.

– Falei?

Ele assentiu.

– Algumas vezes. Quando estava falando da sua viagem.

– Ah… – Senti que tinha de dar uma explicação. – Ele jogava basquete na faculdade, então foi ao jogo hoje observar a Izzy e dar dicas depois.

Pelo restante do encontro, tentei ficar o mais presente possível. O Marcus não merecia minha distração.

No fim, na porta do meu prédio, pegou as minhas mãos. Ele tinha insistido em me acompanhar até em casa.

– Sei que você tem de ir por causa da Izzy, mas talvez no domingo, depois do vernissage, eu possa cozinhar para você na minha casa.

Terceiro encontro. Embora eu estivesse na seca e tivesse começado a sair com homens para remediar isso, eu não estava pronta para transar com o Marcus.

– Sempre janto na casa da minha mãe de domingo à noite. Com todas as minhas irmãs.

O sorriso dele murchou.

– Então deixamos para a próxima.

– Claro.

Ele se inclinou e me beijou. E me peguei prestando atenção na mecânica do beijo. Quase como se eu tivesse de pensar no que fazer com minha língua, meus lábios, até com minhas mãos. Era o exato oposto dos beijos com o Hunter. Com ele, eu *não conseguia* pensar. Uma paixão crua me tomava, e eu perdia o controle. O beijo do Marcus foi… *bom.* Agradável.

Certamente não perdi o fôlego.

– Te vejo no domingo?

– Sim, domingo. – Jesus, tudo parecia forçado, e eu mal podia esperar para subir para o meu apartamento. – Obrigada de novo pelo jantar.

Bati na porta da Sra. Whitman do outro lado do corredor para ela saber que eu tinha chegado. Izzy já tinha quinze anos, estava bem grandinha para ficar com uma babá. Mas eu pedia para a vizinha dar uma olhada nela quando eu saía.

Izzy estava dormindo no sofá, com a TV ligada. Em vez de acordá-la, eu a cobri. O laptop estava aberto, então fui fechá-lo, mas devo ter esbarrado no teclado e a última coisa em que ela estava mexendo apareceu na tela. Era uma busca no Google pelo nome do pai dela.

Já a havia pegado fazendo isso algumas vezes, logo depois da prisão. À época, achei que era natural ela ficar curiosa para saber o que estavam falando dele. Mas agora já fazia mais de dois anos. Eu me dei conta de que a presença do Hunter naquela noite podia tê-la feito sentir falta do pai. Por mais que ele tivesse mentido para mim e me enganado, ele era um bom pai para Izzy. Nunca faltava a um jogo e eles jogavam basquete juntos.

Suspirei, fechei o laptop e desliguei a TV. Por que os homens na minha vida tinham de ser tão difíceis?

O interfone tocou meia hora mais cedo. Considerando que eu estava atrasada e havia acabado de sair do chuveiro, pensei que fosse a minha vizinha do 4D, que devia ter esquecido a chave de novo.

– Alô?

– Bom dia, ervilhinha – a voz dele ficava mais grossa pelo interfone.

Meus mamilos se enrijeceram. Olhei para baixo e conversei com eles.

– O que vou fazer com vocês dois? Já não conversamos sobre isso? Vocês se animam muito rapidinho, depois acabam se decepcionando.

Apertei o botão e disse:

– Quarto andar.

Abri a porta da frente.

Alguns minutos depois, Hunter saiu do elevador e veio até mim, passeando pelo corredor. Ele tinha uma espécie de charme arrogante que tornava seu jeito de andar muito sexy – sem falar das botas de trabalho que ele estava calçando. Por alguma razão esquisita, elas *realmente* me davam tesão. E, já que eu estava lá parada sem fazer nada além de segurar a porta aberta, pude admirar o resto todo. Infelizmente, isso não ajudou na situação dos meus mamilos.

Os olhos do Hunter baixaram e se demoraram neles antes de ele se voltar para o meu rosto com um sorriso triunfante. Revirei os olhos e dei um passo para trás para ele entrar. É claro que ele parou bem na entrada e ficamos um do lado do outro. Ele se inclinou, beijou o meu rosto e se abaixou mais – parecia ser o ritual dele, dizer algumas palavras que me faziam ficar arrepiada depois de um beijinho inocente.

Mas, dessa vez, ele não disse nada. Ele inspirou profunda e demoradamente. E, quando expirou, gemeu de leve. Senti a vibração descer até os meus dedos do pé, fazendo algumas paradas interessantes no caminho.

Sério? Eu me derreti toda só porque ele me cheirou. Precisei de mais uns trinta segundos para me recompor depois de ele finalmente entrar.

– Você chegou mais cedo.

Ele levantou uma sacola que eu não tinha visto até então.

– Trouxe o café da manhã.

Li o logo da sacola.

– Jamba Juice?

– Aveia com banana, tiras de coco e açúcar mascavo.

Arregalei os olhos.

– Não creio. Esse é o meu café da manhã preferido!

– Eu sei. A Bella me disse.

– Você ligou para a minha mãe para perguntar o que eu gostava de comer no café da manhã?

– Não, ela é que me ligou ontem à noite para me convidar para o jantar de domingo, e comentei que íamos ao jogo da Izzy. Ela talvez tenha sugerido que eu pegasse o café da manhã no caminho e me disse do que você gostava.

– Claro que ela disse – falei ironicamente.

Hunter sorriu.

– Vamos comer antes que esfrie.

Seria muita estupidez da minha parte desperdiçar o café da manhã por raiva da nova amizade entre o Hunter e a minha mãe. Então sentei e aproveitei aquela delícia de sabor.

Não tinha me dado conta de que fiquei calada por um bom tempo, comendo a aveia, até ver o lábio do Hunter pulsando enquanto ele me observava.

– O quê?

– Imagino que você goste mesmo dessa coisa.

Falei de boca cheia.

– É melhor que sexo.

– Então nunca foderam você direito.

Engasguei com a aveia e comecei a tossir.

Hunter largou a colher e fez uma cara de quem ia prestar primeiros socorros. Levantei a mão e falei com dificuldade.

– Estou bem. Água.

Ele pegou um copo e encheu de água enquanto eu tentava recuperar a respiração. A minha garganta queimou ao receber a água.

– Tem certeza de que você está bem?

Bati no peito e, finalmente, tudo desceu pelo cano certo.

– Estou ótima.

Hunter se sentou de novo.

– Você não devia falar de boca cheia.

– *Você* não devia falar impropérios.

– Foi você quem começou. Abriu a porta com os bicos do peito duros, cheirosa, falando de sexo. Acho que você é que está sendo imprópria aqui.

Os meus olhos cresceram.

– Você me aparece meia hora mais cedo, então eu tinha acabado de tomar banho, por isso meus mamilos estavam duros. O cheiro de que você tanto gostou? *Chama-se sabonete.* E eu não estava falando de sexo. Propus uma *metáfora* para descrever como eu gosto de aveia.

Hunter encheu uma colher de aveia da tigelinha dele e falou antes de colocar tudo na boca:

– As únicas palavras que ouvi dessa explicação foram *mamilos* e *sexo*.

SEXO SEM AMOR?

– Como foi o encontro? – Hunter me olhou de soslaio antes de voltar a atenção para a rodovia. Estávamos no congestionamento da ponte, a caminho do jogo.

– Foi ótimo.

Ele riu.

– Que foi?

– Você mente mal.

– Do que você está falando? Não estou mentindo.

– Você tira um fiapo imaginário da sua roupa quando você mente. Você acabou de fazer isso quando disse que o encontro foi ótimo.

– Você tá louco.

– Se é o que acha… – Ele deu de ombros.

Alguns minutos de silêncio constrangedor depois, ele disse:

– Você foi para a casa dele?

– Não é da sua conta.

– Quer saber o que eu acho?

– Não, obrigada.

– Acho que você o beijou, comparou o beijo com o nosso e se deu conta de que, por mais que queira se sentir atraída por esse cara, ele não te atrai.

Estreitei os olhos.

– Nós transamos, e não pensei em você nem uma vez.

– Sério? – Ele olhou para mim.

– Sério – respondi.

Virei a cabeça para a janela para esconder o meu rosto corado.

Hunter se inclinou e se aproximou de mim, no meu banco, enquanto dirigia.

– E o que é isso que você está fazendo com a sua mão esquerda agorinha?

Fiquei paralisada. Estava pegando um fiapo imaginário da minha calça jeans. Como eu não tinha resposta por ter sido pega mentindo, simplesmente fiz cara feia.

Hunter sorriu.

Depois de alguns minutos, suspirou:

– Deixe-me te levar para jantar hoje à noite.

Eu o ignorei.

– Você viu a liga que eu peguei no casamento da Anna e do Derek? Não consegui encontrá-la no quarto do hotel.

– Não. Não vi.

– Droga. Eu queria guardar.

Hunter voltou ao assunto anterior. Ele realmente só tinha uma coisa na cabeça.

– Então… O que me diz? Deixe-me te levar para jantar.

– Não.

– Você deixa o coitado que você nem gosta de beijar te levar para jantar, mas eu não posso?

Assenti.

– É isso mesmo.

– Eu me sinto atraído por você. Você se sente atraída por mim. Não consigo entender.

Decidi ser honesta e dar uma resposta sem filtros.

– Quando eu tinha doze anos, voltei para casa cedo. Tínhamos metade do dia livre por causa da reunião de pais e mestres. Minha mãe deixava um calendário na geladeira com todos os nossos compromissos e atividades. Com quatro meninas, tinha anotação quase todo dia. Mas, naquele dia específico, a minha mãe tinha se esquecido de escrever que sairíamos da aula mais cedo. Tanto o meu pai quanto a minha mãe trabalhavam e eu tinha a chave de casa, então voltei sozinha da escola e entrei. Ouvi um barulho no quarto dos meus pais e achei que a minha mãe tivesse deixado a TV ligada, como às vezes ela fazia. Fui desligar e vi o meu pai transando com uma amiga dela.

– Que merda. Sinto muito.

– O meu pai me implorou que eu não contasse para a minha mãe, jurando que tinha sido só aquela vez. Ele me disse que, se eu contasse, ela ficaria arrasada e seria o fim da nossa família.

– Que péssimo. Ele devia ter assumido o que fez e contado para ela, não colocado essa responsabilidade em você.

– Pois é. Eu sei disso agora.

– Você contou para ela?

– Por algumas semanas, não. Uma noite a tal amiga apareceu em casa, e eu vi a maneira como meu pai olhava para ela. Não consegui ver minha mãe ser humilhada daquele jeito. Sabia que não tinha sido uma vez só, apesar de eu só ter doze anos. Quando finalmente contei para ela, ele admitiu e disse que estava apaixonado pela amiga dela. Ele saiu de casa, e a minha mãe entrou numa depressão que durou bastante tempo.

– Às vezes fazer a coisa certa é uma merda.

Forcei um sorriso.

– É.

Eu me virei para a janela e fiquei um tempo olhando as árvores passarem.

– O meu marido não me traiu com outra, mas também não me contou que a vida que levávamos era financiada com o dinheiro que ele roubava dos clientes nem que ele administrava um esquema ilegal havia anos. Também não disse que a cobertura onde morávamos estava prestes a ser penhorada, nem que ele tinha feito uma fortuna em dívidas de cartão de crédito no meu nome. Tive de me mudar duas semanas depois de ele ser preso, a minha conta bancária estava no vermelho, e o meu nome estava sujo porque ele mandava as faturas do cartão para o escritório e não pagava. Mesmo pegando dinheiro emprestado da minha mãe, não conseguia alugar um apartamento por causa do nome sujo. Por sorte, o melhor amigo do meu maravilhoso ex-marido me apoiou e me ajudou a encontrar um lugar para morar. Em troca de toda essa bondade, ele queria que eu dormisse com ele.

– Os homens da sua vida foram uns canalhas. Já entendi.

– Sim – suspirei. – Tenho dificuldade para confiar. Mas é mais que isso. Não fui para a faculdade como eu gostaria porque não queria deixar a minha mãe sozinha. Ela nunca me pediu isso. Na verdade, ela me incentivou o máximo que pôde para que eu fosse embora. Quando me casei com Garrett, ele queria que eu ficasse em casa, embora a minha carreira de terapeuta estivesse começando. Então larguei o emprego por causa dele. Por isso, agora preciso focar em mim. Adoro o que faço. E a Izzy precisa da minha atenção. Não posso me envolver com nenhum homem, mesmo que me sinta atraída.

Hunter assentiu, mas pude ver pelo perfil do seu rosto que ele estava decepcionado.

– Só tem uma coisa que não entendo.

– O quê?

– Então por que sair com o Marcus?

– Você vai me julgar se eu for honesta?

– Nunca.

SEXO SEM AMOR?

– Porque ele é um cara muito legal e, embora eu não queira me envolver com ninguém, também não quero ser celibatária. E não preciso me preocupar com a possibilidade de me perder na relação. Faz sentido?

Chegamos à escola onde seria o jogo da Izzy. Hunter estacionou o carro no parque e virou o rosto para mim.

– Faz muito sentido. Tudo faz sentido. Mas moro a cinco mil quilômetros daqui e também não quero um relacionamento. Assim como você tem um passado, também tenho o meu. Só vou ficar na cidade por dois meses. Podíamos fazer um acordo de não sermos celibatários juntos. Só sexo e diversão, com uma data de validade. Isso impediria você de transar com uma cara por quem não se sente atraída e nós poderíamos nos perder um no outro só no quarto.

– Ele me encarou. – Pense nisso. *Sexo sem amor.*

Capítulo 14

Hunter
12 ANOS ANTES

Eu não tinha interesse nenhum na festa. Nem mesmo na ruivinha gatinha que usava os cotovelos para espremer seus peitos enormes toda vez que piscava devagar para mim, durante a nossa conversa. Mas o Jayce queria que eu ficasse um tempo, ao menos até a garota dele aparecer.

Meu irmão mais velho não era do tipo galinha. Eu podia contar nos dedos de uma mão as namoradas que ele já teve, mesmo que atrair garotas não fosse um problema para ele. Mas Jayce fazia o tipo sério. Muito disso vinha do peso que ele carregava nas costas nos últimos anos antes de a nossa mãe morrer. Ele havia se recusado a morar no campus, apesar de ter conquistado o direito a um quarto e a uma bolsa. Depois que ela faleceu, ele ainda preferiu ficar em casa para que eu tivesse um lugar para onde voltar nas férias da faculdade. Nosso tio o tinha quase forçado a morar no campus e a tentar se divertir um pouco.

– Quer outra cerveja? – Jayce gritou para mim do outro lado da cozinha. Tinha gente brincando de *beer pong* no espaço entre nós dois, ou seja, estavam jogando uma bolinha de pingue-pongue em copos com cerveja.

Balancei a lata que estava segurando. Ainda tinha metade.

– Não, ainda estou bebendo esta. Obrigado.

– Muito bem – ele riu.

Jayce voltou até mim e se encostou na pia, como eu. Ele estava seguindo os movimentos da bolinha de plástico enquanto falava.

– Você tem falado com o Derek?

– Sim. Ele está construindo um robô ou algo do tipo. Essas coisas que eles fazem lá na terra dos gênios. Espero que seja um robô feminino anatomicamente perfeito para que ele possa tirar o atraso. Ele nunca faz nada além de estudar.

Jayce bateu a latinha de cerveja de leve no meu braço.

– Um dia isso vai dar frutos, você vai ver. O Derek vai ficar rico e casar com uma mulher gostosa que vai idolatrá-lo. Escuta o que estou dizendo.

Eu ri.

– Veremos.

– Como está lá na faculdade?

Sempre o irmão mais velho.

– Tudo bem. E você?

– Fácil. Agora só faltam as eletivas, então passo a maior parte do tempo ajudando os colegas mais novos por uns trocados.

Jayce tinha encontrado a menina de quem gostava enquanto fazia essa tutoria.

– Trocados? Você ainda está cobrando da Pearl também? Ela devia estar te pagando de outras formas – brinquei e virei o resto da cerveja.

– Aliás, quem deu o nome de Pearl pra essa coitada vinte anos atrás?

Toda vez que você diz o nome dela, imagino uma velhinha de cabelo roxo como a Sra. Whitton, que morava do outro lado da rua.

Ele balançou a cabeça e riu.

– Você é um doente. A Sra. Whitton tinha oitenta e cinco anos e andava de bengala. Mas Pearl é o segundo nome dela, na verdade. Deve ser uma homenagem à vó dela ou algo do tipo. Mas todo mundo a chama assim.

Um dos colegas de república do meu irmão gritou lá de fora.

– Delucia, vem aqui. Precisamos de alguém inteligente para resolver um negócio.

Jayce bateu a latinha dele na minha.

– Não é muito difícil ser o inteligente aqui. Já volto.

Depois de derrubarem cerveja no meu sapato duas vezes, decidi tomar um ar fresco. Como o quintal dos fundos estava lotado, fui para a frente da casa e olhei o meu celular para ver se a Summer já tinha ido embora da festa dela. Na varanda, parei para mexer no telefone, quando vi duas meninas cruzando o gramado.

Summer.

Ela estava andando com uma menina, concentrada na conversa, quando os nossos olhares se encontraram. Seus olhos se arregalaram antes de ela vir correndo para a varanda. A menina com quem ela estava conversando ficou com uma cara confusa por ter sido largada no meio do papo, do nada.

Summer subiu as escadas e pulou em mim. Relembrando, acho que foi naquele momento que me apaixonei por ela. Meu coração se alegrou com essa atitude, sem falar nas minhas mãos, que também se alegraram quando agarraram a bunda dela. Não tínhamos nos beijado naquele primeiro dia – só ficamos sentados na fonte, conversando por horas. Depois passamos as últimas seis semanas conversando profundamente, de uma forma que eu nunca tinha feito com uma garota *antes* de dormir com ela. Bom, quem eu estava querendo enganar? Nunca tinha feito isso depois de dormir com elas também. Depois de um longo abraço com as pernas longas dela enganchadas em volta do meu corpo, inclinei a cabeça para trás para dar uma boa olhada na minha namorada. Nem tinha certeza de quando havia começado a considerá-la *minha namorada*, mas era o que ela era. Lábios carnudos e sorridentes me convidaram a saboreá-los. Segurando o rosto dela com as duas mãos, eu a beijei. A festa lá atrás desapareceu quando ela me beijou de volta, pressionando os seios grandes contra o meu peito.

Não fazia ideia de quanto tempo tinha durado, mas, por fim, o som de alguém limpando a garganta nos fez voltar à realidade. Nós sorrimos um para o outro como dois tontos quando nos afastamos. Passei o meu dedão no lábio inferior dela para corrigir o batom que tinha borrado.

– Hmm... Vocês dois se conhecem mesmo ou esse é um daqueles seus desafios idiotas?

Summer sorriu.

– O Hunter escolheu "verdade" na primeira vez que o desafiei. E, desde então, ele só escolhe "verdade".

A amiga dela balançou a cabeça.

– Você e os seus testes. Vou deixar vocês voltarem ao que estavam fazendo. E vou ver se encontro algo para bebermos que não seja cerveja barata.

– Tá bom, obrigada! Nos encontramos lá dentro, daqui a pouco.

Quando a amiga dela desapareceu, perguntei o que ela quis dizer com "você e os seus testes".

– Quando eu estava no nono ano, vários meninos me convidaram para jogar "verdade ou desafio". Mas esse era o truquezinho deles para convencer as meninas a fazer o que eles queriam. Aí, no fim, uma de nós sempre dizia "desafio" para parecer descolada, e eles nos desafiavam a beijá-los. Então comecei a usar o mesmo jogo para identificar os meninos que só estão interessados em uma coisa.

– O que quer dizer?

– Se acho que um cara é bonitinho e tem potencial, peço pra ele escolher entre verdade ou desafio. Se ele escolher imediatamente desafio, é porque ele quer que eu faça o mesmo e escolha desafio, e aí ele vai me desafiar a fazer algo com ele ou para ele... Mostra que ele está mais interessado em dar uns pegas do que em me conhecer.

A lógica dela não era das mais ortodoxas, mas acho até que ela tinha certa razão. E eu estava feliz pra caralho de ter escolhido "verdade" naquele primeiro dia.

– A maioria dos caras escolhe "desafio"?

– Quase todos. Bom, não o Gavin, da minha aula de artes. Ele escolheu verdade. Mas concluí que ele não conta, porque uns dias depois ele me apresentou o namorado dele. – Ela inclinou a cabeça para o lado e sorriu para mim. – Você não é gay, é?

Eu ainda estava com a mão na bunda dela, e as pernas dela, ao redor da minha cintura. Respondi pressionando o meu quadril contra ela, para que sentisse a minha ereção.

– O que você acha?

Summer deu uma risadinha. O som era uma delícia.

SEXO SEM AMOR?

– Aliás, o que estamos fazendo aqui? – perguntei. – Achei que fôssemos nos encontrar depois da sua festa.

– Eu ia te perguntar a mesma coisa. Você já foi à sua festa?

Estreitei as sobrancelhas e apontei para a casa com o dedão.

– Esta é a festa. Esta também é a sua festa?

Ela sorriu.

– É. Que engraçado. Você disse que ia a uma festa numa república, e eu disse que ia a uma festa fora do campus. Não me toquei de que poderia ser a mesma festa.

Os meus olhos baixaram até os lábios dela.

– Quero sair daqui. Levar você... não sei aonde... pra algum outro lugar. Mas o meu irmão quer que eu conheça uma pessoa.

– Eu também preciso conhecer uma pessoa. Talvez a gente consiga escapar mais tarde.

– Com certeza.

Por mais que eu tenha odiado fazer isso, coloquei a Summer de volta no chão. A casa estava lotada de gente bêbada, então não dava para me mover com ela no colo. Peguei a mão dela.

– Vem comigo. Vou te apresentar o Jayce. Talvez a menina que ele estava esperando já tenha chegado.

– Que engraçado. O cara que eu vim encontrar se chama Jayce também.

Às vezes você simplesmente *sabe*. Como na primeira vez em que a minha mãe caiu. Eu a ajudei a levantar e perguntei se ela estava bem. Mas algo me dizia que não foi só um tropeço, embora ela tenha dito isso.

Eu sabia a resposta antes de perguntar para Summer.

– O seu nome do meio por um acaso é Pearl?
Ela franziu o narizinho.
– Como você sabe?

Capítulo 15

Natalia

Mal consegui me concentrar no jogo. *Sexo sem amor.* Foram as palavras exatas que a Anna usou para descrever a relação que eu deveria ter com o Hunter. Eles faziam parecer tão simples. Talvez até fosse. Talvez eu que estivesse dificultando à toa. Afinal, seria a mesma coisa que eu teria com o Marcus se dormisse com ele. Mas eu não sabia se o Marcus encararia a situação da mesma forma. Não que eu fosse arrogante a ponto de achar que ele já estava apaixonado por mim, mas o meu instinto me dizia que ele queria um relacionamento. É claro que há homens que levam você para jantar algumas vezes só para conseguir sexo. Eu podia estar enganada, mas achava que essa não era a intenção do Marcus.

A parte de mim que queria dormir com o Hunter justificava tudo. *Dormir com o Marcus seria errado – você o estaria usando.* A atitude *honesta* a se tomar seria terminar com ele e ter uma relação puramente sexual com o homem que só quer isso. No entanto, a parte de mim que não queria dormir com o Hunter – o meu cérebro – sabia que aquele homem poderia partir o meu coração.

SEXO SEM AMOR?

Eu me sentia atraída por ele, claro. Quem não se sentiria? Mas era mais do que atração física. Eu gostava dele. Ele era engraçado, inteligente, esportivo. Sem falar que tinha tratado bem a Izzy – um cara precisa ser especial para enfrentar uma adolescente. Será que eu conseguiria manter os olhos abertos e não deixar os meus sentimentos crescerem?

– Você quer alguma coisa? – ouvi Hunter perguntar.

– Hmm? – Olhei para ele com uma cara confusa.

– Você não ouviu uma palavra do que eu disse, não é?

– Ouvi, sim.

– Ah, é? O que eu disse?

– Você perguntou se eu queria alguma coisa.

– Antes disso.

– *Ah.*

Ele riu e se aproximou.

– Pensando no que eu te falei lá no carro, né?

– Não estou, não.

– Está, sim.

– Não estou.

– Está.

– Quantos anos você tem? Porque parece que tem sete.

Hunter ficou em pé.

– O que você quer comer? Porque, se me deixar escolher, vou comprar um cachorro-quente só para ver você comê-lo.

– Não estou com fome. – E não estava até os meus olhos acompanharem o Hunter descendo da arquibancada. Eu nem tinha notado que o jogo estava parado. Fiquei devaneando durante a maior parte do tempo.

Hunter voltou com uma caixa com pretzels e dois refrigerantes gigantes, e me deu um.

– Então, o que decidiu?

– Acho que vou comer o pretzel, já que comprou um pra mim.

– Quis dizer com relação à proposta sobre a qual você ficou fantasiando na última meia hora.

– Eu não estava... – mas achei melhor não protestar de novo, porque viraria outra discussão ridícula de "estava sim" e "estava não", então, em vez disso, fui sincera e respondi, revirando os olhos: – Estava pesando os prós e contras na minha cabeça.

Ele colocou a caixa de pretzels sobre a arquibancada, limpou as mãos e virou no banco para me dar atenção total.

– Quais são eles? Me diga.

– O quê? Não!

– Por que não?

– Pra começar, este não é um lugar apropriado. – Olhei para os lados. Apesar de não haver ninguém prestando atenção a nós, eu com certeza me interessaria por uma conversa dessas caso a ouvisse na arquibancada.

– Ok, então onde?

– Algum lugar fechado.

– Na minha casa depois do jogo.

– Não.

– Por que não? Você não confia em si mesma?

– Não seja ridículo. Tenho de ficar com a Izzy, e eu disse a ela que vamos fazer compras mais tarde, depois do jogo.

– Amanhã, então?

– Vou sair com o Marcus.

SEXO SEM AMOR?

Hunter me olhou com cara de desaprovação.

– Quando eu disse que estava pesando os prós e contras na minha cabeça, não quis dizer que precisava da sua ajuda. Eu só estava sendo sincera.

– Tá. No entanto, se você vai pesar prós e contras sem mim, preciso apresentar a minha defesa primeiro.

Ergui as sobrancelhas.

– Apresentar a sua defesa?

– Sim. Você pode estar desconsiderando fatores importantes que poderiam afetar a sua decisão.

– Ah, é? – Eu ri. – Como o quê?

– Bom, primeiro, você precisa saber que sou extremamente bom nisso.

– Todo homem acha que é bom, Hunter.

Ele me ignorou.

– E sou bem-dotado.

– Me mostre um homem que diria "eu tenho um pênis pequeno" para uma mulher com quem ele quer dormir.

– Acho que não fazer sexo oral em uma mulher é, em primeiro lugar, mal-educado.

Abri a boca para dizer algo, mas nada saiu.

Uma das mulheres sentadas duas fileiras à frente da nossa virou-se para nós.

– Se ela recusar, eu te dou o meu telefone – ela disse.

A minha cara ficou roxa, enquanto Hunter, sendo Hunter, a enfeitiçou com um sorriso e uma piscadela.

– E eu ainda nem cheguei aos meus argumentos principais.

Felizmente, o árbitro apitou para que o jogo recomeçasse, e o homem insistente do meu lado precisou prestar atenção à quadra. Eu, por minha vez, fiquei olhando para a frente, lutando para acompanhar a bola. Tudo o que passava pela minha cabeça era: *Jesus, eu gosto de homem bem-educado na cama.*

– Será que poderíamos ir ao shopping amanhã, antes do jantar de domingo? – a Izzy perguntou do banco de trás do carro alugado do Hunter. Estávamos quase entrando em Manhattan, depois de enfrentar um congestionamento por causa de reparos na rodovia.

Respondi:

– Tenho um compromisso amanhã.

– Ah, sim, com o cara feio.

Com o canto do olho, vi o Hunter sorrir.

– O Marcus não é feio. Além disso, eu achava que você *precisava* ir ao shopping hoje para comprar shorts de treino.

Izzy deu de ombros.

– Posso continuar usando um pouco mais os que tenho.

Havia uma razão para ela abrir mão de uma ida ao shopping.

– Tá. Se não formos ao shopping, você quer fazer outra coisa?

Ela desviou o olhar.

– Eu queria ir à escola para ver os meninos jogarem basquete.

– O jogo dos meninos?

– Para ver a técnica – ela respondeu, tentando ser convincente.

– É bom assistir a outros jogadores para desenvolver a técnica, não é verdade, Hunter?

SEXO SEM AMOR?

Hunter me fitou com uma expressão significativa. Olhei de volta, concordando, e foi como se tivéssemos tido uma conversa de dois segundos sem palavras.

– Ver os outros jogarem é sempre bom – ele pontuou. – Mas talvez seja melhor assistir a jogos profissionais, assim você não assimila os tiques ruins dos meninos do ensino médio.

Tentei não rir. É claro que eu a deixaria ir ao jogo em vez de ir ao shopping comigo. Ela tinha quinze anos e tinha mesmo que ficar com os amigos.

Hunter olhou para Izzy pelo espelho retrovisor.

– A que horas é o jogo?

– Acabou de começar.

– Pensando bem, assistir a esse jogo pode ser bom. Você pode avaliar as coisas que eles fazem de errado também.

Izzy se animou.

– É isso que vou fazer. Você pode me deixar lá, Hunter?

– Não quer ir para casa trocar de roupa? – perguntei. – Você ainda está de uniforme.

– É um jogo de basquete. Tem dois times de uniforme lá.

– Não me importo de deixar você lá – Hunter disse. – Além disso, nós teremos a oportunidade de conversar sobre aquele assunto.

Franzi a testa. Hunter esclareceu:

– Sobre os prós e contras.

Hunter esperou na porta da escola até Izzy entrar. Depois, virou para mim:

– Na sua casa ou na minha?

– Não vou transar com você.

– Você quer dizer que não vai transar agora, ou que nunca vai transar?

– Você disse... – deixei a minha voz mais séria. – *Na sua casa ou na minha*, que em geral é uma maneira de perguntar onde o casal vai dormir junto.

– Então quer dizer que está fora de cogitação *agora*, só?

Ri.

– Por que não saímos para almoçar? Devo a você pelo menos um almoço por ter ido a dois jogos de basquete da Izzy, e por ter sacrificado a sua manhã de sábado.

– Tá bom. – Ele encostou o carro. – Aceito o almoço. Mas saiba que não sacrifiquei a minha manhã de sábado... e sou eu quem vai pagar o almoço.

Eu tinha comido pretzel durante o jogo, então não estava com tanta fome.

– Quero uma salada Caesar.

A garçonete olhou para o Hunter, que olhou para mim.

– Você gosta de lula?

– Sim.

– Então queremos uma porção de lula à dorê.

Ela anotou o pedido. Hunter olhou para mim de novo.

– Você gosta de berinjela?

SEXO SEM AMOR?

– Sim, mas não estou com muita fome.

– Nem eu, a gente divide.

– Tá bom.

– Então vamos querer também o rollatini de berinjela.

– Então você poderia cancelar a salada? – pedi para a garçonete.

Depois que ela saiu, abri o guardanapo para colocá-lo no meu colo e dei um gole na minha água. Hunter me observava com interesse.

– O que foi?

Ele deu de ombros.

– Só estou olhando você.

– Não faça isso.

– Não olhar para você? – Ele ergueu uma sobrancelha. – Seria um pouco difícil conversar desse jeito, já que você está sentada na minha frente.

– Eu quis dizer olhar *daquele* jeito.

– De que jeito?

– Sexy etc.

– Eu sou sexy?

– Será que não podemos almoçar como amigos? – Soltei o ar de uma vez. – Sem falar de sexo, sem você ficar me olhando de um jeito sexy, sem essa pressão.

– Vou tentar. Mas o olhar sexy é natural.

Eu ri, o que quebrou a tensão – até que o meu telefone tocou e apareceu ZELADOR na tela.

– Desculpe. É o zelador do meu prédio. Preciso atender.

Atendi, imaginando que seria o Jimmy, o zelador.

– Alô?

– Minha inquilina favorita, fiquei sabendo que você precisa dos meus serviços.

A voz do outro lado da linha me deixou imediatamente de mau humor. Não era o zelador. Era o canalha dono do prédio.

– Ah, oi, Damon. Liguei para o zelador hoje cedo por causa de um probleminha. Mas não é nada com que se preocupar. Não acho que você precise se envolver.

– Está em casa?

– Não.

– A que horas você estará em casa? Posso olhar o cano para você.

Eu não sabia a que horas a Izzy chegaria em casa, e queria evitar ficar sozinha com aquele cara a qualquer custo.

– Ah, não sei. Talvez daqui a algumas horas.

– Umas cinco horas?

Aff. Por que não podia ser simplesmente o zelador, como quando dava problema com os outros inquilinos?

– Não precisa se preocupar, Damon. O Jimmy pode consertar quando ele tiver tempo. Posso usar a pia do banheiro enquanto isso.

– Vejo você às cinco.

– Pode ser que eu me atrase.

– Me ligue quando voltar para casa.

– Ok. – Engoli a raiva.

Depois que desliguei, não consegui disfarçar a minha chateação. Hunter pareceu preocupado.

– O que foi? Tá tudo bem?

– Lembra-se de quando lhe contei que o melhor amigo do meu ex-marido foi bonzinho e me ajudou a encontrar um apartamento? E que, em troca, ele achava que eu devia dormir com ele?

SEXO SEM AMOR?

– Sim.

– Bom, era esse babaca, o Damon. Ele é dono do prédio. Fico com medo toda vez que dá algum problema no apartamento, porque, em vez de o zelador vir consertar, ele sempre quer aparecer por lá pessoalmente. Ele não força nada mais sério, mas já tentou me beijar e fica me convidando para sair. É bem desconfortável.

A maneira como a mandíbula do Hunter ficou tensa foi fofa.

– Vou com você para casa. Ele pode consertar a pia comigo lá.

– Não precisa.

– Sim, precisa. E peço desculpas por ter sido meio agressivo na minha insistência. Eu não tinha me tocado até você me contar sobre esse cara.

– Você não foi agressivo. – Sorri. – Insistente, talvez. Mas não é a mesma coisa. Nunca tive a sensação de que, se eu dissesse "não", e esse "não" fosse definitivo, você continuaria insistindo. No Damon, por outro lado, eu não confio. Não gosto de ficar nem no mesmo cômodo que ele.

– Bom, vou parar de insistir, de qualquer jeito. Se você mudar de ideia e quiser que a gente seja mais que amigos, é só me procurar. Se não quiser, tudo bem.

Por mais que eu tivesse dito que era isso que eu queria, e que eu soubesse que era o melhor caminho, fiquei triste. Forcei um sorriso.

– Tá bom.

O restante do almoço foi bom, mas o clima mudou. Havia quase um constrangimento na nossa conversa. Hunter relaxava e começava a flertar comigo, mas depois se tocava e recuava. Era como se ele não soubesse ser meu amigo. Em determinado momento, quando ele estava traçando a borda do copo com o dedo, calado, toquei no assunto.

– Você não tem amigas, tem?

– Claro que tenho. – Ele levantou os olhos. – Sou amigo de muitas mulheres.

– Quem?

– Da Anna, por exemplo.

– Ela não é sua amiga. Ela é mulher do seu amigo.

– Então só posso ser amigo de um dos dois?

– Você tem mulheres solteiras como amigas?

– Sim, no trabalho.

– Tá. Quem?

– Às vezes vou almoçar com a Renee. Ela é gerente de projetos.

– Ela está namorando?

– Acho que não.

– Quantos anos ela tem?

Ele deu de ombros.

– Uns sessenta e poucos.

Balancei a cabeça.

– Ela não conta. E amigas solteiras de vinte ou trinta anos?

– Não. Mas tenho uma boa razão para isso.

– Qual?

– Homens e mulheres na idade fértil se sentem atraídos uns pelos outros. É fisiológico.

Os meus olhos se arregalaram.

– Você não pode estar falando sério.

Hunter recostou-se na cadeira.

SEXO SEM AMOR?

– Que tipo de programa eu faria com uma mulher por quem me sinto atraído?

– O que você quer dizer? O que você faz com os seus amigos homens?

– Esportes. Gosto de escalar rochas também e de mergulhar, jogar golfe...

– Então por que nós não podemos fazer essas coisas juntos?

– Pra começar, quando estamos jogando golfe entre amigos e um de nós precisa fazer xixi, a gente vai atrás do arbusto e faz ali mesmo. E, na escalada, não tem jeito melhor de comemorar a chegada ao topo do que fazer xixi de lá de cima, na encosta da pedra.

– Então homens e mulheres não podem ser amigos porque homens urinam em lugares públicos?

– Na última vez em que mergulhamos, o Derek cortou a mão no coral. Nós passamos uma fita isolante na mão dele para manter o corte fechado e fomos fazer outro mergulho. Ele provavelmente precisava levar um ou dois pontos, mas, se ele tivesse ido para o hospital, nós o chamaríamos de mulherzinha por um mês.

– Se eu estivesse mergulhando com você, você passaria fita isolante na minha mão?

– Não. Eu levaria *você* ao hospital para levar pontos.

– E se eu não quisesse levar pontos?

– Eu não te daria escolha. Se você se machucar, vou cuidar de você.

– Mas você não cuidaria do seu melhor amigo, o Derek?

– Não. – Ele riu.

– Você é bem machista, sabia?

– Cuidar de uma mulher é ser cavalheiro.

– Não se você faz isso porque acha que o seu sexo é superior e que a mulher não consegue cuidar de si mesma.

– Eu não disse isso. Se você cortar a mão, tenho certeza de que consegue ir sozinha ao pronto-socorro. Mas eu ia querer levá-la, de qualquer forma.

Bebi a minha água e sorri com desdém:

– Machista.

Hunter inclinou-se para a frente.

– Aposto que você consegue ter um orgasmo sozinha. Mas prefiro te ajudar com a minha boca. Isso me torna machista também?

Ele até podia ser machista, mas a ideia de aquele homem fazer sexo oral em mim fez com que me retorcesse na cadeira. Claro que ele não poderia ser um *cavalheiro* e fingir que não viu. Um sorriso malicioso transformou aquela boca pecaminosa dele.

Fiquei feliz quando a garçonete voltou e nos interrompeu. Apesar do meu protesto, o Hunter pagou a conta e me estendeu a mão.

– Venha, vou levar você para casa e ficar lá enquanto o babaca do Damon conserta a sua pia.

– Você não precisa fazer isso.

– Deixe-me fazer esse favor para você, já que não me deixa fazer o outro favor que eu preferiria fazer.

Capítulo 16

Natalia

No fim, não precisei ligar para o Damon quando cheguei em casa. O babaca estava sentado no meu sofá quando abri a porta.

Assustada, dei um pulo para trás, e o Hunter, que estava atrás de mim, imediatamente me segurou e passou à minha frente.

Todos os músculos do corpo dele ficaram tensos quando ele rosnou para o cara:

– Quem diabos é você?

Hunter não era o tipo de cara com quem você quer cruzar numa rua escura e sem saída.

– Damon Valente. E quem diabos é você?

Apertei o ombro do Hunter.

– Está tudo bem. Esse é o Damon. Eu não esperava que ele estivesse dentro da minha casa, por isso me assustei.

Hunter respondeu para mim falando com o Damon:

– Ele não deveria estar aqui dentro. Como você entrou?

Damon era um babaca metido.

– Sou o dono do prédio. Temos as chaves de todos os apartamentos. Quem é esse cara, Nat?

SEXO SEM AMOR?

Vendo que eu precisava esfriar o clima, dei um passo à frente do Hunter e tentei acalmar os nervos.

– Este é Hunter Delucia.

Damon o mediu abertamente.

– Ah, é? Sou o proprietário do apartamento e também amigo do marido da Nat, o Garrett.

Coloquei a minha bolsa sobre um móvel e o corrigi:

– *Ex*-marido.

Hunter fechou a porta e foi apertar a mão do Damon. Suspirei aliviada, pensando que Hunter ia pegar leve. Eu devia ter imaginado que ele só queria se aproximar para se impor.

Ele esperou Damon apertar a sua mão e olhou diretamente nos olhos dele enquanto disse:

– Você não devia entrar aqui quando a Natalia não está em casa.

– A Nat não se importa.

– Na verdade, Damon, eu me importo, sim.

Os dois ainda estavam apertando as mãos, mas era mais um daqueles apertos de mão antes da luta do que um cumprimento. Preocupada com a tensão no rosto do Hunter, desviei a atenção deles para o problema na pia. Embora algo me dissesse que o Hunter não acharia que o maior problema ali estava na pia da cozinha.

Andei até a cozinha e abri o armário sob a pia, mostrando o balde que eu tinha colocado lá embaixo e que agora já estava meio cheio.

– Está pingando mesmo com a torneira fechada. Não tinha percebido até os meus pés ficarem encharcados. Já tinha enchido o armário. Então acho que o cano está furado ou algo assim.

A minha respiração falhou quando os dois largaram a mão

um do outro e o Damon foi até a cozinha. Ele colocou a mão nas minhas costas, com os dedos abertos quase tocando a minha bunda, ao ficar do meu lado. Eu me virei para me livrar do toque.

Damon abriu a torneira e agachou para olhar embaixo da pia.

– Tem um vazamento. A rosca está velha e corroída, precisa ser trocada. E precisa colocar massa adesiva. – Ele ficou em pé e fechou a torneira. – Vou comprar e volto amanhã de manhã pra instalar.

Hunter, que estava na porta da cozinha quase barrando a entrada com seus ombros largos, disse:

– Pode deixar que eu cuido disso.

Damon se virou.

– Faz parte do contrato, ela tem direito. Proprietários cuidam de problemas no encanamento, na eletricidade, no aquecimento. Além disso, prometi para o meu amigo que cuidaria da mulher dele enquanto ele estivesse fora.

Os olhos do Hunter me miraram por um instante e depois voltaram para o Damon. A mandíbula dele ficou tensa.

– *Ex*-mulher. E você pode falar para o seu amigo que a Natalia está sendo muito bem cuidada.

A cara do Damon ficou vermelha. Hunter era mais jovem, maior, mais forte e não deixou espaço para negociação. Puto da vida, Damon virou para mim:

– Não me faça perder tempo se você já tem outra pessoa para fazer o trabalho.

Ele bateu a porta da frente um minuto depois. Hunter passou os dedos pelo cabelo.

– Desculpe por isso.

— Desculpar? Sinceramente, duvido que aquele babaca vá me incomodar de novo. Preciso é te agradecer.

— O cara é um mau-caráter.

— É mesmo. Acho que, se eu tivesse conhecido o Damon no mesmo dia em que conheci o Garrett, talvez tivesse pensado duas vezes sobre o caráter do meu ex-marido. Você pode dizer muito sobre uma pessoa com base nos amigos dela.

Hunter assentiu.

— Concordo. — E olhou para mim. — Inclusive, acho a Anna muito legal.

Jesus, o homem conseguiria derreter gelo com aqueles olhos.

— O Derek é muito legal também.

Apesar de eu ter dito a ele que chamaria um encanador para consertar o vazamento, Hunter insistiu que era fácil e que ele consertaria para mim. Então, quando ele saiu para comprar o material, limpei tudo no armário da pia e decidi fazer brownie para ele. Já estava assado quando ele voltou — embora a loja de materiais que eu havia indicado ficasse na esquina de cima.

Ele entrou com duas sacolas.

— Que cheiro bom aqui.

— Fiz brownie para você. Você ajudou a Izzy, me pagou o jantar do seu aniversário e o almoço de hoje. E vai consertar a minha pia. Sem falar que me levou para cima e para baixo lá na Califórnia e me deixou ficar na sua casa. É o mínimo que eu poderia fazer.

– Não precisava. – Ele pegou um brownie e o enfiou na boca.
– Mas, se você estiver a fim, posso pensar em outras formas de você
me agradecer.

Antes que eu pudesse dizer alguma coisa, ele balançou a cabeça.

– Putz, parece que não consigo mesmo controlar a minha boca,
mesmo quando estou tentando. Espero que você tenha sido sincera
quando disse que não sou um babaca como o Damon.

– Você não se parece em nada com aquele mau-caráter – garanti.
– Estou feliz que você tenha voltado ao seu estado normal e pervertido. Aquela meia hora em que você praticou o autocontrole foi
horrível.

Hunter desabotoou a camisa e piscou.

– Eu sabia que você gostava da minha boca suja.

Só de camiseta branca, ele se preparou para consertar a pia. Virou o conteúdo de uma das sacolas no balcão e abriu as embalagens
das peças do cano, arrumando-as no chão, ao lado de onde faria o
conserto. Assim que ele baixou a cabeça, na altura do armário sob a
pia, o gato da Izzy pulou do nada e começou a correr pelo cômodo
– e saltou mais de uma vez nas costas do Hunter. O susto fez com
que ele batesse a cabeça na porta do armário.

– Que porra foi essa?

Peguei o gato maluco no colo.

– Desculpe, você está bem? É o gato da Izzy. Ele não aparece
muito. É tímido.

Hunter esfregou a cabeça e levantou os olhos para ver o gato no
meu colo.

– Ele é... caolho?

Fiz um carinho no bichinho.

– Sim. Ele era um gato de rua, e a Izzy dava comida pra ele quando morava com a mãe. Deve ter entrado numa briga e perdido um olho. Ele também não tem rabo.

– Que gato feio.

– Ah, não seja mau. O Gatileu Gatilei tem sentimentos.

Hunter ergueu a sobrancelha.

– Gatileu Gatilei?

– A Izzy gosta de ciências. Mas o apelidamos de Gati. Ele gosta de dormir no armário. O coitadinho fica no meio da roupa suja da dona dele para se esconder. Acho que teve uma vida difícil nas ruas.

Fiz carinho na cabeça do Gatileu, e ele lambeu o meu pulso e começou a ronronar.

Hunter rosnou:

– Bichano sortudo. – E voltou a trabalhar debaixo da pia.

Quinze minutos depois, a pia estava consertada.

– Não tenho como lhe agradecer.

– Sem problemas – ele disse enquanto lavava as mãos e pegava a outra sacola, que agora notei que estava cheia.

– Comprou mais material para caso precisasse?

– Não. Você tem uma chave de fenda?

– Sim. – Fui até a gaveta da bagunça e apanhei a ferramenta enquanto Hunter esvaziava a sacola. Dentro, havia uma fechadura e chaves.

– Vou aproveitar para trocar a fechadura da sua porta de entrada, assim aquele babaca não vai conseguir entrar enquanto você estiver tomando banho ou algo do tipo.

Nunca tinha pensado nisso. Mas, agora que ele disse, fiquei feliz por trocar a fechadura, porque não conseguiria dormir à noite com aquela ideia na cabeça.

– Nossa. Sim. Obrigada. É muito legal da sua parte.

– Preciso ir embora. – Hunter terminou a cerveja que eu tinha lhe dado depois de ter consertado a minha pia e trocado a minha fechadura. Como a Izzy tinha mandado uma mensagem avisando que ia para a casa de uma amiga depois do jogo de basquete dos meninos, eu não tinha nenhum compromisso à tarde nem à noite.

– Você quer ficar e ver um filme? Posso fazer o jantar para você depois, já que almoçamos tarde.

Hunter foi até onde eu estava em pé para jogar a lata de cerveja fora e tirou uma mecha de cabelo do meu rosto.

– Preciso ir.

A mão dele se demorou um pouco no meu rosto, com o dedão acariciando a minha pele, e ficamos nos encarando. Meu Deus, eu o desejava tanto que chegava a doer. Queria que ele pegasse meu rosto e me desse um daqueles beijos longos. Eram tão íntimos, tão apaixonados. Mas, como sempre, o medo me impedia de dizer isso ou de partir para a ação.

Hunter leu o medo nos meus olhos e assentiu com um sorriso triste.

– Preciso mesmo ir.

Caminhamos em direção à porta em silêncio. Quando ele a abriu, entrei em pânico.

SEXO SEM AMOR?

– Você vai jantar na casa da minha mãe amanhã, certo? Ela convidou você?

– Ela convidou. Mas vou ter de dizer a ela que não dá para eu ir. Você deveria levar o Marcus.

O Marcus. Eu tinha zero desejo de levar o Marcus à casa da minha mãe. Na verdade, eu tinha zero desejo pelo Marcus. O contrário do que sentia pelo homem que estava diante de mim.

– Eu vou te ver de novo?

– Vou ficar aqui por dois meses. Se precisar de algo, me ligue. Além disso, vou ver se os arremessos da Izzy melhoram.

Ele estendeu a mão pela primeira vez, em vez de me beijar, como tinha feito quando nos despedimos das outras vezes.

– Amizade sem sexo?

Não era tão excitante quanto *sexo sem amor*, mas era com o que eu podia lidar agora. Apertei a mão dele.

– Amizade sem sexo.

Capítulo 17

Natalia

– Você está mesmo linda. Não consigo tirar os olhos de você. O meu amigo vai ficar ofendido de eu não olhar para os quadros dele.

Eu tinha feito o maior esforço me arrumando para o encontro com o Marcus. Depois de uma noite melancólica após a partida do Hunter, decidi que, se estivesse me sentindo bonita, talvez tivesse algum desejo pelo Marcus. Infelizmente, o método não estava funcionando.

– Obrigada. – Forcei um sorriso.

Marcus e eu passamos para a próxima obra de arte, e dessa vez tive vontade de sorrir de verdade. O amigo dele era um pintor talentoso. A maioria dos quadros era surrealista, com o foco em algum objeto exagerado que ele tirava de filmes clássicos. As caixas dos DVDs dos filmes que o haviam inspirado estavam sobre uma prateleira, sob cada quadro. Essa pintura, em particular, era baseada no clássico de terror *Os pássaros*. Na capa do DVD, os pássaros estavam atacando a atriz apavorada. Mas a pintura mostrava várias casinhas de passarinho caindo aos pedaços, com pregos apontando

SEXO SEM AMOR?

para fora por todos os lados e, em vez de uma mulher apavorada, era um homem com os cortes dos pregos no rosto.

– Tenho um amigo que gostaria desse quadro. Será que o artista se importa se eu tirar uma foto?

– Não, de jeito nenhum. Tem uma placa na porta dizendo que o pintor gosta de compartilhamentos, só não de reproduções.

Peguei o celular na bolsa e tirei algumas fotos, com a intenção de mandar para o Hunter depois. Não me dei conta de que sorri o tempo todo enquanto fazia isso. Foi o Marcus quem me trouxe de volta à realidade.

– O seu sorriso é contagiante. Do que esse quadro fez você se lembrar?

– Do meu amigo H... – consegui parar antes de pronunciar o nome do Hunter, lembrando que o Marcus já tinha observado que falei dele nos nossos dois primeiros encontros. Completei: – De um amigo que teve uma má experiência com uma casinha de passarinho.

Depois disso, fiquei entediada pelo resto da exposição. Precisava terminar com o Marcus. Nenhum esforço da minha parte faria com que me sentisse atraída por ele. Um certo alguém tinha acabado com essa possibilidade. Além disso, ele era um cara legal demais, eu não podia desrespeitá-lo. Então esperei a gente sair do vernissage. Ele se ofereceu para me levar para casa, sabendo que eu tinha o jantar na casa da minha mãe mais tarde.

– Você é muito legal, Marcus – comecei.

O sorriso dele murchou.

– Oh-oh. Parece um elogio, mas nunca é uma boa coisa para se ouvir em um encontro.

Eu me senti mal, mas era o melhor a fazer.

– Sinto muito. Sinto mesmo. Você é um cara muito legal e merece uma mulher que queira estar com você e que queira namorar.

– E essa mulher não é você?

Balancei a cabeça.

– Não. Desculpe.

– Tem outro cara?

Ao menos não tive de mentir. Pelo menos não no sentido físico.

– Não.

Marcus passou a mão na cabeça.

– Tá. – Ele olhou para o chão. – Amigos, então?

– Sim, eu gostaria disso.

Nós nos abraçamos e nos despedimos. Como estava um dia lindo, decidi ir caminhando para casa a fim de esfriar a cabeça. Eu estava sem sexo havia quase dois anos e tinha acabado de terminar com um provável parceiro porque sabia que ele estava interessado em mais do que sexo. E tinha afastado o Hunter, que também era um provável parceiro, porque eu tinha medo de não conseguir fazer só sexo, sem amor. Em suma, eu tinha recusado duas chances de satisfazer a minha libido por medo de relacionamentos. A essa altura, era melhor ir para um bar, pegar um estranho bonitão e conversar o mínimo possível para não estragar o que realmente interessava.

Minha mãe era incansável quando encontrava um solteiro que poderia lhe proporcionar mais netos. Mas, quando ela e as minhas irmãs se juntavam, ficava insuportável. Escapei para o quintal sozinha depois do jantar de domingo e sentei no balanço. Minha mãe me seguir não foi surpresa.

– Ei, você está estranha hoje.

– Bom, vocês não são fáceis, né.

– Só queremos o melhor para você.

Respirei fundo e disse:

– Eu sei, mãe.

Ficamos em silêncio por alguns minutos, até que ela falou de novo. A voz estava mais calma do que em geral quando começou.

– Eu me arrependo de nunca ter me casado de novo.

Ela me pegou de surpresa.

– Se arrepende?

Ela assentiu.

– Então por que não se casou?

– Não consegui confiar em mais ninguém. Sabe quando uma coisa é óbvia, mas a gente não percebe?

– Sim.

– Bom, não era óbvio para mim. Por anos procurei na minha relação com o seu pai os sinais que eu não tinha visto. Mas realmente não vi nenhum sinal. A mesma coisa vale para a minha amizade com a Margie. Até hoje, não sei como aquela mulher tinha coragem de olhar na minha cara sem dar nenhum sinal de que estava dormindo com o meu marido. Acho que, se tivesse conseguido localizar os sinais mesmo depois do acontecimento em si, seria mais fácil confiar em outras pessoas. Eu poderia ter me culpado por não ter visto os sinais. Mas, sabendo que nem sempre a gente é capaz de ver, fiquei com medo de ser enganada de novo.

Entendi o que ela quis dizer. Também procurei milhões de vezes na minha relação com o Garrett prenúncios de que ele não era confiável – e, no caso da relação dos meus pais, também não vi nenhum indício.

– É difícil superar um erro quando não sabemos como identificá-lo.

Minha mãe balançou a cabeça.

– O primeiro passo é não pensar que foi um erro seu, Natalia. Levei anos para parar de pensar coisas como "se eu fosse mais magra", "se me arrumasse mais para quando ele chegasse em casa à noite" ou até "se eu tivesse sido mais animada no quarto, ele não teria me traído". Mas quer saber de uma coisa?

– O quê?

– Nada disso teria mudado uma vírgula sequer. Porque não fui eu. Foi ele... Ele é quem tinha problemas e precisava provar algo para si mesmo. Eu fui uma boa esposa.

O meu peito de repente ficou pesado.

– Sinto muito que ele tenha feito aquilo com você, mãe.

Ela sorriu com tristeza.

– Idem. Odeio o que o Garrett fez com você. Mas o maior presente que uma mãe pode dar são os ensinamentos. Quero que você aprenda com os meus erros, querida. Bola pra frente. É por isso que quero tanto que se envolva com um novo homem. Quando se passa tempo demais no passado, tentando entender por que determinada situação deu errado, perdemos a chance de seguir em frente.

– Por enquanto, é melhor eu me concentrar na minha carreira e na Izzy, mãe.

Ela sorriu.

SEXO SEM AMOR?

– Sim, querida. Eu entendo. Embora ache que essas áreas da sua vida estejam indo muito bem.

Minhas irmãs se juntaram a nós pela porta dos fundos, pondo um fim à nossa conversa. Mas minha mãe tinha me dado muito em que pensar.

Ela estava certa: eu também passava tempo demais procurando os sinais que eu teria deixado passar, de que o meu marido não era o homem que eu pensava que fosse. Talvez tivesse chegado a hora de focar em fazer as pazes com a ideia de quem ele realmente era e seguir em frente.

Mas era mais fácil admitir que eu me mantinha afastada dos homens porque tinha medo de ser magoada de novo do que admitir que, na verdade, eu só estava com medo de sofrer.

Capítulo 18

Natalia

Hunter Delucia.

Esse era o nome no remetente de um pacote para o qual eu estava olhando desde que o carteiro o havia entregado. Só de ver o nome dele, escrito a caneta com uma letra desleixada, fiquei mais feliz do que estivera na última semana e meia.

Hunter manteve a sua palavra e não entrou em contato, deixando a responsabilidade para mim. E, apesar de ter pensado nele pelo menos algumas vezes por dia, eu ainda não tinha tido a iniciativa de ligar para ele.

Eu estava no escritório do meu apartamento, digitando anotações sobre a minha paciente Minnie Falk, que sofria de aritmomania – necessidade de contar objetos ou pessoas compulsivamente. Diferentemente de muitos pacientes, ela não apresentava um medo específico do que poderia acontecer caso ela não cumprisse os seus rituais de contagem. Ainda assim, sofria de um profundo sentimento de incompletude quando não conseguia organizar as suas tarefas em grupos de quatro elementos.

SEXO SEM AMOR?

Eu me recostei na cadeira ainda com o pacote nas mãos e respirei fundo. Os meus medos com relação ao Hunter não eram diferentes dos medos da Minnie. Eu pensava obsessivamente nele, sentia uma compulsão de conversar com ele todos os dias e sentia uma profunda incompletude quando não o fazia.

Qual tinha sido o meu conselho para Minnie naquela semana?

Estávamos trabalhando no sentido de interromper aquele padrão. Ela tinha parado de fumar havia alguns anos e, nos últimos tempos, teve uma recaída ao perder a irmã. Gostaria que ela parasse de vez, mas o meu trabalho era no controle do TOC, então foquei no hábito de fumar quatro cigarros seguidos. Naquele dia, tínhamos trabalhado na mudança daquele padrão como o primeiro passo visando mudar a compulsão. Apesar de ela ainda fumar os quatro cigarros de uma vez, eu a fazia esperar sessenta segundos antes de ir para o próximo em vez de acender um no outro. E, depois do terceiro, eu a fiz parar para comer um lanchinho – só um pedaço de queijo – para quebrar um pouco mais o padrão.

Talvez esse contato, o pacote enviado pelo correio, proporcionasse algum alívio com relação aos sentimentos mal resolvidos que eu vinha experimentando, mas sem acabar com a distância entre mim e o Hunter. Ansiosa por algum alívio, rasguei a caixa como uma criancinha faz com os presentes de Natal.

No interior dele havia uma espécie de pulseira de pano. Debaixo da marca, havia uma descrição do produto: "Controla o movimento do pulso e do dedão no arremesso da bola de maneira confortável". Sob a munhequeira, havia um bilhete com o símbolo da Khaill-Jergin, a firma para a qual Hunter trabalhava. A letra parecia mesmo de homem – bem marcada, como se ele forçasse a caneta no papel, com letras altas e traços inclinados, com uma cara bem masculina. Eu era louca de achar que a letra dele era sexy? O bilhete em si era curto e fofo, mas dava o recado.

Agora você tem uma razão para pensar em mim.

Sorri de orelha a orelha, como uma idiota. Foi tão gentil mandar a munhequeira para a Izzy. Aliás, de modo geral, desde que o conheci, Hunter só tinha sido gentil. Claro, ele era direto e vulgar, mas até nisso ele era estranhamente fofo.

Foi quase impossível trabalhar ao longo da tarde. Peguei o celular e depois o guardei de novo – avaliando se devia ligar para ele – umas dez vezes.

Eu devia ligar para agradecer.

Não, a Izzy é quem devia ligar.

Mas seria mal-educado não ligar. Afinal, ele mandou o pacote para mim.

Mas o conteúdo foi para a Izzy.

Vou ligar.

Pegar o telefone, guardar trinta segundos depois.

Isso é ridículo. Onde está a minha educação? Tenho que ligar.

No fim das contas, depois de ficar nesse debate interno por mais de meia hora, decidi simplesmente mandar uma mensagem:

Natalia: Acabei de receber o pacote. A Izzy vai adorar. Foi muito gentil da sua parte mandar esse presente para ela. Acho que vou até ganhar um sorriso de uma adolescente de quinze anos hoje à noite.

SEXO SEM AMOR?

Os pontinhos de digitação começaram a pular na tela quase imediatamente. Meu coração deu giros de ansiedade.

Hunter: Ótimo. E a madrasta dela, anda sorrindo esses dias?

Eu não fazia ideia de como responder à pergunta. A verdade é que eu estava com muita saudade da companhia dele. Estava sentada à minha escrivaninha, ponderando sobre como respondê-lo e mordendo o meu lábio inferior, quando outra mensagem chegou.

Hunter: Pare de pensar sobre como responder e seja sincera.
Natalia: Ocupada. Tenho estado ocupada.
Hunter: Isso não responde à minha pergunta, Natalia.

Não sei por que resolvi escrever o que escrevi em seguida.

Natalia: Terminei com o Marcus.

A resposta dele foi imediata.

Hunter: Janta comigo.
Natalia: Só jantar?
Hunter: Bom, eu preferiria comer você. Mas, se não for uma opção, posso comer com você.

O frio costumeiro soprou na minha barriga. Ele era tão direto e tão diferente de todos os homens com quem eu já havia saído.

Natalia: Quando?
Hunter: Amanhã à noite. Busco você às sete.
Natalia: Ok. Mas não é um superencontro, né? Só dois amigos indo jantar.
Hunter: Chame do que deixar você mais feliz, ervilhinha. Mas vista algo sexy.

— Seu cheiro está uma delícia.

Quase gemi ao som da voz rouca dele no meu ouvido. Para manter a tradição, Hunter me puxou para ele no momento em que abri a porta. Ele me abraçou tão forte que quase me quebrou. Senti seu hálito quente no meu pescoço quando falou.

Jesus amado. Minnie, pode fumar os seus quatro cigarros, um em seguida do outro, se é isso que você sente quando fuma.

— Obrigada. — Consegui me desvencilhar e limpei a garganta. — Entre. Você chegou alguns minutos mais cedo, e a Izzy ainda não chegou. Prefiro estar aqui quando ela chegar. Em geral, ela não demora tanto, mas acho que logo ela chega.

Fechei a porta e me desloquei até a cozinha para ganhar um pouco de espaço. Olhando por cima do meu ombro, virei para perguntar se ele queria uma taça de vinho. Vi que o Hunter estava olhando direto para a minha bunda.

Ergui uma sobrancelha, como que o questionando, até ele finalmente subir o olhar para o meu rosto. É claro que ele nem se deu ao trabalho de fingir que não tinha acontecido. Não fazia o estilo dele.

— Sua bunda é linda — ele disse.

SEXO SEM AMOR?

– Este não parece o início de um jantar entre amigos. Você chegou há trinta segundos e já falou do meu cheiro, me pressionou contra você e agora comentou sobre a minha bunda.

– Eu não disse que esse seria um jantar entre amigos – ele desdenhou. – Quem disse foi você. Além disso, você está usando perfume e um vestido muito sexy. Está preparada para um encontro.

Revirei os olhos e mantive a distância entre nós.

– Quer ou não quer uma taça de vinho?

– Quero.

Ele me seguiu até a cozinha. De frente para a geladeira, encostou-se no balcão com uma postura confiante.

Apontando a pia com o queixo, perguntou:

– E o cano, tudo certo? Sem vazamentos?

Abri o vinho e enchi duas taças.

– Sem vazamentos. Não deu mais problema.

Quando estendi a taça para ele, Hunter me olhou nos olhos.

– O Damon apareceu de novo?

– Não. Acho que você o assustou.

– Ótimo.

Bebi um golinho de vinho.

– Então, aonde vamos hoje?

– A um restaurante chamado One if by Land, Two if by Sea.

– Na Rua Barrow?

– Lá mesmo.

– Sempre passo em frente, tenho um paciente que mora ali perto. – Fiz uma cara desconfiada. – De fora, parece romântico.

– Há alguns anos, eu o vi em uma revista de arquitetura. Faz tempo que queria ir. Mas não tive a oportunidade.

– Achei que você vinha sempre a Nova York.

– Eu venho. Mas não apareceu ninguém que eu quisesse levar lá.

Jesus, ele consegue ser fofo sem nem se esforçar.

As palavras dele, combinadas com o olhar intenso, me deram um arrepio. Peguei o celular no balcão.

– Onde será que está a Izzy? Ela não costuma se atrasar assim. A que horas é a reserva?

Antes de o Hunter responder, a porta da frente se abriu e fechou-se.

– Eu estava começando a me preoc... – O rosto dela interrompeu o que eu ia dizer. Estava vermelho e manchado, com os olhos inchados. Ela com certeza estava chorando. – O que aconteceu? Você está bem?

– Tô – ela retrucou.

Hunter e eu nos entreolhamos. A expressão soltinha dele de um minuto antes desapareceu. Agora exibia um ódio mortal.

– Izzy – eu disse. – Você precisa me dar alguma explicação. Alguém mexeu com você no caminho para casa?

Só então ela percebeu que o Hunter estava lá. Ela também viu a expressão no rosto dele e pareceu se dar conta de que aquele homem estava pronto para matar alguém se ela não o acalmasse.

– Não, nada assim.

Suspirei aliviada.

– Então o que aconteceu? Você chegou tarde e com certeza estava chorando.

– Não quero falar disso.

– Tem certeza?

Izzy se jogou no sofá sem tirar a mochila.

SEXO SEM AMOR?

– Uma menina do time de basquete estava falando sobre o papai. Sentei ao lado dela.

– Falando o quê?

– Parece que o pai dela investiu dinheiro com o papai e, quando nos registramos no time, os meus contatos de emergência eram você e o papai. Aí o pai dela viu o nome, me viu no jogo e, como eu me pareço muito com o papai, ele fez a ligação. Agora todo mundo sabe que o meu pai é um criminoso. – As lágrimas correram dos grandes olhos castanhos dela. – E não foi só isso.

Ai, Jesus. Tinha mais? Eu não sabia se conseguiria ficar assistindo àquelas lágrimas – a Izzy era uma menina durona que não tinha chorado desde o julgamento do pai e, mesmo naquela ocasião, ela escondeu de todo mundo.

– O que mais aconteceu, meu amor?

– O Manu vai ao baile com a Brittany.

– Que baile?

– O que vai ter daqui a algumas semanas.

– Não era para as meninas convidarem os meninos?

– Sim.

– Eu nem sabia que você tinha convidado o Manu para ir com você. As lágrimas corriam.

– Eu não convidei.

– Ah, querida. – Eu a abracei.

Ela tentava disfarçar os soluços silenciosos o melhor que podia, mas os ombros dela estavam chacoalhando. Ficamos abraçadas por uns dez minutos – ela chorando e me deixando abraçá-la. Eu odiava o motivo do choro e a dor dela, mas fiquei feliz de poder oferecer algum conforto e por ela ter me deixado oferecê-lo.

Quando Izzy fungou, ao final, tirei o cabelo úmido do rosto dela.

– O que posso fazer para você se sentir melhor?

– Só quero comer alguma coisa e ir para a cama.

Hunter voltou para a cozinha. Imaginei que ele queria nos dar alguma privacidade. Olhei para ele como que para pedir desculpas – ele estava olhando o celular.

– Oi, Hunter. – Izzy forçou um sorriso. – Usei a munhequeira hoje no treino. Obrigada por mandar.

– Imagina. Espero que te ajude.

Izzy notou o meu vestido.

– Vocês têm um encontro hoje?

Respondi "não" no mesmo instante em que Hunter respondeu "sim". Ela sorriu.

Izzy levantou do sofá, finalmente tirou a mochila e se dirigiu até a geladeira.

– O que tem pra comer?

– Você gosta de comida italiana?

– A Nat fez macarrão com molho? – ela se animou.

– Não, desculpe. – Entrei na cozinha. – Preparei um wrap de peru com abacate para você.

Ela tentou disfarçar a decepção.

– Tudo bem.

– Venha. Deixe o wrap para o almoço de amanhã. Vamos sair para comer lasanha e almôndegas.

– Sério? – Os olhos da Izzy brilharam de alegria.

– Não brinco com comida. – Hunter me fitou ao responder.

– Preciso trocar de roupa?

— Não. Você será a menina mais bonita do lugar, mesmo depois do treino de basquete.

Meu Deus, eu suspirei. A única coisa mais fofa do que os elogios que ele fazia a mim eram os elogios que ele fazia à minha Izzy.

— Está tão boa quanto a da Nanna Bella – Izzy estava mastigando outra almôndega. – Mas não contem que eu disse isso.

— Não vou contar, se você limpar o seu quarto antes de irmos ao jantar dela no domingo.

Nada como um bom suborno.

— Se você contar para ela, eu vou negar.

Apontei para o Hunter com o garfo.

— Tenho uma testemunha.

Hunter balançou a cabeça.

— Eu não ouvi nada. Izzy, você disse alguma coisa?

Izzy mostrou as covinhas dela balançando a cabeça.

— Não, não disse nada.

Os dois tinham se unido contra mim desde que saímos do apartamento. Eu não me importava, especialmente porque isso parecia distrair a Izzy depois daquele dia horrível que ela teve.

— Você também é descendente de italianos, Hunter?

— Sou.

— A sua mãe costumava fazer um jantar de domingo, como a Nanna Bella?

— Não. Minha mãe ficou doente por muito tempo quando eu era criança.

– Ah, a minha também. Ela teve câncer. – Izzy estava me surpreendendo naquele dia, sendo tão aberta. – A sua mãe morreu?

– Izzy – tentei chamar a atenção dela para as regras básicas de boas maneiras. – Isso não é conversa para o jantar.

– Tudo bem, eu não ligo – Hunter disse, voltando a atenção para a Izzy. – Ela morreu quando eu tinha dezessete anos.

– Ela ficou doente por muito tempo? A minha ficou doente por um ano. Ela teve carcinoma bronquíolo-alveolar. Eles chamam de câncer de células pequenas. Quase ninguém que não fuma tem isso. A minha mãe nunca fumou.

Aquele nome de doença não devia ser um vocabulário comum para uma menina de quinze anos.

– A minha mãe ficou doente por muitos anos. Mas ela não ia ao médico. Ela não se cuidou.

Izzy levantou o pulso para mostrar a ele a sua pulseira da sorte, que ela usava todo dia.

– Era da minha mãe. O meu pai comprou para ela. – E manuseou os pingentes da pulseira até achar um lacinho cor de pérola. – Este foi a Nat que me deu no ano passado, no aniversário da minha mãe. É a fitinha que representa o câncer de pulmão. Tem uma fitinha para a doença que a sua mãe teve?

Hunter olhou para o próprio pulso.

– Não que eu saiba. Mas a minha mãe que fez esta pulseira. – Ele usava uma pulseira de couro linda, com um fio prateado entrelaçado. Eu já tinha notado antes. – Ela fez muitos trabalhos manuais quando não conseguia mais sair da cama.

Meu Deus, esse estava sendo o encontro mais estranho da história. Estávamos em um restaurante italiano chique com uma adolescente de quinze anos e falando de morte. E... nem era para ser um encontro.

Izzy fez uma cara triste.

– A mãe do Manu morreu também. E ela também não ia ao médico.

Hunter e eu nos entreolhamos.

– Vocês parecem bem próximos – ele disse.

– Nós éramos. Até ele decidir ir ao baile com a *Brittany*.

Izzy muito raramente me permitia acessar os seus sentimentos. Eu aproveitava qualquer oportunidade de entender o que se passava na sua cabecinha adolescente.

– Por que você não convidou o Manu para o baile, se queria ir com ele?

Ela enrolou o macarrão com o garfo. A voz dela ganhou um tom vulnerável que eu raramente ouvia.

– Fiquei com medo.

– Com medo de ele recusar?

Ela assentiu.

– E agora ele gosta da Brittany.

– Talvez não. Às vezes as pessoas aceitam só para poder ir a um encontro.

Um brilhozinho de esperança cruzou os olhos da Izzy.

– Como com você e o Marcus?

Bati os olhos no sorrisinho do Hunter. Suspirei.

– Sim, mais ou menos. Ele é legal, então saí com ele para dar uma chance. – Apertei a mão da Izzy. – Você é novinha. Não estou dizendo para você convidar todos os meninos bonitinhos da escola. Mas, já que era um baile em que meninas convidam meninos, e você gosta mesmo dele, devia tê-lo convidado. Não tenha medo de sofrer.

Quando olhei de volta para o Hunter, ele estava me encarando. Ele falou com a Izzy sem parar de olhar para mim.

– Esse é um bom conselho, eu acho.

Depois do jantar, Hunter voltou ao nosso apartamento para nos acompanhar. A Izzy agradeceu a ele pelo jantar e foi para o quarto assim que entramos.

Arranquei os sapatos de salto.

– Muito obrigada por hoje. Sei que não foi o que você tinha em mente para o encontro, mas agradeço. Você tem um lado doce, Sr. Delucia.

Ele olhou por cima do meu ombro, na direção do quarto da Izzy. Vendo que estávamos mesmo sozinhos, colocou as mãos em torno da minha cintura, entrelaçando os dedos nas minhas costas.

– Ao menos admita que era para ser um encontro.

Eu não tinha pensado direito nas palavras que usei. Mas eu podia ser sincera. Ele merecia.

– Coloquei este vestido pra você e também o perfume de que você disse que gostou quando nos conhecemos.

Um sorriso se abriu lentamente no rosto dele.

– Eu sei. Mas é bom ver você admitir a verdade uma vez na vida.

– Meu Deus, você é muito arrogante! Não consegue simplesmente aceitar um elogio?

Ele pegou o meu rosto com as duas mãos.

– Sexta à noite. Só nós dois.

Concordei com a cabeça. Em algum lugar entre a conversa aberta que ele teve com a Izzy no jantar e a nossa volta para casa, cedi.

SEXO SEM AMOR?

Os olhos dele baixaram até os meus lábios.

– Agora me beije. Tô com saudade dessa boca.

Pela primeira vez, nem pensei a respeito. Eu o beijei – bom, pelo menos foi assim que começou. Hunter assumiu o controle depois de uns três segundos. Foi menos selvagem do que os outros beijos, provavelmente porque sabíamos que a Izzy estava logo ali e podia sair do quarto a qualquer momento. Mas foi apaixonado. Antes de acabar, ele fez aquilo que me deixava louca – puxou de leve o meu lábio inferior com os dentes. *Caramba, o homem beija bem.*

– Às sete? – ele perguntou.

– Encontro marcado – assenti.

Ele sorriu e se inclinou para a frente, para dar mais um selinho na minha boca.

– Sim. Sempre foi um encontro.

Capítulo 19

Natalia

Nunca tinha ficado tão nervosa para um encontro. Não fazia sentido. Eu já havia passado bastante tempo com o Hunter, sabia que ele era um cara legal, então por que não relaxar, simplesmente? Na última meia hora, eu tinha descarregado a lava-louças, reorganizado os armários da cozinha e agora estava verificando as datas de validade de todos os temperos. Eu não devia ter me aprontado tão cedo. Quando o interfone tocou, literalmente dei um pulo.

Vinho. Eu preciso de vinho.

– Suba aqui. – Fingi calma e casualidade ao apertar o botão que abriria a porta da rua para ele.

Passei então para a geladeira, coloquei um pouco de Shiraz em uma taça e virei como se fosse remédio. Consegui chegar à porta quando Hunter saiu do elevador.

Ele estava vestido mais casualmente do que eu esperava – com jeans e uma polo azul-marinho. Não que ele não estivesse gostoso de doer, mas, quando perguntei como deveria me vestir para o encontro, ele pediu que eu usasse um vestido sexy e sandálias de salto. Quando chegou à minha porta, me olhou de cima a baixo, e senti um calor viajando pelo meu corpo que não tinha nada a ver com o vinho que eu tinha acabado de tomar.

– Acho que exagerei na roupa.

Hunter me deu um selinho de cumprimento.

– Não. Você está perfeitamente bem-vestida.

– Mas você está de polo e jeans. Você pediu um vestido sexy, então pensei que íamos a um lugar mais formal.

– Pedi sexy porque é assim que quero te ver. Não tem formalidade no lugar aonde vamos.

– Aonde vamos?

– Para a minha casa. Vou cozinhar pra você.

– Para isso, eu poderia estar de jeans também.

Ele sorriu.

– Na próxima, pergunte aonde a gente vai, não o que deve vestir. Porque a minha resposta sempre vai ser vestido sexy e salto, mesmo se for para ir ao McDonald's.

Eu ri.

– Você é impossível. Entra um pouquinho, preciso avisar a Izzy que vou sair.

Lá dentro, Izzy apareceu, saindo do quarto e indo para a geladeira. Ela olhou para nós e disse:

– Oi, Hunter. – E voltou a olhar para a comida.

– Fiz ravióli para você.

– Estou de regime. Não tem nada com pouco carboidrato?

– O quê? De regime? Desde quando? E pra quê, exatamente? Você usa roupas tamanho trinta e seis.

– Desde hoje de manhã.

Fui até a geladeira, tirei o ravióli e o molho e os coloquei sobre o balcão.

– Comece o regime amanhã. – Beijei o rosto dela. – A Sra. Whitman sabe que eu vou sair. Não vou chegar tarde.

Ela deu de ombros.

– Ninguém aqui enquanto eu estiver fora, ok?

Izzy revirou os olhos.

– Lá se vai a festa que planejei.

O nervoso que o vinho tinha controlado voltou com tudo no caminho para o apartamento do Hunter. Fiquei olhando pela janela do carro, perguntando-me se eu estava ou não pronta para dormir com ele. Quando eu pensava que íamos sair para jantar, e como ele sabia que preciso voltar cedo para casa por causa da Izzy, não estava preocupada. Mas, agora… jantar na casa dele, e eu sabia que só era preciso um beijo para prejudicar a minha capacidade de decisão. Eu precisava decidir enquanto o corpo dele ainda não estava pressionado contra o meu.

Hunter me observou de canto de olho.

– O que está se passando nessa sua cabecinha?

– Nada.

Paramos em um semáforo e ele virou para mim. Não disse uma palavra, só dirigiu o olhar para a minha mão, que tirava fiapos imaginários do vestido. Nossos olhos se encontraram.

– Ah, cala a boca.

Ele riu e, quando o sinal ficou verde, voltou a atenção para a rua. Achei que ele tivesse me colocado de castigo, mas, meio quarteirão depois, disse casualmente:

– Não vamos transar hoje, se isso te faz relaxar mais.

SEXO SEM AMOR?

O que ele acabou de…

– O quê?

– Sexo. Não vamos fazer hoje.

– Por que não?

– Porque hoje vou cozinhar pra você. Vamos comer e conversar sobre sexo. Quero saber do que você gosta e do que não gosta. Mas você precisa voltar cedo por causa da Izzy.

– Isso não é meio pretensioso da sua parte? Achando que é você quem decide quando vamos ou não vamos transar. E se eu *nunca* quiser transar com você?

– Acho que a sua calcinha molhada quando nos beijamos mostra que você quer transar comigo.

– A minha calcinha não ficou molhada quando nos beijamos – menti, obviamente.

– Ok. Vou verificar da próxima vez para provar que você está errada.

Não me surpreenderia se ele realmente fizesse isso.

– Vamos voltar um pouco essa conversa. Então você decidiu que não vamos transar hoje. E se eu te dissesse que *quero* transar? Você não transaria comigo?

Ele ponderou a respeito da minha pergunta por um momento, o que achei divertido.

– O que eu quis dizer foi que não vou *tentar* transar com você hoje. Mas, se você quiser transar comigo, fique à vontade, te como sem problemas.

Eu devia ter ficado ofendida por vários motivos, mas não fiquei nem um pouquinho. Em vez disso, o teor ridículo daquela conversa me fez cair na gargalhada.

— Quer saber de uma coisa?
— O quê?
— Eu *estava* estressada com a possibilidade de transarmos hoje. E agora não estou mais. Então, por mais esquisita que seja essa conversa, estou me sentindo melhor.

Hunter sorriu ao entrar em uma garagem subterrânea.

— Estou feliz por ter ajudado. E acredite em mim: nem comecei a fazer você se sentir melhor.

— Uau. Este é um apartamento sublocado?

O apartamento onde o Hunter estava ficando era muito bonito. Não muito grande, mas moderno, com pé-direito alto e cômodos integrados, o que o fazia parecer mais amplo — mas era a área externa que o elevava a outro patamar, porque ter varanda em Nova York não é para qualquer um. E a varanda ali era grande o suficiente para duas espreguiçadeiras, uma mesa para seis, uma churrasqueira e uma dúzia de plantas em vasos.

— É da Khaill-Jergin, a construtora para a qual trabalho. Eles têm alguns apartamentos corporativos, principalmente para quando vêm executivos de Londres. Consegui um disponível por sorte.

— É lindo.

Hunter abriu a porta de vidro de correr e estendeu a mão para que eu saísse primeiro.

— Essa vista é espetacular — eu disse. — Mas parece tudo tranquilo, ao mesmo tempo.

Ele sorriu.

– Era esse o objetivo. Cada projeto tem um slogan para definir a sua essência. Deste prédio aqui era "um oásis na selva". Foi inaugurado cinco anos atrás. Depois que me formei, fiz estágio com o arquiteto que projetou este prédio na Khaill. O projeto inicial já estava pronto, mas os arquitetos acabam fazendo muitos retoques durante a construção. Então este foi o primeiro projeto no qual trabalhei.

– Uau. Muito legal. Sinceramente, em geral nem penso nos prédios pelos quais eu passo no dia a dia. Deve ser demais passar por um e saber que você o projetou.

Ele assentiu. Eu já estava bem acostumada com o lado metido do Hunter, mas não conhecia o seu lado modesto ainda. E gostei.

Bom, eu gostava do Hunter metido também.

– Quer tomar uma taça de vinho aqui fora antes do jantar, ou está muito frio?

– Claro, adoraria.

Hunter foi lá dentro e voltou alguns minutos depois com duas taças de Merlot. Ele me passou a taça por trás e apoiou as duas mãos no parapeito, uma de cada lado do meu corpo, me engaiolando. Bebemos vinho assistindo ao pôr do sol. O silêncio era confortável, embora a sensação de tê-lo tão perto nas minhas costas tivesse um efeito profundo no meu corpo, o que era irritante. Depois de alguns minutos sentindo o hálito quente dele no meu pescoço, a minha respiração ficou mais rápida e profunda.

– Vire-se, Natalia.

A voz dele era baixa e *sedutora de matar*. Esperei ele dar um passo para trás para que eu pudesse virar e ficar de frente para ele. Depois de algumas respirações pesadas, percebi que ele não tinha a intenção de sair do lugar, então me virei ainda engaiolada entre os braços dele. Com aquela proximidade, aqueles olhos azuis transparentes e o cheiro intoxicante dele, eu precisava de mais vinho. Levando a taça aos lábios, bebi a última metade da taça.

Quando acabei, Hunter levantou uma sobrancelha.

Ergui a taça e a balancei. Um trecho da conversa do carro me veio à cabeça. "Eu não vou *tentar* transar com você hoje. Mas, se você quiser transar comigo, fique à vontade, te como sem problemas."

Mordi o lábio e Hunter pareceu ler a minha mente. Pegando a taça vazia da minha mão, ele a colocou no chão ao nosso lado, junto com a dele, que ainda estava cheia até a metade. Quando eu inconscientemente molhei os lábios, ele murmurou uma série de palavrões antes de me beijar.

O gosto de vinho na língua dele foi suficiente para que eu me sentisse bêbada como se tivesse bebido a garrafa inteira. Minha cabeça ficou zonza e meu corpo latejou, e eu queria trepar naquele homem como se ele fosse uma árvore. Ele pressionou o corpo ainda mais contra o meu, e as minhas costas se arquearam enquanto eu agarrava o cabelo dele com uma das mãos.

Ele gemeu quando empurrei o corpo contra o dele.

– Mal posso esperar para entrar em você. Você me deixa duro como pedra.

Com um movimento do quadril, ele mostrou muito bem que não estava exagerando. *Ai, Deus.* Fiquei tão desesperada que conseguiria gozar mesmo vestida. Resistir era um desafio, e eu não tinha muita certeza de que conseguiria.

SEXO SEM AMOR?

Quando paramos de nos beijar, Hunter parecia tão enfeitiçado pela nossa química quanto eu. Nós nos olhamos nos olhos por um momento.

– Você é muito bom nisso.

O sorriso dele foi brincalhão.

– No quê?

– Beijos.

Ele se inclinou para a frente e encostou os lábios nos meus.

– Sou bom em beijar outros lugares também. É só pedir que te mostro.

Eu ri.

– Falando sério. Por que você não tem namorada, Hunter? Você é bonitão, inteligente, tem um ótimo emprego, uma casa linda, beija maravilhosamente bem *e* conserta pias e constrói coisas. Você é o namorado ideal.

A expressão dele ficou séria. Ele se afastou um pouco, mas não me soltou totalmente dos seus braços nem tirou as mãos do parapeito.

– Não quero esse tipo de relação. – Ele me estudou com cuidado. – Gosto de você. Você é linda e inteligente. Nós curtimos um ao outro. Mas não estou atrás de nada sério.

Apesar de ele ter sido sincero desde o começo, e de eu também não estar atrás de um relacionamento sério, ouvi-lo dizer aquilo me deu uma pontada.

– O que isso significa, exatamente? Que eu estarei na sua cama uma noite e, na próxima, serei substituída por outra mulher?

– De jeito nenhum. Quero exclusividade. Para deixar bem claro, exclusividade dos dois lados. Espero que, uma vez que a gente comece a transar, você não transe com outros.

– Tá... e faríamos outras coisas juntos também, além de sexo?

– Claro. Sempre vou te dar o que comer antes de eu te comer.

Tremi um pouco ao pensar a respeito.

– Então a diferença entre o que faremos e um relacionamento seria...

Os nossos olhares se cruzaram.

– A expectativa.

Já que estávamos colocando as cartas na mesa e sendo sinceros, decidi ir um pouco mais longe.

– Você disse que teve um relacionamento sério que durou anos.

Ele assentiu.

– Sim.

– Eu me casei com o meu único namorado sério. Aquele desastre é a razão principal pela qual tenho evitado me envolver com outro homem. Minto para mim mesma e para os outros dizendo que não quero um relacionamento porque preciso focar na minha carreira e na Izzy. Embora seja parcialmente verdade, não estou sendo totalmente honesta. O Garrett me magoou muito, e eu ainda não superei isso. – Fiz uma pausa de alguns segundos. – O fato de você não querer um relacionamento tem a ver com esse namoro sério que você teve?

Ele desviou o olhar, direcionando-o para a cidade acesa que estava atrás de mim. Depois, olhou-me de volta.

– Sim, mas provavelmente não no sentido que você está pensando.

– Ela te fez sofrer?

– Nós nos fizemos sofrer. – Ele limpou a garganta e deu um passo para trás. – Vamos jantar?

– Sim.

Eu o segui até a cozinha e ofereci ajuda. Mas ele já tinha pré-preparado o macarrão tipo gravatinha com frango e pesto de brócolis. Colocou tudo numa frigideira grande e só precisou aquecer. Ele acendeu o *cooktop* e encheu a minha taça de vinho, e eu me sentei à ilha da cozinha, observando-o.

– Você cozinha com frequência? – perguntei enquanto bebia o meu vinho e admirava a bunda dele dentro da calça jeans.

Ele olhou para trás e me pegou no flagra. Sorrindo daquele jeito metido, replicou:

– Só quando quero comer.

– Você não pede comida?

– Gosto de comer de forma saudável quando estou em casa. Já que viajo bastante, como demais na rua. Então, em casa, tento evitar comer porcarias. Gosto de cozinhar. E você?

– Cozinho quase toda noite para a Izzy, sempre refeições balanceadas. De manhã, ela pega uma barrinha de cereal às seis e meia, para comer a caminho da escola, e, na maioria dos dias, só chega às sete da noite, depois do treino. O jantar é a única chance que tenho de vê-la comer de maneira nutritiva. Além disso – sorri –, gosto de cozinhar também.

– Você é ótima com ela.

Bebi o meu vinho.

– Obrigada. Eu blefo, na maioria das vezes. Não faço ideia de como criar uma adolescente.

– De qualquer forma, você não saberia.

– A minha mãe sempre diz que ser bons pais significa gastar a metade do dinheiro que você acha que deveria gastar e dobrar o tempo que você passa com os filhos. Sorte da Izzy, porque estou sempre sem grana e não tenho vida social.

Hunter riu e voltou à panela, tirando-a do fogo e a movimentando no ar para refogar a comida. Ele baixou o fogo e sentou do outro lado da ilha, de frente para mim, com a taça de vinho na mão.

– Quais são os seus limites?

– Os meus limites? – Dei um gole.

– Na cama. O que você não faz?

Eu estava quase engolindo o vinho, e a maneira casual com que ele perguntou me pegou de surpresa, então engasguei. Tossi e gaguejei.

– Tudo bem aí?

Assenti e fiz um sinal com a mão enquanto retomava o fôlego. A minha voz saiu irregular quando finalmente falei:

– Pare de fazer isso comigo. Quem fala assim?

– Como?

– Você acabou de perguntar sobre os meus limites sexuais de uma maneira tão casual quanto se estivesse perguntando se eu queria um copo d'água.

– Como você queria que eu perguntasse?

– Não sei, talvez de um jeito menos profissional e mais pessoal. Ele assentiu.

– Ok. Vou fazer isso. – Estendendo o braço sobre o balcão, ele pegou a minha mão. – Ervilhinha, você tem uma bunda muito gostosa. Você gostaria que eu desse uns tapinhas nela?

Ao saber que ele estava sorrindo, senti o meu rosto corando.

– Você é muito babaca.

– Acho que isso não é novidade pra você.

SEXO SEM AMOR?

Um ingrediente pulou da panela, forçando a atenção do Hunter a se voltar para a comida. Assisti enquanto ele se movimentava com desenvoltura pela cozinha. Ele serviu a comida em dois pratos e completou-os com fatias de pão de semolina. Embora houvesse uma mesa de jantar, sem mencionar isso, nós comemos ali na ilha mesmo, um de frente para o outro. A cena me lembrou de um jantar entre amigos, sem a formalidade de se sentar à mesa da sala de jantar. Gostei que ele foi espontâneo. Garrett nunca teria jantado na cozinha.

– Está uma delícia – elogiei. – Foi você quem fez o creme para o molho?

– Fiz, sim. Obrigado.

Eu não consegui evitar olhar a maneira como ele garfava a comida e a engolia. O pomo de adão do pescoço dele se movimentando era hipnótico. Eu nem conseguia imaginar o que seria ver esse homem nu, se só o pescoço já causava tal sensação em mim.

Enquanto comíamos, fiquei pensando sobre algo que queria dizer. Eu não tinha dúvida de que o Hunter seria maravilhoso na cama, mas, se eu fosse aberta com ele como ele era comigo, talvez as coisas se tornassem ainda melhores. Então, deixando a vergonha de lado, eu me abri.

– Nunca fiz sexo anal.

Um sorriso lento se abriu no rosto dele. Ele rasgou um pedaço de pão e o passou no molho.

– E é contra?

– Não sei bem dizer se sou *contra*. Tenho *muito medo*. Essa é a melhor forma de dizer.

Ele riu.

– Ok, é bom saber. Vamos deixar isso para quando você já tiver ganhado confiança em mim na cama. E sexo oral?

Eu não conseguia acreditar que estava tendo aquela conversa.

– Fazer ou receber?

– Ambos.

– Eu gosto dos dois.

Os olhos dele pegaram fogo.

– Gosta de ser amarrada?

Nossa, o Garrett e eu não fizemos muita coisa, viu.

– Nunca experimentei. Estaria aberta a experimentar.

– *Bom*. Brinquedinhos?

O meu rosto ardeu.

– Tenho um vibrador, então, sim.

– Usaria para mim?

Fiquei boquiaberta. Nunca tinha me masturbado para ninguém.

– Não tenho certeza.

Os olhos dele baixaram até os meus mamilos duros e se ergueram de novo.

– Vou partir do princípio de que sim. Tem algum fetiche?

– Eu? Não. E você?

– Não. Mas você se assustaria se dissesse que adoraria lhe dar umas palmadas?

Engoli e sussurrei.

– Por incrível que pareça, não.

– Depois de te bater, quero te comer por trás, de quatro. Alguma oposição?

SEXO SEM AMOR?

Jesus amado. Não respondi, mas não porque houvesse alguma oposição a isso, mas porque não consegui abrir a boca. Sentindo que o meu silêncio não era ruim, a boca suja dele continuou.

– E, quando acabar, quero gozar na sua bunda e nas suas costas.

– *Meu Deus*, Hunter!

– Quando a Izzy vai ficar na avó dela de novo? Quero uma noite inteira para a nossa primeira vez.

No momento, eu não conseguia me lembrar nem de que dia era, muito menos de qual era o fim de semana em que a Izzy iria para a avó dela. Engoli o vinho de uma forma pouco feminina e respondi com sinceridade:

– Infelizmente, não tão logo.

Conseguimos, incrivelmente, não arrancar as roupas um do outro depois dessa conversa. Quando acabamos de jantar, limpamos a cozinha juntos e nos sentamos na sala para bater papo. Embalamos um blá-blá-blá sobre tudo, de férias a lugares que queríamos conhecer. Hunter, pelo jeito, era um livro aberto com relação a quase tudo, exceto àquela sua relação séria. E eu sabia bem como era querer esquecer erros do passado.

Embora eu não quisesse ir embora, pedi a ele que me levasse para casa por volta das onze. Ele me levou até meu apartamento, nos despedimos e trocamos mais um beijo incrível.

– Te ligo. – Ele beijou a minha testa. Por alguma razão, eu adorava quando ele fazia isso.

– Não vou conseguir atender amanhã, porque é dia de visita. Levo a Izzy para ver o pai, e gastamos quatro horas para ir e mais quatro para voltar, além do tempo da visita em si.

Vi a mandíbula do Hunter ficar tensa, mas ele assentiu e não disse nada sobre o assunto.

– Na quinta, preciso ir para a Califórnia por dois dias, para trabalhar em um projeto que acabou de passar por alterações. Veja se você estará livre no próximo fim de semana.

– Tá bom.

Vi se a Izzy estava dormindo bonitinha e tomei uma ducha rápida. Estava elétrica demais para ir dormir, então sentei na cama depois do banho e abri o laptop para consultar a minha agenda. O próximo fim de semana estava marcado como a ida da Izzy para a avó. Em geral, ela ia na sexta e eu a buscava no domingo, a menos que ela tivesse jogo no sábado de manhã. Nesse caso, eu a levava depois do jogo. Cliquei nos meus "favoritos" para ver o calendário de jogos da escola dela. Para minha surpresa, o único jogo naquela semana seria na quinta-feira à noite. Não haveria jogo no sábado.

Peguei o celular e mandei mensagem para o Hunter, imaginando que ele já tinha chegado em casa.

Natalia: A Izzy vai passar o fim de semana que vem na avó dela.

Os pontinhos de digitação começaram a pular na tela.

Hunter: Quando você a deixa lá?
Natalia: Depois do treino de sexta. Em geral, lá pelas sete. Depois eu a pego no domingo, no caminho para ir jantar na minha mãe.

Hunter: Pego você na sexta à noite, às oito. Traga uma mala, porque você vai passar o fim de semana aqui.

O meu coraçãozinho começou a bater freneticamente. Antes que eu conseguisse responder, outra mensagem chegou.

Hunter: Pensando bem, não traga nada. Você não vai precisar de roupas. Vou comprar uma escova de dentes pra você.
Natalia: Hahahaha. Vou levar uma mala, sim. Caso haja um incêndio e eu precise de roupas para sair correndo.
Hunter: Boa ideia. Não quero que os vizinhos vejam a sua bunda. Porque, pelos próximos quase dois meses, ela pertence a mim.

Sorri como uma adolescente. Gostava de como aquilo soava. Muito. Mas, lá no fundo da minha cabeça, um aviso: "Dê a bunda pra ele, Nat, não o seu coração".

Capítulo 20

Hunter
11 ANOS ANTES

Não tinha ficado mais fácil.

Eu já devia ter esquecido a Summer depois de oito meses sem vê-la. Houve outras – talvez até demais, em uma tentativa de esquecê-la –, mas a minha atração por ela ainda estava ali, na primeira vez em que os nossos caminhos se cruzaram novamente.

Foi na festa de formatura do Jayce, na casa da minha tia e do meu tio. Eu estava tomando uma cerveja na sala quando ela entrou. Os nossos olhares se cruzaram, e juro que senti como se meu coração tivesse começado a bater pela primeira vez.

Merda. Ela é linda.

Eu a observei ir na direção do Jayce e da garota que ele estava namorando havia dois meses. Ela deu um abraço forte nele e disse algo que fez os três rirem, depois andou até o sofá e se sentou bem do meu lado. Sem virar a cabeça na minha direção, pegou a cerveja da minha mão e levou à própria boca.

Antes de beber, falou:

– Verdade ou desafio?

SEXO SEM AMOR?

Sorri.

– Verdade.

Depois de dar um golão na minha cerveja, ela me devolveu.

– Você apagou a minha foto quase pelada do seu celular, que te mandei um século atrás?

Virei a cabeça e esperei ela virar para mim para responder.

– Não.

Os olhos dela brilharam.

– Com que frequência você olha a foto?

– Mais verdade?

Ela assentiu.

– Todo santo dia.

Passamos a cerveja um para o outro.

– Está saindo com alguém? – ela perguntou.

– Tenho alguém com quem eu *saio* de vez em quando.

– *Sair* é código pra *trepar*?

Os cantos da minha boca franziram.

– Eu estava tentando ser um cavalheiro. E você? Está *saindo* com alguém?

Ela repetiu minha resposta não comprometedora:

– Tenho alguém com quem eu *saio* de vez em quando.

Eu estava transando com outra, nunca mais tinha visto a Summer ou falado com ela naqueles oito meses – desde a noite da festa, da qual eu fui embora sabendo que era ela a menina por quem meu irmão estava louco. Ainda assim, tive vontade de arrancar a cabeça do cara sem nome com quem ela estava dormindo. É, o tempo não tinha tornado as coisas mais fáceis.

Levantei.

– Vou pegar outra cerveja. Quer uma pra você ou quer beber da minha pelo resto da noite?

Summer me lançou um sorriso travesso.

– Quero beber da sua pelo resto da noite, caso não seja um problema.

– Sem problemas.

Levei cinco minutos para organizar a minha cabeça antes de voltar para o sofá. Olhei para o meu irmão abraçado com a Emily. Parecia feliz. Ele ficou sonhando com a Summer mais seis meses depois da festa. Mas, agora que ele parecia ter superado e estar em outra, será que a proibição tinha acabado? Jayce não fazia ideia de que tinha acontecido algo entre mim e a Summer – e, verdade seja dita, mal houve algo. Mas será que seria certo sair com uma menina pela qual o seu irmão era louco, mesmo que o sentimento nunca tivesse sido recíproco? Eu não sabia se a minha bússola moral apontava na direção certa.

Summer não tinha saído do lugar no sofá. Sentei, abri a cerveja e bebi um gole antes de passar para ela.

– Minha vez. Verdade ou desafio?

– Desafio.

O desafio saiu da minha boca sem que eu pensasse a respeito.

– Mande uma mensagem para o cara com quem você está *saindo* e diga que não quer mais *sair* com ele.

Summer me olhou intensamente antes de pegar o celular na bolsa. Passou pelos contatos, escolheu um e escreveu uma mensagem. Quando terminou, virou o telefone para eu ver a mensagem que ela tinha escrito para um cara chamado Gavin.

Oi. Desculpe fazer isso por mensagem. Mas preciso parar de sair com você. Aproveite as férias!

SEXO SEM AMOR?

Depois de eu ler, ela apertou "enviar".

Bebi da cerveja.

– O dia do Gavin acabou de ficar péssimo.

Nós sorrimos um para o outro quando o telefone dela sinalizou a chegada da resposta. Adorei que ela não se deu ao trabalho de olhar, nem nas outras dez vezes em que o celular apitou durante a meia hora em que ficamos ali juntos.

Quando a festa ficou animada, Summer e eu nos separamos. Ela foi conversar com os amigos e eu com o Jayce. Mas não houve momento em que eu não soubesse exatamente onde ela estava. Os meus olhos eram magnetizados por ela. E parecia que não era só eu. Às vezes os nossos olhares se encontravam e então sorríamos. Outras vezes, um de nós não olhava de volta, porque estava conversando com outra pessoa, mas, mesmo que não olhasse, sabia que o outro estava olhando.

Lá pelas tantas, eu estava conversando com o meu irmão quando senti os olhos dela sobre mim. Eu ainda não tinha chegado a uma conclusão sobre como o Jayce reagiria se eu tivesse algo com a Summer, mas decidi sondar o terreno.

– Você e a Emily parecem felizes.

– Ela é ótima. – Ele estava com uma garrafa de água com gás na mão, e notei uma sacudida quando ele a levou à boca, quase um tremor. Como a nossa mãe havia tido doença de Parkinson, nós dois notamos.

– O que está acontecendo? – Olhei para mão dele.

– Bebi um pouco demais ontem à noite. – Ele apontou a garrafa dele na minha direção. – Acho que exageramos na comemoração de formatura. Hoje, só água com gás.

214

Que garoto morando em uma república não passa por uma noite de bebedeira? Não dei muita atenção, já que eu mesmo já tinha sentido uns tremores nas manhãs de ressaca. Então, voltei a sondar.

– A Emily vai para a pós-graduação?

– Não imediatamente. Ela vai fazer os estágios de enfermagem e quer trabalhar por um tempo antes de ir para a pós.

– Como vocês se conheceram?

– Durante a tutoria. – Ele deu um sorriso. – Ela é péssima em matemática.

– Ah, como a Su... Pearl. Como ela vai se virar no último ano de faculdade sem você para ajudar?

Jayce olhou por cima do meu ombro. Eu sabia pelo olhar dele quem ele estava observando.

– Dou um jeito se ela ainda precisar de ajuda. Eu nunca recusaria uma oportunidade de passar tempo com a Pearl.

Merda.

– Melhor não deixar a Emily ouvir você dizer isso.

Ele abanou a cabeça, ainda olhando para a Summer por cima do meu ombro.

– Pois é, nem fale. Ninguém gosta de descobrir que está jogando na reserva.

Bebi demais.

A festa estava desanimando, e eu não era o único que tinha passado do limite. O Jayce, que havia dito que não beberia, tinha

SEXO SEM AMOR?

acabado de tropeçar, e a namorada dele, também zonza, riu tanto que caiu no chão com ele ao tentar ajudá-lo a levantar.

Precisando de um pouco de ar fresco, sentei na varanda sozinho, com uma cerveja na mão e sofrendo por dentro. Tinha feito meu máximo para ignorar a Summer depois da conversa com meu irmão. Até que a porta se abriu e ela sentou a bunda linda dela do meu lado, no degrau da escada.

– Achei você. Estava começando a pensar que estava me evitando.

Sempre fui honesto, ainda mais quando estava bêbado.

– Eu estava.

Ela bateu o ombro dela no meu.

– Você não se saiu muito bem, já que está aqui sentado na varanda, e essa é a única saída da casa.

Matei a cerveja.

– Ele ainda gosta de você.

O rosto da Summer ficou sério.

– Mas ele está com outra.

– Eu também saio com outras. Mas isso não me impede de olhar o seu rosto todo dia no meu celular.

Ela inclinou a cabeça para o lado.

– O meu rosto? É para o meu rosto que você olha naquela foto?

Os meus olhos baixaram até o decote dela.

– Existem mais de três bilhões de mulheres no mundo. Por que eu quero a única que eu não posso ter?

Summer olhou para os próprios pés. No fim, disse:

– Como eu te disse oito meses atrás, gosto do Jayce. Ele é um cara muito legal. Mas, mesmo que nós dois não tivéssemos nos conhecido, ele ainda seria só um amigo. – Ela ergueu os olhos para mim. – Você não pode se obrigar a sentir algo por alguém nem a parar de sentir o que você já sente.

Eu sabia que ela tinha razão. Não tínhamos tido contato por oito meses, desde que descobri que o meu irmão era louco por ela. Tínhamos, nós dois, saído com outras pessoas, e ela não teve nada além de amizade com o Jayce. Estava claro que nenhum de nós dois havia parado de sentir pelo outro o que havíamos sentido naquele primeiro dia. O coração ganha do cérebro. Toda vez.

Fui eu quem começou o jogo dessa vez. As mãos da Summer estavam ao lado do corpo, uma delas perto da minha. Ergui o meu dedinho e o aproximei alguns centímetros da mão dela, até entrelaçá-lo no dedinho dela.

– Verdade ou desafio? – perguntei.

Ela ergueu seus olhos verdes e grandes para mim, sob os cílios volumosos.

– Verdade.

Arqueei uma sobrancelha para ela pela primeira vez. Ela sempre tinha sido a garota do desafio. Depois de pensar em um milhão de perguntas diferentes, optei por algo mais aberto:

– Me conte um segredo que ninguém sabe.

Summer mordeu o lábio e ficou tímida pela primeira vez desde que a conheci.

– Ninguém sabe que *stalkeei* você no Facebook e dei *print* da tela com uma fotografia em que alguém te marcou. Você estava na praia e muito gostoso. – Ela fez uma pausa e baixou a voz. – Ninguém sabe que às vezes olho para ela enquanto me masturbo.

Jesus Cristo.

Engoli com dificuldade. A garota estava tentando me matar.

SEXO SEM AMOR?

Ela olhou para os nossos dedinhos entrelaçados e apertou.

– Sua vez. Verdade ou desafio.

Limpei a garganta. Já que estávamos indo contra a corrente...

– Desafio.

Um sorriso sedutor se abriu no rosto dela.

– Venha pra casa comigo.

Capítulo 21

Natalia

– Você e o Hunter estão namorando sério?

Nós estávamos a meia hora de distância do presídio quando a Izzy me perguntou isso do nada. Ela tinha sido a mal-humorada de sempre naquela manhã e colocado os fones de ouvido mesmo antes de entrarmos no carro. Depois dormiu por três das três horas e meia que levava para chegar ao destino.

– Não, de jeito nenhum.

Nós éramos o oposto de namorados sérios. Mas contar a Izzy que o Hunter e eu tínhamos concordado em nos tornar amigos que fazem sexo não era muito apropriado.

Ela deu de ombros e colocou os pés no painel do carro.

– Eu gosto dele.

– Ele é velho demais para você – brinquei.

– O Marcus era um tonto.

– O Marcus era muito legal.

Ela bufou.

– E a sua vida amorosa? – Olhei para a minha enteada. – Como estão as coisas com o Manu?

SEXO SEM AMOR?

– Tudo bem, eu acho. Ele me convidou para ir ao baile e eu disse que não. Aí ele perguntou por que não. Eu disse que o menino com quem eu queria ir já tinha uma parceira.

– Você disse isso? – fiquei surpresa. A antiga Izzy teria virado a cara em vez de conversar abertamente. Ela estava amadurecendo. Perguntei: – E o que ele falou?

– Ele me perguntou com quem eu queria ir.

Olhei para ela, ansiosa.

– O que você respondeu?

Izzy escondeu o rosto com as mãos.

– Eu gritei: "Com você, seu idiota. É com você que eu queria ir". Estávamos na aula de pesquisa científica, e todo mundo estava conversando porque a professora não tinha chegado ainda. Eu estava de costas para a porta e não tinha visto que ela tinha entrado logo antes de gritar isso. Juro que a *classe inteira* estava calada quando gritei. Todo mundo ouviu.

– Nossa… Jesus. Como foi depois?

– Algumas pessoas riram. Mas o Manu só me encarou. Achei que o tinha assustado. Então, depois da aula, eu o ignorei quando ele tentou falar comigo. Consegui evitá-lo até depois do treino. Ele me esperou na porta do vestiário.

– Vocês se falaram?

– Ele falou. Eu estava com muita vergonha, não consegui falar muita coisa.

– E…

– Ele disse que queria ir ao baile comigo, mas que achava que eu não gostava dele. Ele achava que eu gostava do Chad Siegler.

– Quem é esse?

– Um cara meio chato que joga no time de basquete. Ele é tipo o Marcus. Bonitinho, até. Mas chato pra caralho.

Eu ri, embora talvez devesse ter corrigido o linguajar dela. Mas a Izzy e eu estávamos falando de meninos. Quem diria que isso aconteceria um dia?

– Por que ele achava que você gostava desse Chad?

– Não faço ideia.

– Bom, mas o Manu ainda vai ao baile com a Brittany?

– Ele me disse que ia falar para ela que não poderia ir, para nós dois irmos juntos. Mas eu disse que não. Eu disse para ele ir com ela. O baile é na semana que vem, e não é justo largar a Brittany do nada para ir comigo. A culpa foi minha de ele ir com ela porque não tive coragem de convidá-lo.

– É muito legal da sua parte.

Ela desdenhou.

– Ele disse que quer me levar ao cinema.

– E você aceitou?

– Eu disse para ele se divertir no baile e me convidar depois, caso ainda queira.

– Uau.

Ela olhou pela janela e ficou em silêncio por um tempo antes de voltar a falar.

– Vou ter que contar para o meu pai se for ao cinema com ele?

Eu conhecia o meu ex-marido. Ele era inflexível a respeito de a Izzy só poder namorar depois dos vinte e um anos. Embora eu não adorasse a ideia de ela namorar, ela ia fazer dezesseis anos dali a duas semanas. Ela ia acabar namorando, quisesse ele ou não. Eu era basicamente uma mãe solteira e a única figura maternal que ela tinha – exceto pela avó, que a tratava como se ela tivesse três aninhos. Nós íamos ter de confiar uma na outra.

– Você é quem decide, Izzy. Mas não sou eu quem vou contar, caso você resolva não contar. Mas nós duas precisamos ser abertas sobre esse tipo de coisa, ok?

Quando olhei de novo, vi que ela estava aliviada.

– Ok.

A visita ao Garrett se passou como sempre. Ele tentou conversar comigo, fiquei sentada sozinha no outro canto, observando os dois de soslaio enquanto lia um livro. Quando estava quase no fim, fui até eles para pegar a Izzy. Nenhum dos dois estava com uma cara feliz. Mas não era o mesmo tipo de expressão aborrecida que às vezes a Izzy apresentava na hora de ir embora – em geral, era tristeza. Dessa vez, minha enteada estava de braços cruzados e parecia *brava*. E o meu ex-marido estava de cara feia.

– Por que não pergunta você mesmo para ela? – ela falou para pai.

Merda. Tinha a ver comigo.

Ele dirigiu a ela um olhar sério e falou no mesmo tom:

– Dê alguns minutos para a gente, Isabella.

Izzy encarou-o. Eu nunca a tinha visto desafiá-lo assim.

– *Não* – ela retrucou. – Não vou deixar vocês dois sozinhos para você interrogar a Nat. Não é da sua conta o que ela faz e com quem sai.

Os meus olhos se arregalaram.

Garrett falou entredentes:

– Vá esperar lá na porta, Isabella.

Izzy ficou em pé e, por um segundo, achei que ela fosse ceder. Até ela virar para mim:

NATALIA

– Vamos, Nat?

Olhei para ela e para ele, tentando pensar na coisa certa a fazer. Não queria que ela fosse embora brava com ele. Se ela se arrependesse de algo que dissesse, não teria como desfazer o mal-entendido no dia seguinte. Só um mês depois, na próxima visita.

Esperando ter tomado a decisão certa, olhei para o Garrett.

– A Izzy está crescendo e se tornando uma pessoa incrível. Ela está madura e se encontrando. – Os meus olhos cruzaram com os dela. – Então, por mais que eu não goste de ver vocês brigados, eu a apoio e, se ela estiver pronta para ir, nós vamos agora. Tchau, Garrett. Até o mês que vem.

Izzy olhou uma última vez para o pai.

– Tchau, pai.

E saímos juntas.

Eu esperava que ela fosse chorar depois que saímos do presídio. Mas ela não chorou. Ficou quieta enquanto pegávamos as nossas coisas no armário e caminhamos até o carro.

Uma vez dentro do carro, fitei-a enquanto colocava a chave na ignição.

– Quer conversar a respeito?

– *Ele é um idiota.* Contei sobre como o meu arremesso com uma mão tinha melhorado, e sabe qual foi a resposta dele?

– Qual?

– Ele perguntou quem era o homem que estava no nosso apartamento.

O Marcus só tinha me levado uma vez até a porta do prédio, mas logo senti que não era do Marcus que ele estava falando.

SEXO SEM AMOR?

– Como ele soube que um homem foi ao nosso apartamento?

– O Damon contou para ele que você estava namorando um encanador ou sei lá o quê.

Aff. O Damon.

– Sinto muito que ele tenha envolvido você nessas coisas e que a visita tenha sido ruim.

– Foi o papai quem arruinou a visita. Ele nem estava me ouvindo falar do basquete. Depois ficou puto quando eu disse que não era da conta dele quem vinha à nossa casa.

Que merda.

– O que ele respondeu?

– Ele disse que você era mulher dele, e que era da conta dele, sim. Que eu tinha que ser os olhos e os ouvidos dele agora que ele não podia estar lá. Então eu disse que você é a *ex*-mulher dele, e que a culpa era dele de não poder estar em casa agora. Que eu não era os olhos e os ouvidos dele, que eu sou *filha dele*.

Nossa, como tive orgulho dela. Mas meu coração também doeu ao saber que o Garrett a estava usando durante a única hora mensal que tinha com ela.

– Você está totalmente certa, Izzy. Mas acho que não deve ter sido fácil de falar.

– Era a verdade.

Quando ela tinha ficado tão adulta?

– Izzy... Obrigada. Obrigada por me defender. Mas preciso lhe dizer: nunca vou ficar magoada se você contar algo ao seu pai. Embora eu não ache que *eu* seja da conta dele, você é. E ele tem todo o direito de saber se um homem frequenta a nossa casa.

Izzy voltou a olhar pela janela, então comecei a dirigir e dei um tempo para ela. Ficaríamos ao lado uma da outra pelas próximas horas, mas pensei que ela precisava de privacidade para digerir o que tinha acontecido.

Mas ela não colocou os fones de ouvido e dormiu dessa vez. Em vez disso, parecia estar refletindo profundamente.

Após cerca de uma hora, apontei para as placas de restaurantes fast-food na rodovia e perguntei se ela queria parar para almoçar. Ela fez que sim. Em vez de passar pelo *drive-thru*, como em geral fazíamos na volta para casa, estacionei em frente ao Wendy's. Se ela estivesse pronta para conversar um pouco mais, ficaria mais fácil se estivéssemos sentadas de frente uma para a outra.

Peguei a minha bolsa no banco de trás e abri a porta para sair. A voz da Izzy me parou.

– Nat?

Virei e vi que a Izzy não fez nenhum movimento para sair do carro. Ela estava olhando para a frente, mas, quando me aproximei, vi que havia lágrimas nos seus olhos. Fechei a porta do carro.

– Converse comigo, querida. É normal você ficar chatcada depois do que aconteceu hoje.

Uma lágrima pesada desceu pelo rosto dela, e o seu lábio superior começou a tremer. Ver a dor dela estampada no rosto deu um nó na minha garganta.

– Que direitos o papai tem? – ela murmurou com uma voz trêmula.

De primeira, não entendi a pergunta, mas me lembrei da última coisa que eu tinha dito a ela, de que ele tinha *todo o direito* de saber quem era o homem frequentando a casa dela. Achei que era a isso que ela estava se referindo.

– Bom, ele é seu pai, então acho que ele tem o direito de saber se você está segura e bem cuidada. Não importa o que aconteceu entre mim e ele, ou o que ele fez de errado, seria errado deixá-lo preocupado com a sua segurança.

Ela balançou a cabeça vigorosamente.

– Não. *Que direito ele tem sobre mim?*

– Você quer dizer legalmente?

Ela assentiu.

Nós nunca havíamos discutido o aspecto legal de como as decisões tinham sido tomadas. Tudo o que ela sabia era que ia morar comigo e visitar a avó e o pai.

– Bom, agora eu tenho a sua guarda total. Então ninguém mais tem o direito de exigir que você vá morar com eles. Você visita a sua avó uma vez por mês porque foi assim que eu combinei com ela. Acho importante você manter contato com ela, porque ela ama muito você. Ela queria ter ficado com a sua guarda, mas tem setenta e dois anos e você nunca tinha morado com ela antes, então o juiz achou melhor você morar comigo.

Esperei até ela me olhar e fiz questão que a próxima fala ficasse bem clara para ela:

– E eu queria que você morasse comigo porque amo você.

Ela sorriu por entre as lágrimas e assentiu, então continuei:

– Mas há dois tipos de direito que os adultos podem ter sobre os menores de idade: a custódia física e a custódia legal. O seu pai e eu compartilhamos a sua custódia legal.

– O que isso significa?

– Significa que o seu pai e eu podemos opinar nas decisões importantes da sua vida, como escola, tratamento médico etc.

– Mesmo que ele esteja na cadeia?

– Sim. Não tentei brigar com ele pela sua custódia legal total. Ele sempre tomou boas decisões no que diz respeito ao seu bem-estar, e ama você. Não queria que ele sentisse como se eu estivesse tentando roubar você dele. Ele cometeu erros. *Erros grandes*. Mas é o seu pai.

Pensei ter explicado bem, mas, quando terminei, ela estava mais arrasada do que antes. As lágrimas escorriam dos olhos dela.

– Ai, meu Deus, me desculpe. Não quis chatear você ainda mais. Foi muita informação? – Eu a abracei. – Vem cá. Fale pra mim: o que está te chateando assim?

Ela soluçou no meu ombro por alguns minutos e não consegui segurar as minhas lágrimas. Os filhos não deviam sofrer por causa das ações dos pais, que deveriam protegê-los. Mas acontece com quase todo mundo.

Nunca pensei que ia torcer para a Izzy voltar a ser a adolescente bravinha de sempre. Depois de um tempo, os soluços foram ficando espaçados, e ela fungou antes de erguer a cabeça do meu ombro. Seus olhos estavam vermelhos e inchados.

– Você vai me mandar embora para morar com ele, não vai?

A pergunta me pegou de surpresa. Nunca me havia ocorrido que a Izzy não fosse querer morar com o pai quando ele saísse da cadeia, dali a alguns meses. Foi somente nos últimos meses que ela começou a se abrir para mim e que eu tinha começado a ver que ela, na verdade, não me odiava – só odiava as circunstâncias que a levaram a morar comigo, e eu era a única pessoa por perto para ela culpar.

Olhei para ela.

SEXO SEM AMOR?

– Você não quer ir morar com o seu pai?

Ela negou com a cabeça.

– Você está chateada com ele agora. Não acho que esteja em um bom momento para pensar em uma decisão como essa.

– Ele não é mulher. Ele não ia entender as coisas. Será que não posso ficar com você e visitá-lo nos fins de semana ou algo assim?

Caramba, eu não estava pronta para responder àquela pergunta. Mais do que isso, eu não sabia se eu *poderia* responder àquela pergunta. O Garrett certamente ia querer a guarda total da filha quando ele saísse, ou não?

– Izzy, eu... eu acho que essa decisão não está totalmente nas minhas mãos nem nas suas.

O rostinho esperançoso dela murchou.

– Está nas mãos do papai?

– Acho que, se você e eu decidíssemos que seria melhor você ficar comigo, e o seu pai discordasse, o juiz é quem ia decidir.

Ela olhou para baixo, tentando pensar no que dizer. Depois, olhou nos meus olhos e foi direto ao ponto:

– Você ia querer que eu morasse com você, se eu quisesse morar com você?

A resposta saiu da minha boca antes que eu pudesse pensar a respeito.

– Claro.

Mas eu tinha a impressão de que as coisas não iam ser muito fáceis caso a Izzy quisesse isso mesmo.

Capítulo 22

Natalia

Eu estava uma pilha de nervos.

Tinha conseguido me ocupar durante a semana e não passei muito tempo pensando no encontro que estava por vir, ou melhor, no *fim de semana* que estava por vir, com o Hunter. Isso até agora. Eram duas da tarde na sexta-feira, e eu já tinha acabado todas as consultas e feito todas as anotações sobre os meus pacientes. Esperando dar uma relaxada e esfriar a cabeça, preparei um banho de banheira com uma fragrância de ervilha-de-cheiro que havia comprado na volta para casa, no dia anterior.

Como o resto do apartamento, o banheiro era pequeno, então virava uma sauna a vapor só de encher a banheira. Como a Izzy não estava em casa, deixei a porta aberta para que o vapor saísse e também para que desamarrotasse as minhas roupas. Fechando os olhos, respirei fundo aquele aroma maravilhoso do jardim da minha avó. Era tudo de que precisava.

Meu celular vibrou em cima da pia, interrompendo a minha paz. Meus olhos se abriram de sobressalto. Dando de cara com um olhar penetrante sobre mim na beirada da banheira, pulei para fora e derramei metade da água no chão. Para completar, quase escorreguei no azulejo.

O gato.

A porcaria do gato.

Era de se imaginar que a presença de só *um olho* me daria uma dica de quem era.

O Gatileu Gatilei tinha entrado e se acomodado na borda da banheira, e quase me matou de susto. Da forma intensa como ele continuou me olhando, não vi alternativa a não ser puxar a toalha e me cobrir.

Sério? Eu estava à beira de um ataque de nervos.

Respirei fundo algumas vezes e fui pegar o meu celular, uma vez que foi o fato de ele ter vibrado que gerou toda aquela catástrofe. Me dei conta de que o celular não estava mais sobre a pia. Senti um frio na barriga ao pensar no que poderia ter acontecido. Inspecionei todo canto, deixando o pior por último.

Não estava no chão.

Não tinha caído dentro na pia.

Não pulou para dentro da lata de lixo.

Meus olhos se viraram para a banheira.

Merda.

Lá estava o meu telefone – no fundo da banheira cheia até a metade.

No meu frenesi, devo ter esbarrado e o deixado cair na água. Eu o peguei, mas, claro, já era tarde demais. O celular estava mortinho, e não parecia que poderia ser ressuscitado.

Embora eu tivesse ficado aborrecida, não havia nada a fazer naquela hora, então sequei o telefone na toalha e tentei voltar à banheira. Como não encontrei forma de relaxar, decidi começar a me arrumar. Raspei até o último pelo das minhas pernas e das axilas, depois verifiquei se a depilação na virilha, feita por mim no dia anterior, estava bem-feita. O Gatileu ficou sentadinho na borda da banheira, calmamente lambendo e limpando as patinhas. Eu tinha combinado com a vizinha, a Sra. Whitman, que também tinha um gato, que cuidasse dele no fim de semana. Talvez o Gatileu Gatilei estivesse se preparando para o encontro dele também.

Arrumar a mala era, por si só, um desafio. Peguei a minha lingerie com mais renda, mas não sabia o que vestir além disso. O que resultou em uma mala grande demais – algo para ficar em casa, algo para sair, jeans e camiseta… E se chovesse? Imaginei a cara do Hunter se eu aparecesse com capa de chuva e galochas, mais duas malas. O coitado teria um ataque do coração. Ia achar que eu estava me mudando para lá.

Borboletas habitaram a minha barriga pelo resto da tarde. Nós tínhamos trocado algumas mensagens durante a semana e decidimos que, em vez de ele me pegar, eu iria para a casa dele depois de deixar a Izzy. O Hunter estava morando perto da casa da mãe do Garrett. Eu pegaria a Izzy no treino e não queria que ela visse a mala, então a coloquei no porta-malas. Era preciso tomar cuidado com o exemplo que eu dava para ela, especialmente agora que ela tinha quase dezesseis anos e estava começando a se interessar por meninos. Adolescentes aprendem com as nossas ações, não com o que lhes dizemos que é certo ou errado.

SEXO SEM AMOR?

No caminho para buscar a Izzy, parei na loja e comprei um iPhone novo e ridiculamente caro. Eles não conseguiram salvar nada do meu antigo, então eu não tinha nem números de telefone nem contatos, teria de começar do zero. Não sabia nem o primeiro número do celular do Hunter.

Talvez tenha sido até melhor que o humor da Izzy tenha voltado ao normal quando a peguei depois do treino. As minhas emoções estavam transbordando, e acho que não seria muito sábio conversar naquele momento sobre meninos ou sobre o pai dela. Quando chegamos à casa da sua avó, parei em fila dupla.

– Ah, quase esqueci. Derrubei o meu celular na banheira. Não tenho nem o seu número. – E peguei o meu novo celular do bolso da jaqueta. – Você pode gravá-lo?

Ela pegou e perguntou enquanto digitava:

– Quando você tomou banho de banheira?

– Hoje à tarde.

– Mas você tinha tomado banho hoje de manhã. Estava tomando quando acordei.

– Eu estava estressada e experimentei uma nova fragrância nos sais de banho.

– Tá tudo bem?

– Sim – menti. – Foram só algumas coisas do trabalho que me estressaram um pouco.

Andei com a Izzy até a porta, falei com a avó dela por um minutinho e forcei um beijo e um abraço.

– Ligo para saber como você está.

– Você tem algum plano para o fim de semana? – ela perguntou.

– Vou passar o fim de semana na cama. – Sorri, feliz por não ter de mentir.

É possível sentir o coração bater contra a caixa torácica? Era assim que eu estava me sentindo. Ou isso ou eu estava tendo uma indigestão horrorosa. Coloquei o carro em um estacionamento a um quarteirão do apartamento do Hunter e caí em mim ao entregar a chave para o manobrista. Ele perguntou quando eu voltaria para buscar.

Engoli em seco.

– Só no domingo.

Eu ia mesmo fazer isso.

As borboletas voavam pela minha barriga mais forte e rapidamente a cada passo que eu dava na direção do prédio. Respirei fundo quando o porteiro me cumprimentou.

– Srta. Rossi?

Não era o mesmo porteiro da noite em que estive ali.

– Sim, como você sabe?

Ele abriu um sorriso simpático e tirou o chapéu.

– O Sr. Delucia ligou para avisar que a senhorita chegaria por volta deste horário. Ele não conseguiu falar com a senhorita e queria que eu avisasse que o voo dele atrasou, e que ele chegará em casa por volta das nove.

– Ah.

A decepção se instalou em mim. Eu tinha passado tanto nervoso a tarde toda. Mais uma hora esperando, aí que os meus nervos iam se esgotar de vez.

SEXO SEM AMOR?

O porteiro tirou do bolso a chave.

– Ele pediu para eu pegar a chave do zelador para que você pudesse entrar e esperar. Quer que eu a acompanhe até o apartamento?

– Ah, não precisa. Eu subo sozinha. – Peguei a chave, sentindo a necessidade de me explicar por alguma razão desconhecida. – Derrubei o meu celular na água. É por isso que ele não conseguiu falar comigo.

Durante a subida no elevador, tirei o meu novo celular do bolso. Eu não tinha olhado para ele desde que a loja o ativou, a não ser quando o entreguei à Izzy, para que ela colocasse o número dela nele. Mas nele havia uma mensagem do Hunter de alguns minutos antes.

Hunter: Acabei de desembarcar. As mensagens que te mandei apareceram como não lidas. Espero que esteja tudo bem.

Salvei o número dele nos meus contatos.

Nat: Quebrei o meu celular e acabei de comprar outro. Perdi todos os contatos.

Hunter: O meu voo atrasou. Ainda vou levar uma hora para chegar aí. Desculpe. O porteiro está com a chave para você entrar.

O elevador chegou e as portas se abriram.

Nat: Já estou no elevador com a chave na mão.

Hunter: Que bom. Estava começando a achar que você me daria um perdido.

O apartamento dele ficava a algumas portas do elevador, então entrei antes de responder.

Nat: Ainda tenho uma hora para reconsiderar. Tudo pode acontecer...
Hunter: Que tal passar essa hora tirando a roupa e pensando sobre todas as coisas que vou fazer com você quando chegar em casa?

Bom, *aquilo* era tentador. Mordi o lábio inferior e brinquei com ele um pouquinho.

Nat: Você nem vai me alimentar primeiro?

Os pontinhos de digitação apareceram, sumiram, apareceram de novo.

Hunter: Eu até explicaria com o que quero te alimentar, mas preciso parar de digitar para conseguir sair deste avião sem passar vergonha aqui.

Ai, ai. Ele não tinha que explicar nada, a imagem na minha cabeça já estava vívida o suficiente. Outra mensagem chegou antes de eu responder.

Hunter: Te vejo daqui a pouco.

SEXO SEM AMOR?

Suspiros. Deixei a minha mala ao lado da porta de entrada e fui até a varanda. Puxei a cordinha para abrir a persiana e admirei a vista espetacular. Que estranho estar no apartamento do Hunter sem ele. Depois de apreciar um pouco a vista da cidade, decidi dar uma voltinha. Na verdade, uma *espiadinha.*

Não era a casa dele, então não tinha muitos objetos pessoais. Mas isso não me impediu de dar uma fuçada no armário do banheiro. Uma caixa extra de pasta de dente, um frasco de antisséptico bucal, potes de vitamina fechados, dois desodorantes também fechados – só o básico. Bom, se ele tivesse remédios, provavelmente os teria levado consigo na viagem. No quarto, havia uma quantidade razoá-vel de roupas no armário e, na cômoda, meias e cuecas. Não tinha mais nada para ver no quarto, a não ser o criado-mudo.

O móvel de um lado da cama não tinha nada. Eu estava quase pensando que a minha investigação tinha sido inútil quando abri o outro criado-mudo com o dedo indicador. Dentro tinha uma né-cessaire, em cima de alguns papéis. Prestei atenção na posição em que ela estava para depois lembrar ao colocá-la de volta. Eu a tirei e abri para ver o que havia dentro. A maior caixa de camisinha que eu já tinha visto na vida, um pote de lubrificante e... sais de banho. Suspirei ao ver que o Hunter tinha comprado a mesma fragrân-cia que eu: ervilha-de-cheiro. Também me deixou contente o fato de que as únicas camisinhas no apartamento eram as da caixa que estava fechada, e que ele devia tê-las comprado pensando em mim.

Antes de colocar a nécessaire de volta, folheei os papéis, com cuidado para não os bagunçar. Havia um contrato temporário de aluguel, o contrato de aluguel do carro e uma carta endereçada a ele. Quando comecei a colocar a nécessaire de volta, bati o olho no selo do envelope – enviado quase dez anos atrás. Reconheci o nome do remetente – Jayce Delucia – como o do irmão dele. Eu sabia que ele tinha morrido havia anos. Levei a mão ao coração, ficando emotiva ao ver que o Hunter levava consigo uma antiga carta do irmão falecido. Ele não era só um cara lindo e abençoado com um carisma natural – ele tinha camadas mais profundas. À diferença do que acontecia com outros homens, quanto mais eu olhava para além da superfície, mais eu gostava do que via.

Eu era xereta, mas não era totalmente sem noção, então coloquei a carta no lugar e arrumei a gaveta da maneira como a encontrei. Não fazia ideia do que fazer depois disso. Hunter só chegaria dali a quarenta e cinco minutos, pelo menos, então decidi ligar para a Anna. Seria engraçado brincar de "adivinhe onde eu estou".

– Os meus mamilos estão me matando – ela anunciou assim que atendeu, em vez de dizer alô.

Nada me surpreendia quando o assunto era a Anna.

– Ah, ok. Esse é o rumo que você quer dar para a conversa. Eu ia para outra direção, mas pode ser do seu jeito. E o seu cu, como está?

Ela resmungou.

– É sério, por que produzir leite não fica a cargo dos homens? Nós temos de fazer tudo. Carreguei essa criatura por dez meses, depois passei o cabeção dela pela minha pequena vagina, e agora meus peitos estão me matando porque ela os suga o dia todo.

Ouvi um leve balbucio no fundo quando ela acabou o desabafo.

– Foi a minha sobrinha?

– Foi. – A voz dela ficou mais calma. – Ela suga que nem um aspirador de pó.

SEXO SEM AMOR?

– Own. Que saudade de vocês. Me conte como ela está. Andando? Falando? – brinquei.

– Ainda não. Mas faz cocô e bebe o meu leite muito bem.

Ri e me sentei no sofá do Hunter. Era tão bom ouvir a voz dela, como se me aconchegasse em um cobertor de infância.

– Como está se sentindo?

– Exceto pelos mamilos rachados, até que estou me sentindo muito bem. Tenho passeado bastante com ela no carrinho e, com a amamentação queimando calorias, o meu corpo está começando a voltar ao normal.

– Uau. Que ótimo.

– E você, o que anda fazendo?

– Bom... – falei como se não significasse nada. – Estou sentada no sofá do apartamento do Hunter, esperando-o chegar para que a gente possa trepar que nem coelhos.

Um gritinho alto do outro lado da linha me fez afastar o celular do ouvido. É claro que colocamos todo o papo em dia na meia hora seguinte. Embora a Anna de início tivesse um pé atrás com a possibilidade de o Hunter e eu ficarmos juntos, ela parecia realmente empolgada. *Empolgada até demais.* Ela já me imaginou mudando para a Califórnia, casando com o melhor amigo do marido dela e passeando com o carrinho de bebê ao lado do dela. A realidade era, porém, que o Hunter e eu éramos apenas amigos que fazem sexo.

Tentei baixar as expectativas dela, mas a esperança na sua voz me dizia que não seria uma tarefa fácil.

– Por que você não o espera pelada? – Anna sugeriu.

Eu ri.

– Ele passou o dia viajando. Deve estar morrendo de fome.

– Exatamente o que quis dizer. – A minha sobrinhazinha começou a reclamar no fundo. Falamos por tempo demais. – Droga, ela está molhada, preciso trocar a fralda. Você pode me ligar de novo daqui a pouco?

– O Hunter está para chegar. Posso ligar para você amanhã.

– Ai, meu Deus. Me ligue assim que acabar.

Eu ri.

– Claro. Vou te ligar assim que ele tirar a camisinha.

– Tá bom!

Eu não estava bem certa se ela estava brincando ou não.

– Eu te ligo amanhã, sua maluca.

Depois que desliguei, fui ao banheiro. Enquanto eu estava lá dentro, por meio segundo considerei fazer o que a Anna tinha sugerido. Eu sabia sem sombra de dúvida que o Hunter adoraria que eu o recebesse pelada. Mas eu ainda estava meio nervosa e precisava que a paixão entre nós esquentasse para conseguir me abrir assim.

Estava escovando os dentes com o dedo quando ouvi a porta se abrir. *Ai, meu Deus. Ele chegou.* Fiquei alegre, loucamente nervosa e meio zonza, invadida por uma onda de adrenalina. Fechando os olhos, respirei algumas vezes e olhei no espelho antes de ver o homem responsável pelas marteladas no meu coração a milhões de batimentos por minuto.

Só que, quando saí, não era o Hunter que estava na sala. Era uma mulher. Assim que saí do banheiro, ela derrubou o casaco no chão.

Congelei onde estava, olhando para o corpo nu e perfeito dela.

Capítulo 23

Natalia

– Merda! – a mulher exclamou ao abaixar para pegar o casaco que estava no chão. – Achei que era outra pessoa que estava ficando nesse apartamento.

Ela tinha sotaque britânico.

Pisquei algumas vezes, primeiro espantada com o fato, depois para conseguir descolar os olhos da ruiva escultural. Ela era linda de cair o queixo. Alta, magra, com uma pele de porcelana, seios empinados e longas pernas. Eu não tendia a ser insegura, mas aquela visão fez o favor de mudar isso.

Antes que eu pudesse formar uma frase coerente, a mulher falou de novo, colocando o casaco:

– Eu sinto muito. Estou ficando no apartamento ao lado. Um cara com quem eu trabalho às vezes fica neste aqui, e eu achei que ele estava na cidade. Quando perguntei para o porteiro quem estava hospedado aqui, ele disse que era ele.

– Como você entrou?

– A porta não estava trancada – ela disse, apontando para trás. – Eu bati primeiro, mas ninguém atendeu, então abri.

– Quem é você?

– Brooke. Meu nome é Brooke Canter. – Ela amarrou o casaco na cintura. –Achei que você fosse outra pessoa. Estou morta de vergonha.

O medo que se instalou dentro de mim já sabia a resposta, mas mesmo assim perguntei:

– Quem você pensou que fosse?

– Hunter Delucia.

Vendo a expressão no meu rosto, ela fechou os olhos.

– Merda. O Hunter *está* alugando este apartamento, né?

Movi a cabeça devagar, indicando que sim.

– Nós costumávamos... – Ela balançou a cabeça. – Não importa. Eu vou embora.

Antes que eu pudesse dizer algo, a moça envergonhada saiu pela porta. Eu, por minha vez, parecia imobilizada.

– Que idiota que eu sou. – Apertei o botão do elevador uma segunda vez, resmungando comigo. O elevador não estava saindo do lugar, e tudo que eu queria era sair dali antes que o Hunter aparecesse. Eu não deveria estar me sentindo assim, mas não conseguia evitar. Foi estupidez da minha parte esperar que alguém que me propôs um caso de curto prazo nunca tivesse feito isso antes. Nem pareceu que ela tinha falado com o Hunter desde que ele chegou à cidade, algumas semanas atrás, mas saber disso não diminuía a dor.

O elevador finalmente começou a se mover. Na pressa para sair do apartamento, achei que tivesse esquecido o meu celular novo. Enquanto eu revirava a bolsa para achar, as portas do elevador se abriram no térreo. Afobada, achei o celular, puxei a mala de rodinhas e saí, sem olhar para fora primeiro. Foi assim que trombei com um homem.

E claro que um homem era o Hunter.

Ele segurou os meus ombros para que eu não caísse.

– Ei, você está fugindo?

Ele disse de forma brincalhona, com um sorriso no rosto, mas, quando viu a minha cara, o sorriso murchou.

– Saia da minha frente – eu mandei.

– Natalia? O que aconteceu? Que foi?

– Estou indo embora.

– Por quê?

– Você não precisa de mim aqui.

– Do que você está falando? Por que está tão brava?

As mãos dele ainda estavam nos meus ombros.

– Me largue!

– Tá, mas fale comigo. O que está acontecendo?

Eu o encarei de forma mordaz.

– Conheci a sua vizinha.

O rosto dele ficou confuso, como se ele não estivesse entendendo. Talvez não estivesse mesmo. Eu não tinha batido de porta em porta para averiguar com quantas mulheres do andar ele estava trepando. Revirei os olhos.

– Brooke. A ruiva.

Os olhos do Hunter se fecharam.

Esperei até que abrissem para continuar a minha descrição.

– E ela é ruiva natural, caso você tenha se esquecido. Que sorte a minha poder descobrir isso em primeira mão.

SEXO SEM AMOR?

Comecei a dar a volta para escapar dele, mas Hunter segurou o meu braço.

– Natalia.

Parei e respondi tal qual uma criança birrenta:

– O quê?

Eu tinha falado na direção do peito dele, e ele ficou quieto até eu levantar os olhos e fitá-lo. O tom dele foi firme, mas calmo:

– Vamos conversar sobre isso. Você pode ir embora depois, ou você pode ficar, mas, de qualquer forma, por favor, me escute.

Eu estava exausta, e ele viu isso no meu semblante.

– Por favor – ele pediu.

As nossas vidas se cruzaram graças a amigos em comum. Fazia sentido acabar de forma amigável, e não comigo indo embora daquele jeito. Assenti, e a expressão de alívio dele me fez ver que ele controlava muito melhor o temperamento do que eu.

Quase como se estivesse com medo de que eu mudasse de ideia, ele apertou o botão para chamar o elevador, pegou a alça da minha mala e encostou a outra mão nas minhas costas para eu entrar de novo.

Daria para ouvir um alfinete caindo no chão enquanto subíamos. Mas, mesmo estando puta da vida e magoada, ainda assim ficar em um espaço pequeno e fechado com o Hunter exercia um efeito sobre o meu corpo. Ele era tão *presente*. Encheria um cômodo inteiro com o seu cheiro intoxicante e com a maneira muito masculina, de macho alfa, de plantar os pés afastados no chão.

Fiquei aliviada quando chegamos ao andar. Eu precisava de um ar que não fosse contaminado com o odor daquele homem para conseguir pensar direito. O nosso silêncio continuou pelo corredor.

Ainda meio zonza, não me dei conta de que passamos reto pela porta do apartamento dele e batemos em outra porta.

– Por que está batendo?

Antes que eu pudesse responder, a bela ruiva abriu a porta. Os olhos dela brilharam ao ver o Hunter, mas depois ela notou a expressão dele e também a mim, ali em pé, ao lado.

– Oi, Brooke.

Ela olhou para ele e para mim.

– Desculpe, não sei o que eu estava pensando.

– Quando foi a última vez que nos vimos? – Hunter perguntou, no mesmo tom firme, mas calmo.

– Um ano atrás, talvez?

– E quando nos falamos pela última vez?

Ela deu de ombros.

– Trocamos alguns e-mails sobre o projeto Cooper, mas não acho que tenhamos nos falado neste último ano.

Hunter concordou com a cabeça.

– Obrigado. Desculpe te incomodar.

A mão dele ainda estava nas minhas costas, e ele me guiou para o outro apartamento. Só tirou a mão para abrir a porta, depois me conduziu para dentro. Estacionou a minha mala e olhou para mim, tirando o cabelo de cima dos meus olhos.

– O que aconteceu?

– Eu estava no banheiro, ouvi a porta se abrir e pensei que fosse você. Quando saí, ela estava na sala e tinha acabado de deixar cair o casaco no chão. Ela estava totalmente nua.

Ele assentiu e pareceu refletir sobre a informação por um momento antes de falar de novo.

– Se eu estivesse esperando por você e um cara entrasse e eu desse de cara com o pau dele, tenho bastante certeza de que ficaria puto também. Também acho que daria um soco na cara dele antes de sair pela porta.

Dez minutos antes, eu não teria imaginado que ele poderia dizer alguma coisa capaz de fazer com que eu me sentisse melhor. Mas se colocar no meu lugar aliviou muito da minha revolta. Eu ainda estava magoada, mas ele conseguiu baixar a minha ira.

– Ela tinha que ter aquele corpo incrível e ser linda?

– Ela não tem comparação com você. Nem de longe.

Ou ele era míope ou bom mentiroso, porque pareceu sincero.

Ele pegou as minhas mãos.

– Foi só uma vez depois de uma festa de Natal, há bastante tempo. Eu nem sabia que ela estava em Nova York também e não teria feito nada se soubesse.

Assenti.

Ele me puxou para perto dele e não tentei me desvencilhar quando me deu um abraço longo e apertado. Em algum momento, cedi e o abracei de volta.

– Minha ervilhinha. – Ele baixou a cabeça até o meu pescoço. – Não conhecia esse cheiro antes de te conhecer, e agora não consigo parar de senti-lo em todo lugar e pensar em você.

Hunter tomou uma ducha depois que o dramalhão passou. Ele tinha passado a manhã no canteiro de obras e viajou a tarde inteira para chegar em casa. A semana toda eu tinha imaginado que arrancaríamos as roupas um do outro assim que ficássemos sozinhos no apartamento dele, mas a visita repentina da vizinha derrubou o clima – pelo menos até ele sair do banho com a toalha na cintura e gostoso de morrer.

Nunca fui uma boa jogadora de pôquer. O que estou sentindo fica estampado na minha cara. Hunter me pegou tragando o corpo dele com o olhar, e talvez eu estivesse até babando um pouco diante da visão daquelas linhas marcadas do peito dele. *Jesus*. Na vida real, os homens não tinham aquela aparência. Talvez os homens das propagandas da minha academia, mas eu quase nunca ia... mas não homens reais, ao vivo e em cores. O abdome dele era definido e claramente cortado em oito picos e vales que eu queria traçar com a minha língua. Como se fosse possível, os ombros largos dele pareciam ainda mais largos sem camisa, mas eu nem conseguiria começar a explicar o V marcado, apontando para dentro da toalha, enrolada bem abaixo do umbigo.

– Tudo bem com você? – A voz dele estava rouca. – Porque, se você continuar me encarando desse jeito, vou virar você nesse sofá e te levar por um tour completo do meu corpo. Mas prefiro não transar com você pela primeira vez enquanto estiver brava desse jeito.

Os meus olhos encontraram os dele, e ele riu.

– Não me leve a mal, eu transaria com você mesmo brava. Aliás, melhor ainda se nós dois estivéssemos bravos. Mas não na primeira vez.

Engoli.

– Tá tudo bem.

Ele manteve a distância entre nós, o que me fez pensar que ele precisava disso para manter o controle.

– Está com fome?

Usando uma lição que aprendi com ele, ergui a sobrancelha como resposta.

Ele deu uma risadinha.

– Você vai acabar comigo. Sei que vai. – Ele esfregou o rosto com as duas mãos. – Você já jantou?

Eu não tinha jantado, mas comida não era a minha prioridade no momento.

– Não estou com fome.

– Vou pedir algo para a gente.

Enquanto ele falava, os meus olhos baixaram de novo para a linha fina de pelos que seguia do umbigo dele para dentro da toalha. Hunter resmungou, indo para o quarto:

– Você está tornando bem difícil fazer a coisa certa.

Hunter pegou duas almofadas do sofá e as jogou no chão.

– Tudo bem se comermos aqui?

– Sim, ótimo.

Colocou uma música de fundo e pegou a garrafa de vinho enquanto eu desempacotava a comida chinesa. Adorei que em uma noite ele tinha feito o jantar e servido na ilha da cozinha e, na outra, me dado caixinhas e palitinhos sobre a mesinha da sala. Tinha algo de íntimo nisso. Pedi frango com castanha-de-caju, e ele pediu *chow mein* de camarão. De vez em quando, trocávamos de caixinha e sorríamos um para o outro.

Quando não estava fugindo dele – literal ou figurativamente –, eu gostava mesmo da sua companhia.

– Como foi a viagem? – perguntei.

– Agitada. O cliente mudou de ideia umas quarenta vezes antes de escolher a primeira opção que eu tinha oferecido.

Sorri de maneira divertida.

– Soa familiar. Você deve despertar isso nas pessoas.

Ele riu.

– Como foi a sua semana? Tudo bem na visita ao ex?

Coloquei a caixinha na mesa.

– Nunca é tudo bem.

– O que houve?

– Levo a Izzy para ver o pai porque gosto dela. Mas o Garrett a usa como desculpa para falar comigo e arrancar informações sobre mim. Ela está começando a entender quem ele é.

– Que merda. Ele parece não valorizar o que tem.

– É, e dessa vez ele a magoou pra valer. Na vinda para casa, ela me disse que quer continuar morando comigo mesmo quando o Garrett for liberado.

– E o que você acha disso?

– Para falar a verdade, eu não tinha pensado seriamente a respeito até ela me falar isso. Até pouco tempo atrás, ela passava a maior parte do nosso tempo juntas me odiando em silêncio no quarto dela. Mas, quando ela falou que queria ficar comigo, me dei conta de que já não consigo imaginar a minha vida sem ela. E, por mais que tente me afastar, ela quer uma figura materna na sua vida. Talvez o Garrett e eu consigamos nos entender. – Levantei os ombros.

SEXO SEM AMOR?

– Funciona com muitos casais divorciados, quando a mãe detém a guarda das crianças e o pai fica com elas nos fins de semana. Ela não tem o meu DNA, mas é como se fosse minha.

Hunter me olhou de um jeito engraçado.

– Que foi? – perguntei.

– Você é uma ótima mãe.

O meu coração apertou. Uma ótima *mãe*. Ninguém nunca disse essas palavras para mim.

– Obrigada. Como já disse, não faço ideia do que estou fazendo, mas sempre tento colocá-la em primeiro lugar.

Hunter colocou a caixinha dele na mesa e bebeu o restante do vinho na taça dele.

– Vem cá, mamãe gostosa.

Ele estendeu a mão para mim.

Quando dei a minha mão, ele me puxou para o colo dele. Sentei com uma perna de cada lado, de frente para ele.

– Nunca trepei com uma mamãe gostosa.

Eu sorri.

– Você é vulgar demais.

Hunter entrelaçou os nossos dedos, e o rosto dele ficou sério. Ele olhou nos meus olhos.

– Está tudo bem entre nós?

– Está – suspirei.

– Não é o que os seus olhos estão dizendo.

– O que quer dizer?

– Ou eles me dizem que você me quer, ou que quer fugir de mim. Não há meio-termo. Quando eu era pequeno, o meu irmão, o Derek e eu, e todos os meninos da vizinhança, jogávamos um jogo chamado Sinal Verde Sinal Vermelho 1-2-3. Alguém gritava "eu!", e o objetivo era conseguir pegá-lo enquanto ele cantava "sinal verde, sinal vermelho, 1-2-3". Mas, a qualquer hora, ele podia gritar "sinal vermelho!", e aí o jogo mudava, e todo mundo tinha de ficar paralisado no lugar e parar de correr.

Franzi a testa.

– Eu conheço o jogo, mas o que isso tem a ver comigo?

– Você é o "eu". Eu avanço, mas sinto que, a qualquer minuto, você vai gritar "sinal vermelho!" de novo, e vou ter de ficar paralisado. Paralisado e com um incômodo no meio das pernas.

Embora a analogia fosse um pouco maluca, até que fazia sentido. Eu vinha mandando sinais verdes e vermelhos desde o dia em que nos conhecemos, procurando desculpas para fugir. Mas tudo se resumia a uma verdade.

Olhei para as nossas mãos e ergui os olhos até os dele.

– Morro de medo de você, Hunter. Mas não consigo fugir.

Ele continuou me encarando.

– Não há aventura sem um pouco de medo.

Naquele momento, decidi dar uma chance. Eu já tinha me machucado e já tinha me curado. Fui para o fundo do poço, mas consegui me reerguer. Não estava pronta para pensar no resto da minha vida, então por que não viver essa aventura? Respirei fundo e cantei baixinho para o Hunter:

– Sinal verde, sinal verde, 1-2-3.

Houve um momento de hesitação no olhar dele, e a testa se franziu.

– Acabou o sinal vermelho. Daqui para a frente, só sinal verde.

Ele pegou a minha nuca e me puxou para ele. Os nossos lábios colidiram em um beijo que começou diferente de todos os outros. Em geral, os meus protestos acabavam resultando em línguas e dentes batendo. Mas, dessa vez, não eram os protestos que alimentavam a nossa paixão; era a liberdade, o fim da frustração que estava nos segurando antes.

O nosso beijo foi mais lento, mais profundo, mais sensual. Aquele tipo de beijo que faz parecer que você nunca beijou antes. Senti o pau dele crescer entre as minhas pernas e, inconscientemente, comecei a me esfregar para cima e para baixo conforme o nosso beijo se intensificou.

Os dedos do Hunter agarraram o meu cabelo, e ele gemeu.

– Vai devagar, linda.

– Eu não quero, chega de ir devagar – sussurrei, mexendo-me com mais força.

Se tivesse sido como eu queria, teríamos acabado o que começamos no chão da sala mesmo. Mas Hunter, pelo jeito, tinha outros planos. Ele me levantou e me pegou no colo.

Não tirou os olhos de mim enquanto me carregava para o quarto.

– Preciso penetrar você da pior forma possível, mas você me cavalgando no chão da sala, por mais tentador que seja, não é o cenário ideal para uma boa primeira performance. Embora vá acontecer com certeza em algum momento deste fim de semana. Mas, por ora, você vai ganhar primeiro a minha boca, para eu ter certeza de que você vai gozar antes de eu passar vergonha como um adolescente quando penetrar você.

Hunter me colocou na cama e começou a tirar a roupa. Primeiro, a camiseta. Ele puxou pelas costas, por cima da cabeça, em um só movimento. Sentada na beirada do colchão, eu estava cara a cara com aquele V, o caminho da felicidade – e estava bem feliz mesmo. Depois foi a calça. Os meus olhos colaram nas mãos dele enquanto elas desabotoavam e abriam o zíper do jeans. O som de cada dente de metal se separando vibrava na minha barriga.

Empurrando-a com os dedões, um de cada lado, ele deixou as coxas grossas aparecerem e chutou a calça para o outro lado. Parado em pé, só de cueca boxer, ele me fez ficar, literalmente, boquiaberta. O volume dentro da cueca era enorme, e dava para ver a ponta saindo pelo cós da peça de roupa. A umidade no topo da cabeça me hipnotizou.

– Porra – ele gemeu. – Você não faz ideia do quanto quero agarrar a sua cabeça e foder essa sua boca aberta.

Olhei para cima, por entre os meus cílios.

– O que te impede?

Ele jogou a cabeça para trás e murmurou algo para Deus antes de começar a tirar a minha roupa. O meu corpo se arrepiou dos pés à cabeça quando ele tirou as minhas sandálias, uma de cada vez, dando um beijo em cada pé, antes de passar para o jeans. Ele deslizou a calça pelo meu corpo acariciando com os dedos a renda da minha calcinha antes de tirá-la também. Quando ele tirou a minha blusa e o meu sutiã, fiquei hipnotizada também pela forma como ele estava me olhando, aí me dei conta de que estava totalmente nua. Os olhos dele escureceram e se dilataram, eclipsando quase todo o azul-claro com o desejo feroz.

Ao se ajoelhar, a voz dele ficou séria.

– Deita de costas e abra as pernas pra mim, *Natalia*.

SEXO SEM AMOR?

Sempre me perguntei por que ele tinha optado por me chamar de Natalia em vez de Nat, como todo mundo. Mas a maneira como ele disse o meu nome, com aquela língua, naquele momento, me fez agradecer por essa opção. Abrindo os meus joelhos, ele espalhou beijos leves na parte de dentro das minhas coxas. Quando finalmente chegou ao centro, as minhas pernas começaram a tremer. Depois de uma preparação tão doce, eu esperava um beijo suave ou a língua dele entre as minhas pernas. Mas não houve nada de gentil na maneira como Hunter mergulhou.

As minhas costas se arquearam quando ele me pegou de surpresa com aquela voracidade. Ele lambia, chupava com força o clitóris e enterrou o rosto todo em mim. Era como se estivesse faminto e enlouquecido ao menor sinal de comida. A minha sensação de prazer estava tão acelerada e furiosa quanto o apetite dele.

– *Hunter!* – A minha respiração estava falhando.

– Goza na minha língua, amor.

Ai, meu Deus.

– Hunter... – gemi o nome dele.

Ele respondeu enfiando dois dedos em mim enquanto sua boca subia sobre o meu clitóris latejante.

Ele enfiou e tirou os dedos algumas vezes.

– *Ai, meu Deus.*

– A sua boceta é tão apertada. Quero sentir o meu pau espremido dentro dela.

Só precisou disso. Pouco importava que eu odiasse aquela palavra, em geral. O desejo na voz dele me fez achar sexy demais e me levou às alturas. Tive um orgasmo intenso, que me invadiu como uma onda que parecia jamais acabar. A língua incansável do Hunter não parou e entrou no ritmo dos dedos, sugando até a última contração do meu corpo.

Mesmo deitada e sem me movimentar muito, o meu corpo estava coberto por uma fina camada de suor, e eu mal conseguia respirar, quando, finalmente, ele diminuiu o ritmo.

– Tudo bem com você? – Hunter beijou a pele sensível ao redor.

– Eu... eu não sei como estou. O meu cérebro não voltou a funcionar ainda.

Ele riu e escalou um pouco para cima do meu corpo, beijando embaixo do meu umbigo. Depois, apoiou um joelho sobre a cama e nos empurrou da beirada até quase a cabeceira. A parte menininha e antifeminista de mim, que eu odiava admitir que existia, adorava quando ele me carregava para lá e para cá como se eu fosse uma pluma.

Hunter posicionou-se sobre mim, apoiando-se sobre os cotovelos.

– Você se importa se eu te beijar depois daquilo?

Ninguém nunca me perguntou isso. Mas o Garrett sempre ia escovar os dentes depois, e eu também fazia o mesmo depois de fazer sexo oral, mesmo que nunca falássemos a respeito.

– Não sei... Você está dizendo que prefere não beijar?

Ele se apoiou sobre um braço, pôs uma das mãos entre as minhas pernas e esfregou os dedos lá. Devagar, quase como se me desse a chance de parar caso eu quisesse, ele aproximou os dedos molhados do meu rosto e acariciou os meus lábios, cobrindo a minha boca com o meu próprio líquido. Os olhos dele acompanhavam o movimento dos dedos como se ele estivesse enfeitiçado.

– Lamba os lábios – ele gemeu.

A maneira como me olhava me deu coragem. Olhando para ele

SEXO SEM AMOR?

enquanto ele me observava, passei a língua em todo o lábio superior antes de colocá-la de volta na boca. Fechei os meus olhos e suguei a minha própria língua, engolindo antes de abri-la de novo. Depois repeti todo o processo no lábio inferior.

– Essa é a coisa mais sexy que eu já vi na vida. – Ele me beijou com força.

Qualquer pudor que eu pudesse ter depois do sexo oral saiu pela janela depois de ver o efeito que causei no Hunter. Ele me beijou por um bom tempo, um beijo longo e apaixonado com aquela língua que fez com que me perdesse no momento de novo. Ele espremeu a ereção contra mim, e deslizei a mão por dentro da cueca para agarrar a bunda dele.

– Preciso de você – ele gemeu.

Hunter tirou a cueca e pegou uma camisinha no criado-mudo. Abrindo o invólucro com os dentes, colocou-a com um só movimento e cuspiu a embalagem para o lado antes de se posicionar de novo entre as minhas pernas. Eu as abri bem, sabendo que fazia bastante tempo que não fazia isso.

Os meus olhos acompanhavam o homem tentando o seu máximo para não fazer feio diante de mim. Ele direcionou a cabeça grande do pau dele contra a minha entrada e empurrou devagar para dentro. Eu tinha visto o volume daquele pau e a cabeça para fora da cueca, então sabia que era grande. Mas, ao senti-lo me abrir por dentro à medida que seu quadril desenhava um vaivém acentuado, eu me dei conta de que tinha subestimado o tamanho.

Lambi o meu lábio ao refletir sobre o quão grande era.

– Meu Deus – ele respirou. – Estou tentando diminuir o ritmo.

Os meus olhos se fecharam quando ele aprofundou a penetração.

NATALIA

– Olhe para mim, Natalia – ele ordenou. – Olhe o que você faz comigo.

Lutando contra o meu instinto de me esconder dentro de mim, encarei-o. Ele se mexia para dentro e para fora, cada estocada mais e mais funda, até conseguir me penetrar por inteiro. A maneira como me assistia fazia parecer que ele era capaz de me enxergar por dentro. Eu tinha medo de ficar tão exposta, tão vulnerável, mas, ao mesmo tempo, era lindo e me fazia me sentir segura. Finalmente percebi por que tinha ficado tão aterrorizada. Não era porque eu tinha medo de me apaixonar por ele – era porque já estava apaixonada. E não importava o nosso acordo, estávamos compartilhando mais do que os nossos corpos.

Os braços dele começaram a tremer.

Finquei as minhas unhas nas costas dele.

As estocadas ficaram mais fortes e mais rápidas.

Vi a tensão no rosto dele conforme foi chegando perto do clímax. Olhar aquele homem se desmontando foi simplesmente magnífico. Hedonista. Perfeito.

– *Porra!* – ele urrou, empurrando tão fundo que solucei.

Eu me agarrei a ele, sentindo a chegada de outro orgasmo no mesmo momento em que Hunter explodiu dentro de mim. Mesmo pela camisinha consegui sentir o calor.

Nós ficamos abraçados, nos olhando, recuperando o fôlego. Quando ele finalmente levantou, me deu um beijo nos lábios e depois na testa e foi jogar a camisinha fora e pegar uma toalha para me limpar.

Voltando para a cama, ele deitou e me puxou para o peito dele, me abraçando.

SEXO SEM AMOR?

– Foi incrível. Ainda bem que você não fugiu de novo.

Sorri, embora ele não pudesse ver.

– Ainda bem mesmo. Você derrubou a minha resistência e agora conquistou o meu corpo, Sr. Delucia.

– Levou um ano, querida.

– Sim… acho que levou. Mas estou aqui agora.

Ele beijou o topo da minha cabeça e me abraçou mais forte.

– Ótimo. Fique mais um pouco.

Capítulo 24

Hunter
10 ANOS ANTES

– Eu te amo porque você me faz rir e tem um bom coração. – Summer andou até a cama, na qual eu ainda estava deitado pelado, com as mãos entrelaçadas atrás da nuca, e montou em mim. – Mas isso aqui... – Ela pegou o meu pau. – Essa coisa grande aqui é um bônus pra lá de ótimo.

Agarrei a cabeça dela e a puxei até a minha.

– Ah, então você me ama, é?

Nós estávamos saindo havia seis meses, mas nunca tínhamos nos declarado.

Ela sorriu e inclinou a cabeça para o lado.

– Acho que sim.

Puxando-a para mais perto, eu a beijei suavemente.

– Então acho que te amo também.

Ela se ergueu e deu um tapa no meu abdome.

– Ei. Isso não foi muito romântico. *Então acho que te amo também.*

– Ok. E se eu disser: Summer Pearl Madden, eu te amo porque

SEXO SEM AMOR?

você nunca recusa um desafio e porque ri das suas próprias piadas mesmo quando elas não são engraçadas. – Agarrei os seios dela. – Mas esses aqui... Esses peitões são um bônus pra lá de ótimo.

Ela riu.

– Está nervoso?

– Ah, não. Ele está feliz. Vai ficar feliz por nós.

Jayce e Emily haviam ficado noivos na noite anterior. Foi uma surpresa, mas os dois pareciam fechados no mundinho deles. Depois de seis meses escondendo o meu relacionamento com a Summer, decidi contar ao meu irmão. Mesmo estando a uma viagem de oito horas de distância um do outro, de ônibus, a Summer e eu tínhamos nos tornado inseparáveis desde a festa de formatura do meu irmão. Fazíamos videoconferência por horas alguns dias, e um de nós sempre pegava o ônibus para que nos víssemos fim de semana sim, outro não. Os "eu te amo" que tínhamos acabado de trocar só materializaram na minha cabeça que era hora de contar a verdade ao meu irmão.

Peguei o celular no criado-mudo para ver o horário.

– Merda. Tenho que correr. O meu tio falou para irmos ao escritório dele a uma hora, então eu disse para o Jayce me encontrar no Starbucks da esquina ao meio-dia para que eu pudesse contar a ele. – Peguei a Summer pelo quadril e a ergui para que eu pudesse sentar. – O que você vai fazer hoje, enquanto eu estiver fora?

Ela fez um bico.

– Estudar matemática. Se eu não passar nessa última prova, não vou conseguir me formar.

– Ajudo você na volta.

Summer deitou de bruços e me observou enquanto eu me vestia.

– Adoro quando você me ensina.

Vesti uma calça jeans.

– Você gosta porque é de graça. Acho que vou começar a cobrar.

– Por mim tudo bem, desde que você aceite favores sexuais como pagamento.

Cheirei uma camiseta que estava caindo de uma gaveta. Eu não sabia se tinha jogado ali ao me despir ou se estava caindo porque puxei algo de baixo dela e não a arrumei no lugar. Vendo que dava para passar por limpa, vesti.

– Isso é coisa de homem – Summer esfregou o nariz. – Cheirar a roupa antes de vesti-la.

Peguei com as duas mãos a calcinha de renda preta fio-dental dela que estava no chão e a cheirei, inalando alto.

Ela balançou a cabeça, mas sorriu.

– Nojento.

– Ah, você acha isso nojento? – Coloquei a calcinha no bolso. – Vou ficar com ela até mais tarde. Aí vou poder cheirar no ônibus quando estiver voltando, que nem um maluco pervertido, como uma preliminar meio doentia antes de vir aqui te comer.

O Jayce parecia um pouco distraído enquanto estávamos na fila para comprar o café.

– Eu pago – falei quando chegamos ao caixa.

– Obrigado.

SEXO SEM AMOR?

Ele ainda estava quieto quando nos sentamos.

– O que há com você? Parece que alguém matou o seu cachorro.

Jayce forçou um sorriso.

– Estou cansado, acho.

– A noiva já está arrancando o seu couro, meu velho?

Ele olhou para a caneca sobre a mesa.

– Ela está grávida.

Não era exatamente nessa direção que eu esperava levar a conversa.

– Uau. Bom... Parabéns.

Ele passou os dedos pelo cabelo.

– Eu gosto muito dela.

– Mas você não a ama?

Ele balançou a cabeça.

– Não. Eu gostaria de amar.

– Então por que a pediu em casamento?

– Foi um acidente.

Ergui a sobrancelha.

– Um acidente? Como, exatamente, você pede alguém em casamento por acidente?

Ele cobriu o rosto com as mãos.

– Eu não sei. Ela me disse que estava grávida, e estava chateada. Claro que não foi planejado. Ela chorou e disse que sempre tinha sonhado em se casar e ter filhos, mas que não queria começar uma família tão jovem e sozinha. Eu nunca a abandonaria e não queria que ela achasse que teria de se virar sozinha.

– Então você a pediu em casamento?

Jayce passou a mão na cabeça.

– Merda! Odiei vê-la chorando, porque é minha responsabilidade também.

– Talvez ela se sinta do mesmo jeito? Talvez esteja assustada, mas não queira se casar também. O que ela disse quando você fez o pedido?

Ele recostou na cadeira.

– O rosto dela se alegrou. Ela pulou nos meus braços e disse que me amava.

Merda. Jayce é um cara sério. Mesmo que pareça ridículo que alguém possa pedir outra pessoa em casamento por *acidente*, fazia sentido no caso dele. Na verdade, ele era um cara tão bonzinho que eu já sabia a resposta para a minha próxima pergunta.

– Você disse que a amava também?

Ele me olhou. *Claro que sim.*

Quando ele pegou a caneca para levar à boca, a mão dele estava tremendo tanto que o café espirrou para todo lado.

– Vai ficar tudo bem, cara.

– Como?

– Você vai conversar com ela. Diga que gosta muito dela e que vai dar toda a ajuda com o bebê, mas que não está pronto para se casar.

Jayce ficou quieto por um bom tempo.

– Por que eu não a amo? – ele murmurou. – Ela merece mais do que um cara que ainda gosta de outra mulher.

Fechei os olhos.

Aquilo partiu o meu coração de várias formas.

Capítulo 25

Natalia

Acordei na cama vazia.

Tinha deixado o meu celular em algum lugar da sala, e não havia relógio sobre o criado-mudo. As persianas estavam baixadas, mas não fechadas, e, como não havia luz lá fora, eu me perguntei se já era de manhã. Mas onde estava o Hunter? Esperei alguns minutos para ver se ele só tinha ido beber água ou ao banheiro, mas ele não voltou, e não havia nenhum som no apartamento. Sem conseguir dormir de novo, eu me embrulhei no lençol e fui procurar pelo homem em cujos braços eu tinha adormecido.

Todas as luzes estavam apagadas, mas a cidade do outro lado das portas de vidro da varanda iluminava o apartamento o suficiente para eu ver que Hunter não estava ali. Achei o meu celular, vi o horário – quatro e meia da manhã. Tínhamos dormido só umas duas horas. Talvez o Hunter fosse um rato matutino de academia?

Bom, eu certamente não era, então decidi voltar para a cama e descobrir a resposta quando acordasse, dali a algumas horas. Eu estava quase na porta do quarto quando vi movimento lá fora, na varanda. Hunter estava sentado lá.

SEXO SEM AMOR?

Eu o observei por alguns momentos. Ele estava olhando para o nada. Parecia concentrado nos próprios pensamentos, de maneira quase conflituosa. No fim, abri a porta. Ele virou ao ouvir o som.

– Ei. O que está fazendo aqui fora? – perguntei.

– Só tomando um ar.

Eu me embrulhei direito no lençol.

– Tá frio pra caramba.

– Nem notei.

– Você pareceu perdido nos seus pensamentos. Quer conversar?

Os olhos dele encontraram os meus. Ele pareceu considerar a possibilidade por um momento, mas depois balançou a cabeça e olhou para o outro lado enquanto falou:

– Não. Só não consegui dormir. – Ele se levantou. – Vem. Vamos levar você de volta para a cama.

Ele se dirigiu em silêncio para o quarto e ficou mais silencioso ainda quando deitamos de volta na cama. Assim como na noite anterior, ele deitou e me puxou para eu encostar a cabeça no peito dele. Ouvi a sua respiração por um tempo e, embora eu achasse que tinha um efeito calmante, eu ainda estava com uma pulga atrás da orelha.

Virando de bruços, coloquei as duas mãos no peito dele e me apoiei para levantar a cabeça e fitá-lo enquanto falava:

– Você sempre tem problemas para dormir?

– Às vezes.

– São para adormecer ou para continuar dormindo?

– Os dois.

– É porque você tem muita coisa na cabeça?

– Talvez.

– Sabe o que eu ouvi que ajuda com isso?

– O quê?

– Responder com mais de uma palavra – repliquei sarcasticamente.

Os lábios dele franziram.

– Sabe o que ouvi que ajuda?

– O quê?

Ele fez um movimento ninja, me virou e ficou por cima de mim.

– Atividade física vigorosa.

– Hmm... Com que frequência você acorda? Porque, dependendo da resposta, não vou conseguir andar na segunda-feira.

A sombra que estava sobre o rosto dele pareceu desaparecer.

– Você me acharia muito babaca se eu lhe dissesse que quero que arda toda vez que for se sentar na segunda-feira?

– Você quer que eu sinta dor?

– Não, quero que você se lembre de como se sentiu quando eu estava dentro de você.

Eu tinha certeza de que isso não seria difícil. Coloquei as mãos para cima e arqueei as costas para os meus seios quase encostarem no rosto dele.

– Faça o seu melhor, Sr. Delucia.

Hunter tinha de trabalhar algumas horas, então fui a um empório italiano que eu tinha visto na esquina a fim de comprar algo para o almoço. Tínhamos ficado acordados até o sol nascer e só depois pegamos no sono de novo, até as dez. Dormimos de conchinha, e acordei com a ereção dele pressionada contra mim. O apetite sexual do homem era insaciável.

SEXO SEM AMOR?

Peguei os meus aperitivos preferidos para o almoço – azeitona preta, charutinhos de folha de uva, muçarela fresca com tomate e manjericão, cogumelos marinados – em vez de um sanduíche ou algo assim. Quando fui ao caixa, a minha cestinha estava bem pesada: consegui gastar oitenta dólares só em comidinhas.

Hunter tinha me dado a chave do apartamento, mas eu estava carregando muita coisa, então usei o pé para bater na porta. Ele veio atender com um lápis atrás da orelha, calça de moletom e sem camisa. *Fala sério*. Todos aqueles quitutes – e ele.

– Desculpe. Não quis colocar tudo no chão e usar a chave porque uma das sacolas está começando a rasgar. Acho que o pote de azeitona está vazando.

Hunter pegou as sacolas da minha mão esquerda e tentou pegar as outras.

– Não, pode deixar que eu levo, não quero que arrebente.

Na cozinha, Hunter espiou dentro das sacolas.

– O que é tudo isso? Achei que você fosse comprar o almoço.

– Este é o almoço.

Ele franziu a testa e abriu uma sacola.

– Cannoli?

– Laticínios. É um dos principais grupos de alimentos.

Tirou outro item da sacola: uma caixa de biscoitos.

– Esse aí está no grupo de pães e cereais – apontei.

Ele levantou uma sobrancelha.

– Sério, tem os mesmos ingredientes! Farinha, sal, ovos…

Ele se sentou e pegou o pacote com os charutinhos de folha de uva. A minha boca encheu de água.

– Frutas e vegetais.

Ele balançou a cabeça.

– É a folha de uma fruta. Não sei se conta como fruta ou como vegetal.

Peguei da mão dele.

– É só uma questão de semântica.

Rindo, ele pegou outra coisa. Dessa vez, veio um potão de Nutella.

– Este eu sei.

– Sabe?

Ele me ignorou e abriu o pote, tirou o selo prateado e enfiou o dedo para puxar um pouco daquele creme divino. Soube pelo olhar dele que o interesse não tinha nada a ver com passar aquilo no pão para comer. Ele espalhou o creme pela minha clavícula e se inclinou para chupar.

– Pintura corporal. Este vai para o quarto mais tarde.

Ri porque achei que ele estivesse brincando, mas Hunter realmente levou o pote para o quarto. A minha cabeça começou a rodar ao imaginar o que eu estaria chupando mais tarde.

Quando voltou, ele me apertou por trás e me beijou no alto da cabeça.

– Obrigado por ir ao mercado. Vou te ajudar a desempacotar e depois vou terminar o trabalho. Só preciso de mais uns dez minutos.

– Não seja bobo. Vá trabalhar e eu desempacoto tudo e arrumo para nós.

Hunter beijou a minha testa.

– Obrigado.

Ele andou até o meio do caminho para a sala de jantar e se virou de novo.

– Quase esqueci. O Derek ligou enquanto você estava fora.

SEXO SEM AMOR?

Ele vem a Nova York a trabalho daqui a duas semanas. Quer encontrar a gente para uma cerveja.

– Tudo bem. Que legal. A Anna falou mesmo que ele ia viajar.

Arrumei as comidas em uma travessa. Hunter tinha espalhado os projetos dele por toda a mesa da sala de jantar e, quando o vi os enrolando para guardar nos canudos, levei o almoço e os pratos para a mesa.

– Tá com uma cara boa – ele disse.

– Você conseguiu acabar o que estava fazendo?

– Sim. Esse projeto já dura anos. Somos a terceira construtora a assumi-lo. Sempre que há mais de uma construtora envolvida, pode acreditar que aí tem. – Ele passou elásticos em volta dos canudos e os fechou, batendo de leve na mesa. – O proprietário é de Dubai e não sabe que Nova York tem regras próprias para construções. O prédio é antigo e precisa receber reforço estrutural para aguentar todas as reformas que ele quer fazer. E tudo bem, mas, quando você muda o peso de uma construção três vezes durante a reforma, e a primeira construtora usou vigas que só aguentariam a primeira versão do projeto, é como se tivesse de começar tudo de novo. E, embora as plantas sejam desenhadas na maioria das vezes no computador, ele quer ver todas as mudanças à moda antiga, com desenhos feitos a lápis.

– O que ele fica mudando que torna a construção mais pesada?

– A casa que fica no topo do edifício.

Eu achei que tinha escutado errado.

– Ele vai colocar o que no topo do prédio?

– Uma casa. – Hunter riu. – Ele quer construir uma casa no topo de um prédio antigo com vigas de ferro.

– Uma casa inteira?

– Sim.

– Por quê? O prédio é residencial?

– A maior parte é residencial, mas tem lojas nos dois primeiros andares.

– Então por que não reformar um dos apartamentos em vez de construir uma casa inteira no terraço? Não consigo entender.

– Construir coisas é o passatempo dos ricaços de Nova York. Não tem lógica. A resposta é sempre a mesma: porque eles podem.

– Que louco.

– Assim sempre tenho muito trabalho. Esse prédio é particularmente lindo. Vou levar você para vê-lo um dia, se quiser. Os últimos andares estão fechados para reforma, mas estamos esperando a aprovação da prefeitura acerca das mudanças mais recentes.

– Sim, eu gostaria de vê-lo. Apesar de ter passado a minha vida inteira aqui, eu não presto atenção na arquitetura como gostaria.

– Já pensou em morar em outro lugar? – Hunter perguntou.

– Eu antes queria. Fui para a faculdade aqui em Nova York, e a Anna foi para a Califórnia. Nós nos revezávamos indo visitar uma à outra nas férias e tínhamos grandes planos de morar juntas na Costa Oeste. Queríamos ser vizinhas e engravidar ao mesmo tempo para que nossas filhas formassem uma nova geração de melhores amigas.

– Ainda pode acontecer. Tenho certeza de que a Anna e o Derek terão mais filhos.

Uma imagem da Anna sentada no quintal do Hunter, nós com os bebês no colo, enquanto o Hunter e o Derek preparavam um churrasco de repente cruzou a minha cabeça. A ideia me aqueceu, embora também me assustasse. Não queria que isso cruzasse a minha cabeça. Hunter não queria nada sério. Era só um caso. Não era?

SEXO SEM AMOR?

Dei um sorriso hesitante, com medo de ficar esperançosa, mas, no fundo, já bem esperançosa.

– Talvez. A gente nunca sabe.

Capítulo 26

Natalia

Hunter e Derek já estavam sentados em um bar quando entrei. Ao me verem, os dois ficaram em pé. No caminho até eles, me dei conta de que era a primeira vez que o Hunter e eu saíamos juntos em público com um amigo. Ao longo das últimas semanas, tínhamos passado o maior tempo possível juntos – nos encontrando para tomar café da manhã quando não íamos nos ver à noite, levando uma dúzia de adolescentes para jantar no aniversário de dezesseis anos da Izzy, assistindo aos jogos dela de basquete, vendo filmes no meio do dia, entre as minhas consultas. Até almoçamos no prédio em que ele estava trabalhando um dia, sem mencionar o tempo que passávamos na cama – era incrível que eu ainda estivesse conseguindo andar. Ficávamos na nossa bolha particular. Exceto pela Izzy, estávamos sempre sozinhos.

Então, quando me aproximei dos dois homens, eu não sabia como cumprimentar o Hunter. Mas ele resolveu a questão assim que cheguei ao lado dele, pois logo pegou na minha mão, fez carinho no meu cabelo, puxou-o para trás e tascou um beijo possessivo nos meus lábios.

Sorri, mais do que satisfeita com o cumprimento, e falei um "oi" antes de voltar a minha atenção para o Derek.

– Como vai o papai da linda bebê Caroline?

Derek sorriu e me deu um beijo no rosto.

– Eu vou bem. Vou parecer muito besta se disser que estou com saudade do cheirinho dela?

O meu coração suspirou, feliz.

– De jeito nenhum. Você parece o homem perfeito.

– Ei, e eu? – Hunter cobrou.

– Ahhh... Você está carente porque elogiei outro homem? Que bonitinho. Mas o meu coração se derreteu quando ele disse que sente saudade do cheirinho dela. É a coisa mais romântica que já ouvi. Acho que você não consegue superar isso, bonitão.

Hunter me abraçou pela cintura e me puxou para mais perto dele.

– Também estou com saudade do cheiro de algumas partes suas.

Dei uma cotovelada nele.

– Isso não é romântico, é pervertido.

– Qual é a diferença?

Nós três rimos, e Hunter puxou uma banqueta para podermos nos sentar em círculo ao balcão do bar. Nós nos atualizamos com fotos da neném, com a nova obsessão da Anna de que tudo em casa tinha de ser orgânico e com o check-up mais recente da Caroline.

– Quase esqueci. A Anna quer que eu ligue para ela enquanto estiver aqui com vocês. Ela me passou instruções específicas de pedir mimosas e ligar no viva-voz.

Hunter já tinha pedido uma taça de vinho para mim. Eu a segurei perto dos lábios antes de beber.

– Podemos pular as mimosas, vamos dizer a ela que o Hunter já tinha feito o pedido.

– Ah, não. Vocês não têm ideia do que os hormônios estão fazendo com aquela mulher. Não quero correr nenhum risco. – Derek pediu ao barman três mimosas antes de ligar para Anna no viva-voz. – Oi, amor. Você está no viva-voz.

– Vocês pediram mimosas?

– Sim. Para mim também.

– Quando eu desligar, me mande uma foto dos dois com os drinques.

Derek arqueou uma sobrancelha, como que nos dizendo "eu falei, não falei?".

– Pode deixar.

– Oi, Nat! – a Anna gritou.

– Oiê!

– Oi, Hunter. Você está cuidando direitinho da minha amiga?

– Estou tentando – ele disse, dando uma apertadinha no meu joelho.

– Eu queria estar aí com vocês. Mas ainda é muito cedo para viajar de avião com a Caroline, com todos aqueles germes e tudo mais. Então, como o Derek tinha de ir a Nova York a trabalho esta semana, pedi para ele me ligar quando estivesse com vocês, assim parece que nós quatro estamos aí juntos. Derek, você está com tudo aí?

Ele balançou a cabeça, como que dizendo que a mulher dele estava pirada, mas mesmo assim pegou uma coisa no bolso.

– Sim!

– Ótimo. Mostre a primeira foto.

SEXO SEM AMOR?

Derek mostrou uma foto minha com a Anna. Tínhamos cerca de quatro ou cinco aninhos e estávamos empurrando carrinhos de bebê de brinquedo na rua de casa.

– Nat, eu te conheço desde que nasci – a Anna disse. – Você é a melhor amiga do mundo. Quando eu estava preparando o que gostaria de falar hoje, tentei pensar em um exemplo de quando pedi ajuda e você deu. Mas não consegui. Porque, embora eu tenha precisado de ajuda com frequência nesses mais de vinte anos, nunca precisei *pedir*. Você sempre dá antes de eu ter que pedir... – a voz dela falhou, e eu sabia que ela estava chorando. – Você é a minha pessoa preferida, Nat. E eu te amo e confio em você de olhos fechados.

Fui ficando emocionada também.

– Eu te amo também, Anna-Chupa-o-Pinto.

Ela limpou a garganta e pediu a Derek que passasse para a próxima foto.

Derek balançou a cabeça, mas pegou a próxima, que era uma foto antiga de dois meninos que imaginei que fossem ele e o Hunter.

– Você bateu no Frankie Munson quando ele me chamou de nerd no sétimo ano. No nono, quando eu era tímido demais para convidar uma menina para o bailinho, você convidou as duas meninas mais lindas da classe para irem com a gente. No ensino médio, quando você era capitão do time de futebol, e eu era capitão do time de debate, você não ligava de ser amigo de um nerd como eu. Você sempre foi um amigão – disse Derek.

A Anna falou de novo.

– Próxima foto, amor!

Derek tirou outra foto da pilha. Era uma foto minha e do Hunter no casamento deles que eu nunca tinha visto. Eu me lembrava daquele momento, mas não sabia que tinha sido fotografado. Foi quando ele me tirou dos braços do pai da Anna para dançar, e eu o estava ofendendo enquanto sorria, como se estivesse tentando fingir que não sentia o efeito do corpo dele contra o meu. Era uma ótima foto. A minha cabeça estava inclinada para trás e eu estava sorrindo, e ele olhando para baixo, para mim, com aquele meio sorriso sexy que sempre caía tão bem nele. Não tinha como negar a química entre nós.

Hunter e eu nos olhamos enquanto a Anna falava.

– Então, porque vocês são nossos amigos, e nós confiamos em vocês cegamente, nós queremos que vocês cuidem da nossa bebê caso a gente venha a faltar. – Ela fez uma pausa. – Mostre a última foto, amor.

Derek procurou, e dessa vez era uma foto da pequena Caroline. Ela estava com um macacão no qual se lia a palavra estampada: "PADRINHOS".

– Hunter e Nat, vocês gostariam de ser os padrinhos da nossa filha?

O meu sorriso foi tão largo que a minha cara correu o risco de se partir. Pulei da banqueta e abracei o Derek, pegando o telefone da mão dele e gritando para Anna:

– Sim! Sim!

Hunter foi mais sutil e apertou a mão do seu amigo.

– Será uma honra, cara.

Depois que Derek desligou, pedi ao barman que tirasse uma foto de nós três com nossas mimosas na mão. Daí enviei para a Anna.

SEXO SEM AMOR?

Ela me mandou outra, com a minha futura afilhada em um braço e um drinque igual – mas sem álcool – no outro.

– Ainda não decidimos o dia do batismo, porque o que começou como uma pequena reunião de família a minha mulher está tentando transformar em um casamento, parte dois – Derek brincou. – Mas estávamos pensando em daqui a três semanas, no dia 25.

Fiz a conta mentalmente. A visita ao Garrett tinha sido no dia 10 do mês anterior, então a deste mês seria no fim de semana de antes do dia 17.

– Acho que está ótimo. Talvez diga à Izzy que não vá à escola naquela sexta-feira, aí poderemos viajar na quinta. – Olhei para o Hunter. – Você acha que consegue tirar um dia para ir antes?

Hunter olhou para baixo, depois de novo para mim, com apreensão.

– Já estarei de volta à Califórnia.

– Ah. Sim. Não me dei conta de que você tinha planejado outra viagem... – Tentei dar uma de desencanada, mas o frio na minha barriga recebeu a mensagem antes do meu cérebro. – Talvez a gente possa combinar de voltar no mesmo voo.

A voz do Hunter soou séria quando ele pegou na minha mão.

– Também não vou voltar. O meu trabalho aqui em Nova York já terá se encerrado antes do batizado. Os dois meses já terão acabado. Estarei de volta, morando na Califórnia.

Uau. Aquilo doeu. Ele não estava sendo mau nem grosseiro. Na verdade, a suavidade do tom da voz dele e a maneira como ele tocou a minha mão me mostraram que ele sabia o efeito que aquele lembrete teria sobre mim. Eu estava chateada – não necessariamente com ele. Eu estava chateada por aquilo me incomodar tanto.

O nosso relacionamento era para ser temporário desde o começo. Eu tinha entrado nele de olhos abertos. O único problema é que, em alguma parte do caminho, abri o meu coração.

Hunter disse algo e esperou que eu respondesse. Pisquei para voltar dos meus pensamentos.

– Desculpe, o que disse?

– Eu disse que talvez você e a Izzy possam ficar na minha casa, nesse fim de semana.

– Claro. – Forcei um sorriso. – A gente combina.

Pelos próximos vinte minutos, tentei agir naturalmente com o Derek e o Hunter. Sorria, ria, mas, por dentro, estava vivendo a velha batalha, cabeça versus coração. A minha cabeça estava gritando: "Ah, ele vai embora? Quem se importa?", enquanto o meu coração respondia: "Você, minha filha. Você se importa".

Felizmente, todos nós tínhamos compromisso naquela noite, e que não envolviam passar muito mais tempo juntos. Hunter e Derek iam a um jogo dos Knicks, e eu tinha de ir à casa da minha mãe.

– Tenho que ir a um jantar. Fiquei muito feliz por te ver, Derek. – Eu me levantei. – Obrigada por me convidar para ser a madrinha da Caroline. Por favor, dê um abração na Anna por mim quando chegar em casa.

Derek ficou em pé e me deu um abraço.

– Pode deixar. E te vejo em três semanas.

Virei para o Hunter, feliz por poder me despedir em público e rapidamente.

SEXO SEM AMOR?

– Me ligue – eu disse de forma desencanada.

Hunter falou para o Derek:

– Me dê só uns minutos. Vou acompanhar a Nat lá fora antes de irmos ao jogo.

– Claro.

Em público e rapidamente. Com a mão nas minhas costas, Hunter foi me guiando até a saída do bar.

Olhei para os meus pés, não querendo que ele identificasse, pelo meu rosto, como eu estava me sentindo.

Mas ele pegou o meu rosto e pressionou a testa contra a minha.

– Desculpe se te chateei.

– Você não me chateou – eu disse. Mas nem os meus ouvidos acreditariam em mim.

Ele esperou, sabendo que uma hora eu olharia para cima. Quando os nossos olhos finalmente se encontraram, continuou:

– Eu gosto de você, Natalia. Pra mim também não vai ser fácil ir embora. Esse último mês e meio foi incrível... – Os olhos dele se franziram nos cantinhos. – Especialmente nas últimas semanas, depois que te conquistei.

Talvez ouvir que eu não era a única chateada devesse fazer eu me sentir melhor. Era o não dito, porém, que me revestia com uma capa de melancolia. Seria difícil para ele ir embora... mas ele também não pensaria na possibilidade de ficar. Nem havia menção de tentarmos continuar à distância. Seria o fim mesmo.

Forcei um sorrisinho.

– Eu te ligo.

Ele me fitou nos meus olhos, depois fechou os dele por um instante antes de assentir.

– Tá bom.

Seus lábios cobriram os meus em um beijo suave antes de ele dar outro beijo na minha testa.

– Cuidado no trem.

– Divirta-se no jogo.

Foi difícil ir embora, mas eu sabia que precisava ser eu a que partia. Senti os olhos do Hunter em mim por toda a caminhada pelo quarteirão até a estação de trem, certa de que ele ficara do lado de fora do bar me observando. Mas não me virei. Era assim que teria de ser entre nós – eu precisava sair andando, já que ele não faria nada para ficar na minha vida.

Capítulo 27

Natalia

Eu não tinha visto o Hunter nos últimos cinco dias.

Para a maioria dos casais, podia até ser normal. A semana passa rápido devido aos inúmeros afazeres. Tenho que cuidar de uma adolescente. Mas… nós não éramos *exatamente* um casal, éramos? Desde que ficamos juntos, nunca passamos tanto tempo longe um do outro. Saíamos para comer um lanche, íamos aos jogos da Izzy, dávamos uma passadinha no quarto dele ou até nos encontrávamos para tomar café da manhã. Até então. E não foi por falta de esforço da parte dele. Era eu quem o estava evitando, e ele sabia — embora não o expressasse com todas as letras.

Mas eu tinha uma desconfiança de que isso estava prestes a mudar quando o meu interfone tocou. Depois de cinco dias dizendo que estava muito ocupada e demorando para responder às mensagens dele, ele apareceu em casa naquela manhã, sem avisar. Era conveniente, porque a Izzy tinha acabado de sair para a escola, e eu raramente tinha consultas antes das dez.

SEXO SEM AMOR?

Abri a porta e esperei. Hunter saiu do elevador e andou até mim com um ar bem resolvido. Eu ficava irritada com o meu corpo, que reagia toda vez que o via, porque eu não *queria* aquele tesão. E a minha irritação ficou clara no meu tom de voz sarcástico:

– Caminhando pelo bairro e decidiu dar uma passadinha? – perguntei. Não abri a porta para convidá-lo a entrar.

Hunter olhou nos meus olhos.

– Não. Vim conversar com você. A Izzy já saiu?

A raiva era um sentimento que eu conseguia tolerar. Cruzei os braços.

– Sim. Mas preciso me arrumar para o trabalho. Você deveria ter ligado antes.

Ele deu mais um passo na minha direção e me olhou.

– Por que eu faria isso? Pra você não me atender de novo?

Desviei o olhar. Eu me recusei a ceder, embora ficar tão perto dele me fizesse tremer um pouco. Endireitando as costas, anunciei:

– Foi divertido, Hunter. Não vamos brigar no final.

Os olhos dele pegaram fogo.

– Posso entrar para conversarmos?

– Não acho que a gente tenha sobre o que conversar. Foi divertido, mas acabou.

Daí ele fez a única coisa que eu sabia que não conseguiria resistir: estendeu a mão e tocou o meu rosto. Lágrimas estúpidas começaram a pingar dos meus olhos com a delicadeza do seu toque.

Ele me acariciou com o dedão.

– Eu sinto muito, Natalia. Sinto mesmo.

Engoli e senti o sal na minha garganta.

– Sério? Não parece.

Ele fechou os olhos.

– Vamos entrar e conversar. Por favor?

Assenti, e entramos.

Despreparada para aquela conversa, fiquei em silêncio, até perguntar:

– Quer um café?

– Não, obrigado.

– Vou beber um.

Ele assentiu e fui até a cozinha, esperando que alguns minutos me ajudassem a decidir o que falar. A minha cabeça estava tomada pelas emoções, e fiquei com medo de abrir um berreiro se não encontrasse o autocontrole.

Quando voltei à sala, Hunter estava olhando pela janela. A cena me lembrou de quando o encontrei na varanda, fitando o nada. Ele estava longe, perdido em pensamentos.

Sentindo que eu estava de volta, ele virou:

– A que horas é a sua primeira consulta?

Fui sincera:

– Daqui a algumas horas.

Um sorriso triste, mas verdadeiro, abriu-se por trás da sombra que revestia o rosto dele. Eu estava nervosa demais para sentar para conversar, então não o convidei para sentar também.

Bebi o café e fingi ingenuidade:

– Sobre o que quer falar?

Hunter arrumou uma mecha de cabelo atrás da minha orelha.

– Eu gosto de você. Gosto muito, Natalia. Gosto da sua

companhia. Você é linda e inteligente... e *atrevidinha*, o que eu acho ridiculamente sexy. E o sexo... – Ele balançou a cabeça. – Se eu pudesse, passaria a vida dentro de você.

Por mais perfeito que tudo aquilo soasse, eu sabia que era só a introdução. Olhei para ele e disse:

– Mas...

– Era para ser só sexo. Diversão por um tempo.

Aquela resposta me enfureceu. Foi covarde.

– E era para eu estar casada com um homem honesto, não com um ladrão. As coisas nem sempre se passam como gostaríamos, não é mesmo?

Ele baixou a cabeça.

– Sinto muito, Natalia.

– Por quê? – eu o enfrentei. – Por que sente muito?

– Por que o quê? – ele disse, encarando-me.

– Por que dizer tudo isso sobre mim... como gosta de mim, como nos damos bem, e isso e aquilo... se você nem quer tentar continuar a relação? É porque moramos muito longe?

– Você estava decidida a não ter um relacionamento com homem nenhum quando começamos isso. Você estava saindo de propósito com caras por quem não se sentia atraída só para manter a relação só física. – Ele passou a mão no cabelo. – Foi com isso que concordamos.

– E daí? – Levantei a voz. – Eu não combinei de me divorciar aos vinte e oito anos e virar mãe de uma adolescente de dezesseis. Mas é aqui que estou. E quer saber? Estou feliz com o que tenho, mesmo que não seja o conto de fadas com o qual eu sonhava.

NATALIA

Às vezes você planeja um rumo na vida e depois tem de desviar, e acaba sendo o caminho certo.

Nós nos olhamos e vi muita coisa nos olhos dele: tristeza, raiva, culpa, desejo. Mas, acima de tudo, vi que aquele homem gostava de mim. Eu não era a única com sentimentos. Mas algo o impedia de tentar ficar comigo.

– Não é tão simples – ele disse.

– Não falei que era. Mas, em vez de tentar resolver a situação, você vai virar as costas daqui a duas semanas e não olhar mais para trás.

Como ele não teve a coragem de falar mais, fiquei mais irada ainda. Depositei a caneca sobre uma mesa e levei as mãos à cintura.

– Me diga uma coisa: você já vai ter me substituído quando eu for para o batizado? E como vai ser? Vou apertar a mão dela, vamos elogiar o vestido uma da outra e conversar sobre como você é bom de cama?

– Eu não faria isso com você... Levar outra mulher ao batizado. Jesus, eu nem tô pensando sobre outra mulher, Natalia.

Bati o dedo indicador nos meus lábios.

– Ah... E isso tem de valer para nós dois? E se *eu* quiser levar um homem?

Isso chamou a atenção dele. A mandíbula dele ficou tensa, e vi uma faísca de fúria nos seus olhos. Mas eu não queria só a faísca, eu queria o incêndio inteiro.

Então fui mais longe.

– Você me ofereceu a sua casa quando eu for ao batizado. Posso levar esse outro homem também? Te incomodaria se nós fizéssemos *barulho* no quarto ao lado? Eu tendo a gemer um pouco quando estão me fodendo. – Fiz uma pausa. – Mas acho que você sabe bem disso, né?

A mandíbula já tensa do Hunter se contraiu de um jeito que achei que ele fosse quebrar um dente. Mas ele não cedeu.

Eu queria saber a razão pela qual ele não estava disposto a lutar por nós. Eu precisava saber. Frustrada, fiz um gesto no ar e bati as mãos nas laterais do meu corpo.

– O que veio fazer aqui, Hunter?

– Vim porque sabia que você estava chateada e me evitando.

– E daí? Isso ajudou *você* de alguma forma? Você precisava ver a minha chateação pessoalmente? Porque não *me* ajudou em nada. – Virei para sair, mas ele me pegou pelo cotovelo.

– Natalia.

Soltei o braço e me virei tão rápido que ele teve de dar um passo para trás para não trombar comigo.

– Ou você veio para uma rapidinha? É pra isso que você veio? – Comecei a desabotoar a minha camisa. – Era só isso mesmo desde o começo, né?

– Pare com isso.

Eu não parei. Continuei. Terceiro botão, quarto botão…

– Você merece mais do que eu posso dar.

Aquilo não era uma explicação, era um clichê. Mas ele finalmente disse uma verdade. Eu merecia mais.

– Quando os meus pais se separaram, o meu pai disse à minha mãe que ele sempre tinha gostado dela, mas que nunca a amou profundamente como amava a Margie. Ele basicamente admitiu que tinha ficado com ela por comodidade. E não vamos nem falar do meu casamento com o Garrett. Você tem toda a razão. Eu mereço mais. Mereço alguém que queira ficar comigo da mesma forma que eu queira ficar com ele. E talvez a culpa seja minha de ter gostado mais de você do que deveria, já que você nunca me prometeu nada além de uma relação física. Mas quer saber? – Fitei-o nos olhos. – Não pensei que fui a única a me envolver. Fui boba o suficiente para acreditar que você também estava se envolvendo, quebrando a sua regra idiota de ficar só no sexo e mais nada.

Hunter esfregou a nuca, olhando para o chão.

Fechei a minha camisa.

– Vá embora.

– Natalia...

O tom tranquilo dele me fez perder a cabeça. Eu estava em uma montanha-russa de emoções, e parecia que ele estava navegando por águas calmas. *Que se foda.*

– Saia daqui! Vá embora achar a trepada do mês que vem. Ah, espere. É a trepada da quinzena, né?

Virei e fui a passos firmes até a porta, e a abri sem dizer mais nada. Hunter ficou parado no lugar por alguns longos segundos e depois veio. Mas não saiu; em vez disso, fechou a porta. E ficou dentro.

– Eu *sinto* o mesmo que você. Mas eu...

– Mas o quê?

– Eu não posso te prometer mais nada. Mas também não consigo passar pela porra da porta.

Fiquei brava e triste ao mesmo tempo. Como podia responder àquilo?

Eu o beijei.

Talvez essa não tenha sido a melhor ideia. Mas eu não consegui me controlar.

SEXO SEM AMOR?

Levou aproximadamente um segundo para o Hunter parar de lutar. Ele pegou minha bunda e me levantou contra a porta. Abracei a cintura dele com as pernas, os braços em volta do pescoço, e coloquei toda a minha ira naquele beijo.

Muito perto dele não era perto o suficiente. E, dessa vez, eu tive a certeza de que ele sentia o mesmo. Hunter passou os dedos pelo meu cabelo, puxou a minha cabeça para perto, visando aprofundar o beijo, e pressionou o corpo contra o meu, gemendo. Os nossos corações bateram um contra o outro. Começamos a arrancar as roupas sem parar de nos beijar. Em meio à fúria da paixão, nem notei que estávamos nos movendo até o Hunter chutar a porta do meu quarto.

Com delicadeza, ele me colocou sentada na cama, com as nossas línguas ainda entrelaçadas. Eu estava perdida – *nós* estávamos perdidos – no momento. Foi só quando paramos de nos beijar e Hunter ficou em pé para tirar o resto das roupas que tivemos a chance de colocar a cabeça no lugar.

Nós nos olhamos, ele congelou com a mão no zíper.

– Você quer parar? Me diga agora.

Dez minutos antes, eu o teria chutado para fora. Mas agora eu o queria dentro de mim mais do que tudo. É claro, naquele momento eu justificaria qualquer coisa. Que diferença fariam mais duas semanas? Eu ainda gostava dele. Poupar-me de prazer sexual não mudaria isso. Os meus olhos baixaram até o volume na calça dele.

Não. Duas semanas não vão fazer a menor diferença.

– Não – eu sussurrei. – Não quero parar.

O calor dominou a hesitação nos olhos do Hunter. Ele tirou uma camisinha da carteira, atirou a embalagem no chão e tirou rapidamente o restante das minhas roupas. Ao se posicionar sobre mim, ele esfregou a ereção entre as minhas pernas olhando nos meus olhos e pediu mais uma confirmação.

Fiz que sim com a cabeça, mas, quando ele foi me beijar de novo, mudei de ideia.

– Espere.

Hunter congelou a um centímetro de distância do meu rosto.

Já que íamos fazer isso, eu preferia estar no controle.

– Quero ficar por cima.

O alívio tomou o rosto dele. Em um movimento rápido, ele inverteu as nossas posições.

– Me cavalga, amor – ele disse com a voz rouca. – Me cavalga com força.

Fiquei de joelhos sobre ele e peguei o membro duro na mão. Era tão grosso que eu não conseguia fechar os dedos ao seu redor. As mãos dele se fincaram no meu quadril, e ele me levantou o suficiente para conseguir me penetrar. O cheiro de sexo invadiu o ambiente.

Olhei para ele sob mim. Parecia desesperado de desejo, mas ainda assim havia cedido o controle de que eu precisava, mesmo que fosse um falso controle.

– Porra... – Hunter gemeu quando me abaixei sobre ele.

Seus dedos agarraram o meu quadril com tanta força que eu provavelmente ficaria roxa no dia seguinte. Eu *queria* estar roxa no dia seguinte. E queria ver a cada segundo o que eu conseguia fazer com aquele homem. Mirando nos olhos dele, eu me enterrei mais.

SEXO SEM AMOR?

Ele expirou alto, e eu inspirei o mesmo ar enquanto me movia para cima e para baixo, me enterrando mais e mais.

Hunter era um homem grande, e essa posição era quase dolorosa. Mas eu queria aquela dor. Inclinando-me para trás, com as mãos apoiadas nas coxas dele, arqueei as costas. A posição me permitiu descer até a base, ficando quase sentada nos testículos dele.

– *Puta que o pariu.* Vai mais devagar, Natalia.

A ameaça silenciosa do que aconteceria caso eu não desacelerasse me excitou ainda mais. Eu me mexi para a frente e para trás e em círculos. A tensão no rosto dele me deixava louca, com uma vontade desesperada de fazê-lo se descontrolar. Eu o cavalguei com toda a força, os meus seios grandes acompanhando os movimentos. O suor escorria pela minha pele até as minhas coxas começarem a tremer na expectativa da explosão.

O dedão do Hunter estava pressionado contra o meu clitóris latejante, e ele começou a massageá-lo em círculos, fazendo o meu quadril seguir o movimento. A minha respiração começou a ficar espaçada e aguda, e um gemido alto escapou quando o orgasmo me tomou.

– *Hunter!* – gritei.

Ele respondeu agarrando o meu cabelo e puxando a minha boca até a dele. A língua dele entrou na minha boca e arrancou o meu último senso de realidade. Eu estava completa e totalmente perdida naquele homem.

Era mais do que eu poderia aguentar – os dedos dele massageando o meu clitóris, aquele ponto dentro de mim latejando, a mão dele pegando o meu cabelo, a boca dele querendo mais.

O orgasmo viajou dentro de mim, ondas atrás de ondas de espasmos tomaram o meu corpo. Os meus gemidos foram engolidos pelas nossas bocas unidas.

Sem fôlego, tentei me recuperar, e Hunter soltou o meu cabelo para conseguir observar a tremedeira do meu corpo.

– Linda. *Linda demais.*

E ele reassumiu o controle que eu pensei que estivesse comigo. Agarrou os meus quadris, me levantou e começou a me penetrar com força. A cada estocada de baixo para cima, ele me erguia, e a determinação no rosto dele era a mais sexy que já vi na vida.

– *Caralho* – ele murmurou entredentes. – *Vou gozar.*

Ele se mexeu uma última vez e deixou escapar um gemido quando me penetrou mais fundo. Assistir ao alívio dele, a tensão no rosto se transformando em felicidade, era a cena mais excitante do mundo.

Desabei em cima dele, incapaz de ficar sentada. Hunter enterrou a cabeça no meu pescoço e sussurrou agrados entre mil beijos aqui e ali. Meu Deus, aquele homem podia mesmo ser maravilhoso.

Eu me deixei levar pelo romantismo do momento. Nós funcionávamos verdadeiramente bem juntos. Eu gostava de pensar que era a nossa química, e não a experiência dele, que tornava os nossos momentos íntimos tão perfeitos. Eu estava longe de ser uma virgem, mas ficar com Hunter me fazia pensar que tudo o que havia feito antes dele foi só um treino para quando chegasse o momento "pra valer".

Foi esse pensamento que me assustou e que me fez voltar à realidade. Se ele era o meu "pra valer", por que eu teria de voltar para os treinos?

Capítulo 28

Hunter
10 ANOS ANTES

A Summer não estava feliz comigo.

Ela disse que entendia por que eu não havia contado ao Jayce sobre nós. Mas agora já haviam se passado dois meses e escondê-la – esconder a nossa relação – durante as férias tinha sido um desafio. Eu não podia ir visitá-la em San Diego com muita frequência porque havia conseguido um estágio em uma empresa de arquitetura na qual queria trabalhar depois da formatura. E, quando ela vinha para a minha cidade, nós não tínhamos um lugar para ficar juntos, porque eu morava com os meus tios, assim como o meu irmão. Ao menos até então.

Jayce ia sair de casa. Surpreendentemente, ele tinha conseguido ser sincero com a Emily e admitido que não estava pronto para se casar. Ela foi compreensiva. Deixando de lado as razões egoístas que eu tinha para querer que eles tivessem ficado juntos, eu honestamente acreditava que qualquer mulher que fosse compreensiva assim, mesmo grávida e lidando com tantos hormônios, mereceria mais uma chance.

SEXO SEM AMOR?

– Estou com saudade – Summer se queixou ao telefone.

Summer não costumava se queixar. Eu precisava resolver de uma vez por todas aquela confusão na qual eu tinha me metido. Eu a amava.

– Sim, amor. Estou com saudade também. Vou conversar com o Jay hoje, depois de ajudá-lo na mudança. Depois vou conversar com os meus tios. Tenho certeza de que eles não vão se importar de você vir ficar com a gente.

– Sério? – ela se animou.

– Eles provavelmente vão querer que você durma no quarto de hóspedes.

– Não ligo. Tô com saudade do seu rosto.

– Eu tô com saudade de você inteira.

Jayce colocou a cabeça para dentro do meu quarto.

– Pode me dar uma mão para carregar o colchão lá para baixo? Cobri o telefone.

– Claro, me dá dois minutos.

Ele concordou e saiu.

– Te ligo hoje à noite.

– Tá bom. Boa sorte.

– Obrigado.

Joguei o telefone sobre a cama e passei pelo tio Joe nas escadas. Ele estava carregando uma pequena luminária.

– Não quis que eu o ajudasse com o colchão. O babaca acha que estou muito velho para carregar mais de dois quilos.

Eu ri.

– Não se preocupe. Quando eu me mudar, vou ficar sentado no sofá enquanto você carrega o caminhão para mim.

O quarto da nossa prima Carla era a primeira porta do andar de cima. Ela estava deitada de bruços no meio da cama, balançando as pernas no ar e lendo uma revista.

– Não se preocupe, Carla – falei quando passei. – Nós não precisamos de ajuda.

Ri e continuei andando até o quarto do Jayce, no fim do corredor. A porta estava aberta, mas ele não estava lá dentro. Procurei nos outros quartos, mas não consegui achá-lo. Então sentei na cama dele e olhei para o quarto já meio vazio. Mesmo que nós só morássemos lá ao mesmo tempo nas férias, seria estranho não o ter por perto. Jayce era uma presença constante na minha vida, tanto antes quanto depois da morte da nossa mãe.

Um barulho dentro do quarto me espantou, pois achei que estivesse sozinho. Parecia que o cachorro da tia Elizabeth tinha engasgado com uma bola de pelo de novo. Olhei debaixo da cama – o cachorro não estava lá. Daí levantei e olhei do outro lado da cama. Quase caí quando vi o meu irmão lá, no chão. Ele estava pálido como um fantasma e espumando pela boca enquanto o corpo inteiro tremia.

Gritei pela janela para o meu tio e abri a boca do meu irmão para ver se ele não tinha engasgado com nada. Não havia nada visível, e eu não fazia a menor ideia do que fazer, então saí correndo pelas escadas o carregando ainda trêmulo.

Felizmente, o resgate está logo ali quando se mora na casa de um médico. O tio Joe agiu rapidamente e me mandou colocá-lo no sofá para que pudesse examiná-lo, enquanto eu ligava para a emergência. Quando desliguei, o tremor tinha acabado, e meu irmão foi ganhando cor de novo.

– O que aconteceu? – perguntei.

Até a Carla tinha vindo ver a comoção.

– Ele teve uma convulsão. – Tio Joe olhou para o Jayce. – Fique quietinho aí. Você se lembra de ter caído antes? Batido a cabeça ou algo assim?

Jayce estava desorientado e não respondeu.

– O que aconteceu? O que ele tem?

– Eu não sei, mas vamos investigar.

Quatro dias.

Quatro longos dias.

Eu estava sinceramente perdendo a paciência. Por que tinha de demorar tanto? Ao longo desses quatro dias, fizeram todo tipo de exame no Jayce – tiraram sangue, fizeram ressonâncias, colocaram-no dentro de várias máquinas. Oito médicos diferentes lhe direcionaram as mesmas perguntas. Mas ninguém dizia porra nenhuma.

– Cara. Você é quem vai ficar de cama se não começar a relaxar.

Era típico do Jayce ficar mais preocupado comigo do que com ele próprio.

– Além disso, você está usando as mesmas roupas há quatro dias. Tá começando a feder aqui no meu quarto.

Passei as mãos pelo cabelo.

– Por que você não me contou tudo aquilo que falou para os médicos? Eu não fazia ideia de que estivesse apresentando outros sintomas.

Ele me observou andando de um lado para outro.

– Foi por isso que não falei. Você vai fazer um buraco no chão se não se sentar e parar de se preocupar.

Aquela podia ter sido a primeira convulsão, mas, pelo que tudo indicava, Jayce vinha apresentando outros sintomas já havia bastante tempo, mas não quis contar para ninguém. Espasmos musculares, tremores, perda de peso – eu tinha percebido dois ou três desses sintomas e o questionei sobre eles.

– A sua mão tremendo. A primeira vez em que notei você me disse que era da ressaca. Você tinha mesmo bebido na noite anterior? Eu devia ter feito você ir ao médico. Por que não me disse?

O rosto do meu irmão de repente ficou sério.

– Quer saber a verdade? Eu não queria saber.

– Que ótimo. – Balancei a cabeça. – Agora você é como a mamãe. Ignora cuidados médicos e deixa tudo para o destino.

– Que diferença faz saber? Se eu tiver doença de Parkinson que nem a mamãe, não tem cura, de qualquer forma.

– Não. Mas tem tratamento. E aí você saberia com o que deve tomar cuidado.

– O médico disse que convulsões nem são comuns em Parkinson. Então você está exagerando.

Tio Joe entrou no quarto com uma pasta nas mãos. Estava com a aparência exausta. Vinha passando vinte horas por dia no hospital nos últimos quatro dias. Mas, diferentemente de mim, ele pelo menos tinha tomado banho e trocado de roupa. Eu me recusava e dormia na cadeira da sala de espera quando Jayce me expulsava do quarto dele à noite.

SEXO SEM AMOR?

Ele olhou ao redor.

– Cadê a Emily?

– Eu a fiz ir para casa e descansar um pouco. – Jayce levantou o queixo na minha direção. – Como esse mala devia fazer também.

Tio Joe olhou para mim.

– Acho que é uma boa ideia. Por que não vai para casa e descansa um pouco? Quero conversar com o Jayce sozinho, de um jeito ou de outro.

– Por quê? – Olhei para a pasta. – Os resultados saíram, finalmente?

Tio Joe olhou para o Jayce.

– Sei que vocês são bem próximos. Mas informações médicas são confidenciais.

Jayce olhou para o tio e para mim.

– Não tem problema, o Hunter pode ficar.

– Tem certeza?

– Tenho.

O tio puxou uma cadeira e a colocou ao lado da cama do Jayce.

– Por que você não se senta também, Hunter?

Quando alguém lhe pede que se sente, nunca é bom sinal.

– Prefiro ficar em pé.

Ele assentiu e olhou para a pasta fechada no colo dele por um tempo dolorosamente longo. Tirando os óculos, ele esfregou os olhos cansados antes de começar.

– Nós todos pensávamos que a sua mãe teve doença de Parkinson. Ela apresentava os sintomas clássicos. Mas, bem, vocês sabem que ela se recusou a ir ao médico para fazer uma investigação.

– Ela não tinha Parkinson? – perguntei.

– Evidentemente, não temos como saber com certeza, mas agora eu acho que não.

– Quer dizer que eu não tenho Parkinson? – meu irmão perguntou.

Tio Joe abanou a cabeça.

– Não, filho. Você não tem Parkinson.

Jayce olhou para o teto e respirou aliviado.

– Graças a Deus.

A alegria que senti durou pouco, até eu olhar a cara do meu tio. Ele não estava aliviado como nós. De repente preferi me sentar.

– Há algumas doenças que possuem sintomas similares. Mesmo ontem, quando soube dos sintomas que você tem apresentado ao longo dos anos, a mim parecia Parkinson. E, embora convulsões não sejam comuns nessa doença, há uma comorbidade conhecida entre Parkinson e epilepsia.

– Então eu tenho epilepsia?

– Não, você também não tem epilepsia. Sinto muito. Estou fazendo as coisas ficarem confusas com essa explicação toda. Só quero que você entenda que, às vezes, os sintomas podem se apresentar de uma maneira que leva a um diagnóstico, mas só podemos ter certeza quando fazemos exames para confirmar. Já faz quase dois anos que a mãe de vocês nos deixou, e ainda estamos tentando adivinhar a doença, já que ela se recusou a fazer os exames. Nunca teremos cem por cento de certeza, mas a doença genética que você tem nos leva a crer que ela também não sofria de Parkinson.

– Doença genética? O que é que eu tenho?

Os olhos do meu tio se encheram de lágrimas.

SEXO SEM AMOR?

– Você tem uma doença genética chamada doença de Huntington, Jayce. A sua é considerada a forma juvenil da doença, por causa da idade em que os sintomas começaram a aparecer. Trata-se de um defeito hereditário em um único gene, uma desordem dominante autossômica. Causa a degeneração progressiva das células nervosas no cérebro, o que impacta na capacidade da pessoa de se mover, entre outras coisas. É por isso que você tem tropeçado e tido tremores nas mãos. No início, os sintomas podem lembrar os efeitos do álcool.

– No início? O que mais vai acontecer comigo?

– É difícil saber com certeza, especialmente nos casos juvenis de Huntington, porque são raros. Mas a maioria das pessoas tem os seus movimentos e a sua cognição prejudicados.

– Cognição? Vai afetar a minha maneira de pensar? Como? A mamãe sempre parecia estar deprimida, mas eu imaginava que era porque ela não estava se sentindo bem.

– Provavelmente foi por causa da doença. O Dr. Kohan virá conversar com você em detalhes daqui a pouco. Ele é um especialista da área e vai responder a todas as suas perguntas. Eu sei o básico, mas, como a versão juvenil da doença de Huntington não é comum e os sintomas se apresentam de diferentes maneiras, ele é a pessoa mais indicada para explicar os detalhes para você.

A minha cabeça estava rodando, e o meu irmão parecia estar em estado de choque.

– A doença de Huntington tem cura? – perguntei.

A expressão no rosto do meu tio respondia à questão.

– Por enquanto, não. Mas a ciência faz novas descobertas todos os dias.

– Mas as pessoas vivem com a doença, certo?

– A expectativa de vida fica reduzida.

– Reduzida? – o meu irmão finalmente falou. – Reduzida em quanto tempo?

– Em média, do momento em que os sintomas começam a se manifestar, as pessoas vivem entre dez e trinta anos quando são diagnosticadas já adultas. Mas, como os sintomas em você apareceram cedo, a expectativa de vida geralmente é de dez anos ou menos. Sinto muito, Jayce. Você não sabe o quanto.

Nós três ficamos ali sentados em completo silêncio por um bom tempo. Por fim, o Dr. Kohan veio falar com a gente. Ele passou mais duas horas explicando tudo, embora eu não tenha certeza de que Jayce absorveu muita coisa.

Eu não conseguia assimilar a questão da expectativa de vida – dez anos eram o máximo a partir do momento em que os sintomas apareciam. Jayce disse que começou a perceber pequenos sintomas cinco anos antes. O meu irmão tinha acabado de completar vinte e um anos.

– Vou deixar com vocês, meninos, o meu cartão. – Dr. Kohan pegou uma caneta do bolso do jaleco e escreveu algo na parte de trás do cartão. – Se tiverem qualquer pergunta, este é o meu celular. Me liguem a qualquer hora do dia ou da noite. É muito para assimilar. Eu sei disso. Vocês terão outras perguntas quando já tiverem absorvido essa primeira parte. É para isso que estou aqui.

O Dr. Kohan e o tio Joe conversaram por alguns minutos, depois o Dr. Kohan apertou a mão do meu irmão e a minha.

– Vou pedir para a secretária ligar para vocês para marcarmos uma consulta nesta semana, no meu consultório.

– Nós dois? – perguntei, apertando a mão do médico.

– Sim. Eu gostaria de conversar com a geneticista antes de você fazer o exame. Ela trabalha no meu consultório às quintas-feiras.

– Exame?

Os dois médicos se entreolharam antes de o meu tio falar com cuidado.

Ele colocou uma mão no meu ombro.

– Como o Dr. Kohan explicou, a doença de Huntington é hereditária. Cinquenta por cento das crianças herdam o gene de um dos pais.

Eu estava tão devastado pelo meu irmão que não prestei atenção a essa parte da conversa. Tinha ouvido a porcentagem, mas não tinha registrado a informação. Acho que supus que cinquenta por cento herdavam de um dos pais, mas, como nós éramos dois, o meu irmão tinha sido o azarado. Mas então entendi as palavras do meu tio. *Cinquenta por cento* de chance em *cada* filho.

O meu irmão estaria morto em cinco anos, e eu tinha tantas chances quanto em um cara ou coroa de ter a mesma doença.

Capítulo 29

Natalia

A cama estava vazia.

Eu devia ter adormecido em meio à plenitude pós-sexo. Erguendo a cabeça, virei para pegar o meu celular do criado-mudo e quase morri de susto quando vi o Hunter sentado na cadeira de balanço em frente à cama.

Sentei e puxei o lençol para cobrir o peito.

– Não tinha te visto aí.

– Desculpe. Não quis te assustar.

Ele tinha colocado a calça jeans, mas não fechou o botão. Estava sem camisa e sem sapatos.

– O que você está fazendo?

Ele franziu o canto da boca.

– Observando você dormir.

– Que estranho. Foi interessante?

– Hipnotizante. – Ele se pôs de pé, veio até mim e beijou a minha testa. – Preciso ir. Preciso me reunir com o departamento de construção daqui a pouco, e você tem uma consulta daqui a uma hora.

– Ah. Tá bom.

Ele me olhou e falou com calma:

– Está arrependida?

Eu não sabia se ele estava se referindo àquela manhã ou à nossa relação como um todo.

– De hoje ou de nós?

– Você me diz.

Ponderei com sinceridade sobre a questão antes de responder. Eu podia estar decepcionada, mas não arrependida do tempo que passei com ele.

– Não, não me arrependo.

– Jantar neste fim de semana?

– Sim, vai ser legal.

Ele me beijou de leve e foi embora.

Era eu quem deveria pagar para a Minnie dessa vez. No mínimo, não deveria cobrar dela. Nós tínhamos acabado a nossa sessão de terapia, mas ficamos batendo papo enquanto eu fazia um curativo nela.

Estava preocupada que os ferimentos nos seus dedos – resultado de sua obsessão de checar se a porta estava fechada, se o fogão estava desligado, entre outras – pudessem infeccionar. Coloquei luvas e limpei as feridas, depois fiz curativos enquanto falávamos da minha vida. Ao longo dos últimos dois meses, eu havia contado tudo sobre o Hunter para ela.

– Há apenas três razões para esse homem não querer um relacionamento. Ou ele é um pescador, um leiteiro ou um padre.

Olhei para ela, espantada.

– Você vai ter de me explicar isso.

– Um pescador sabe que há muito peixe no mar, então não quer passar a vida pescando bacalhau, pois sabe que pode pegar também um atum ou um robalo que nunca provou.

Eu não tinha certeza se Minnie sabia que o eufemismo dela para falar do mulherengo era nojento – comedor de peixe. Mas entendi a ideia.

– Tenho a impressão de que esse não é o problema do Hunter. Embora talvez eu só não queira acreditar que ele é desse jeito. O meu instinto me diz que não tem a ver com querer experimentar outra mulher logo depois de mim.

– Ok. Então talvez ele seja um leiteiro. Boa mulher em casa, mas continua fazendo entregas a donas de casas que nem desconfiam que ele é casado.

Eu ri.

– Não acho que isso seja possível. Fui à casa dele, e não tinha nem sinal de mulher por lá. Além disso, o Derek e a Anna saberiam se ele estivesse em uma relação séria.

– Então ele é um padre.

Cortei o esparadrapo no último dedo e o alisei de maneira bem delicada a fim de fechar o curativo.

– Definitivamente, ele não faz o tipo padre.

– Não quero dizer que ele seja recatado. Um padre se sacrifica pelo benefício dos outros – Minnie disse. – Abre mão da sua felicidade para que a comunidade não sofra.

Hmmm.

— Mas por quê? Ele estaria me protegendo do quê?

— Ele conhece a sua história. Talvez ele esteja com medo de decepcionar você, ou de não ser bom o suficiente para você.

Debochei da última parte.

— O Hunter tem mais autoconfiança no dedo mindinho dele do que tenho no meu corpo inteiro.

— Às vezes a autoconfiança é uma máscara para que as pessoas não vejam as suas inseguranças.

— Talvez. Mas... esse perfil também não parece ser o dele.

— Vai ver a última namorada o fez sofrer. Ele já teve um relacionamento sério?

— Sim, um.

— Ele te contou o que aconteceu?

— Não. Ele deu uma resposta bem vaga, e não tenho ideia do porquê eles terminaram.

Minnie ergueu os dedos com curativo e os mexeu no ar.

— Talvez você devesse ir atrás de mais informação sobre isso.

Depois que a Izzy foi dormir, fiz uma xícara de chá e peguei o meu celular. Eram quase onze da noite em Nova York, mas ainda oito horas na Califórnia. Havia pensado a tarde inteira sobre a minha conversa com a Minnie e decidi que ir direto à fonte não seria tão produtivo quanto ligar para a minha melhor amiga.

— Oiê – Anna disse. – É a fada madrinha!

Sorri.

– Você sabe que, quando eu era pequena, imaginava a fada madrinha com a cara da Stevie Nicks.

– Acho que a Stevie Nicks seria uma puta de uma fada madrinha. Talvez eu deva convidá-la, em vez de você. Ela deve morar em Los Angeles. Mas, vai saber, posso acabar tendo você como vizinha. O Derek contou que você e o Hunter estavam bem grudadinhos.

Os meus ombros caíram.

– Eu não contaria com isso.

– Ah, não. O que houve?

– Nós passamos dois meses maravilhosos.

– Sim…

– E… é isso: dois meses maravilhosos.

– Você não acha que uma relação a distância vá funcionar?

– Não sou eu que não acho. É ele.

– Ele acha que não vai funcionar?

– Não faço ideia. Basicamente, nós concordamos em ser amigos que transam por dois meses. E agora o tempo está acabando.

– Você quer mais?

– Sim. Não. Não sei.

– Nossa, você está muito decidida.

– Eu gosto dele, Anna. Muito. Muito mais do que gostaria.

– Ah, querida. E ele sabe como você se sente?

– Nunca falei com todas as letras, mas ele sabe que eu gosto. Mas nem cogita a possibilidade de dar uma chance para a gente.

– Por quê?

– Essa é a pergunta que não quer calar.

Mesmo a cinco mil quilômetros de distância, Anna sabia que eu estava sofrendo. A voz dela se tornou mais suave.

SEXO SEM AMOR?

– Meu Deus, Nat, sinto muito. Eu disse quando vocês se conheceram que sabia que ele já tinha saído com muitas. Mas, até aí, vários homens fazem isso. Pensei... Sabe, às vezes, é uma questão de achar a mulher certa.

Por vezes, as palavras não ditas são as mais ouvidas. Eu não era a mulher certa para o Hunter. Embora doesse pensar a respeito, também me lembrei da mulher sobre a qual queria informações.

– Deixe eu te perguntar uma coisa. Você sabe de detalhes sobre o que aconteceu entre o Hunter e a moça que ele namorou por anos?

– A Summer? Não sei... Sei que eles se conheceram na faculdade, mas já tinham terminado quando conheci o Derek. A única coisa que eu sei é que ela ligou para o Derek várias vezes depois que o Hunter terminou com ela. Ela bebia e ligava para ele, abalada por causa do término.

– Foi ele quem terminou com ela? Por algum motivo, eu tinha imaginado que tinha sido o contrário, e que era por isso que ele não queria sofrer por amor de novo. Bom, na verdade, eu estava pensando na minha situação.

– Sim... Foi ele quem terminou, isso com certeza. Apesar de que não sei por quê. O Derek nunca disse, e eu nunca perguntei. Mas me deixe dar uma investigada.

– Tá bom. Seja sutil.

Ficamos ao telefone mais meia hora, batendo papo sobre a Caroline, o batizado, a Izzy e a vida em geral. Era muito bom conversar com ela, mesmo que eu ainda tivesse questões não respondidas sobre o Hunter quando desliguei.

Capítulo 30

Natalia

Izzy pegou uma gripe e demorou mais de uma semana para se recuperar.

Então, os planos feitos com o Hunter, de aproveitarmos a última semana e meia juntos, tornaram-se visitas dele para ver TV no sofá enquanto a Izzy me chamava no quarto dela a cada quinze minutos.

A noite em questão seria o nosso primeiro encontro depois daquela fase. Ela ia dormir na casa de uma amiga que estava fazendo aniversário, então teríamos a noite inteira juntos. Infelizmente, nem mesmo essa perspectiva excitante conseguiu me arrancar da cama naquela manhã. Todos os ossos do meu corpo estavam doloridos. Eu estava me sentindo tão mal que tive de usar o meu celular para ligar para a Izzy do meu quarto para que ela se aprontasse para a escola. Só a ideia de me levantar e ir até o quarto dela já me deixava exausta.

Ainda em negação quanto a ter pegado a gripe da minha enteada, cancelei as minhas consultas da manhã e voltei a dormir por algumas horas. A minha esperança renovou-se por volta de meio-

SEXO SEM AMOR?

-dia, quando acordei e consegui ir ao banheiro, onde medi a temperatura. Estava com trinta e nove graus.

Não posso estar doente.

Tenho um encontro hoje, e o Hunter vai embora daqui a três dias.

Uma onda de calafrios pareceu responder àquele pensamento – não o tipo de calafrio que eu sentia quando pensava no Hunter. O meu cérebro queria se frustrar, mas nem energia para isso eu tinha. Só consegui engolir dois comprimidos de paracetamol e voltar para a cama.

Não tive forças para cancelar oficialmente o meu encontro com o Hunter, até que ele me escreveu mais tarde.

Hunter: Use vermelho hoje.

A decepção se instalou. Era assim que as coisas acabariam entre nós. Não conseguiríamos nem nos despedir.

Até a pele dos meus dedos doeu quando digitei a resposta.

Natalia: O único vermelho que vou usar hoje é o da febre. Desculpe. Acho que peguei a gripe da Izzy.

Hunter: Que merda. Sinto muito. Precisa de algo?

Natalia: Você tem uma pílula mágica para me curar?

Hunter: Vou me controlar e não dizer que tenho algo para você engolir que pode fazê-la se sentir muito melhor.

Sorri e balancei a cabeça.

Natalia: Que bom que você não disse.

Hunter parou de escrever depois disso. Em qualquer outro dia, eu provavelmente passaria duas horas analisando cada detalhe das mensagens. Por sorte, eu estava sem energia para isso. A febre me derrubou, e voltei a dormir mais algumas horas até o interfone me acordar.

Eu me arrastei até a porta embrulhada no cobertor.

– Oi?

– Sou eu. – Era a voz do Hunter. – Trouxe uma canja pra você.

Minha parte menininha queria correr para um espelho, lavar o rosto e limpar qualquer restinho de maquiagem. Mas minha parte doente mandou a parte menininha para aquele lugar. Abri a porta e me encostei na parede, esperando o elevador chegar.

Mesmo doente daquele jeito, ver o Hunter vindo na direção do meu apartamento acordou os meus sentidos. Ele estava de calça jeans e camisa com as mangas arregaçadas. E estava usando as botas que eu amava. Também estava carregando sacolas nos dois braços.

– Você está vindo direto da obra? – eu disse, olhando as botas.

– Não. Fiz uma reunião com o cliente, depois outra reunião com o departamento de construção. Estou de bota porque você gosta.

– Como você sabe que eu gosto?

– Porque observo você. – Ele beijou a minha testa. – É por isso, também, que sei que você gosta de quando seguro as suas mãos acima da sua cabeça quando estou te penetrando.

É verdade, eu gostava. Caramba, eu era tão transparente assim?

– Do que mais eu gosto?

SEXO SEM AMOR?

Hunter riu.

– Você gosta de quando contorno sua clavícula com a língua. Gosta de quando digo o que vou fazer com você, mesmo que não queira admitir que gosta quando digo que você tem uma boceta gostosa.

Fiquei boquiaberta. Ele estava bem certo. Eu odiava a palavra, mas algo na maneira como ele a proferia, no calor da paixão, me excitava. E, claro, assim como ele disse, eu não queria admitir.

Balancei a cabeça.

– O que veio fazer aqui?

Ele ergueu a sacola.

– Trazer mantimentos.

– Você vai ficar doente.

– Estou disposto a correr o risco. Agora pode ir descansar.

Lá dentro, ele insistiu para eu me sentar enquanto tirava as compras das sacolas.

– Canja daquele restaurante de que você gosta lá do centro, onde fomos almoçar.

– Não estou com fome.

– Você fez a Izzy comer quando ela disse a mesma coisa.

Fiz bico, mas ele tinha razão.

Ele continuou esvaziando as sacolas.

– Remédio para baixar a febre. Lembro que você jogou fora a caixa quando a Izzy tomou o último. Refrigerante de gengibre, porque a única hora em que isso aqui tem gosto bom é quando a gente está doente e toma com torradas. Falando delas... – Ele tirou da sacola um pacote de pão e passou para a outra sacola. Manteiga, isotônico, antigripal, vitamina C, lenços e quatro DVDs em edição de luxo. O último item que ele tirou foi uma caixa que parecia de miçangas. – Para caso você fique entediada.

– O que é isso?

– Um kit de trabalhos manuais que achei na farmácia. Imaginei que talvez fosse bom para caso você precise fazer algo para passar o tempo sem se levantar.

Meu Deus, o homem conseguia partir e curar o meu coração de uma só vez. Lembrei que ele contou que sua mãe fazia trabalhos manuais quando não estava se sentindo bem e não conseguia sair da cama. Ele era mesmo um cara doce, protetor e atencioso. E aí é que estava o problema. Seria muito mais fácil dizer tchau para uma pessoa que não estivesse nem aí para a minha gripe. Alguém que só aparecesse quando eu estivesse me sentindo bem. Mas Hunter era naturalmente o tipo de homem presente "na saúde e na doença", o que tornava muito difícil vê-lo apenas como um parceiro sexual.

Sorri com tristeza, esperando que ele interpretasse o sinal como um efeito da gripe.

– Obrigada por tudo isso. Não precisava.

Os olhos dele se voltaram para o meu rosto.

– Você está sempre cuidando dos outros. Fico feliz em poder estar aqui e tomar conta de você.

O pensamento era doce, e só consegui pensar: "Que bom que não fiquei doente quatro dias depois".

SEXO SEM AMOR?

O antigripal me deixou sonolenta. Ou talvez tenha sido o filme de ação com o Bruce Willis e os prédios explodindo. Mas, porque eu tinha cochilado e acordado o dia inteiro, fiquei confusa quando abri os olhos no sofá. Os meus pés estavam no colo do Hunter assim como quando adormeci, mas ele não estava mais vendo tv. Ele estava me observando dormir de novo.

– Que horas são?

– Umas dez, acho. A Izzy ligou para saber como você estava. Vi o nome dela no seu celular e atendi antes que você acordasse. Ela queria voltar para casa para cuidar de você.

– Que fofa. Ela está amadurecendo nos últimos tempos.

Ele concordou.

– Eu disse que estava tudo bem, mas que você entraria em contato com ela.

– Obrigada. Vou mandar uma mensagem.

– Está com fome?

– Se eu disser não, você vai me obrigar a comer, de qualquer jeito?

– Provavelmente.

Ele colocou a mão na minha testa.

– A febre ainda está sob controle. Mas já faz quatro horas que você tomou o antitérmico. Quer outro para ajudar a baixar a febre e você conseguir dormir?

– Jesus, eu só dormi.

Hunter foi até a cozinha, pegou o remédio e me deu um copo de refrigerante de gengibre. Consegui me sentar sei lá como.

Ele sentou na beirada da mesinha e me entregou os comprimidos. Depois pegou o copo da minha mão.

– Você é um bom enfermeiro.

– Prefiro brincar de médico e enfermeira, mas sou flexível.

– Pelo menos sou uma paciente melhor que a Izzy. Não estou chamando você a cada cinco minutos para pegar os meus lenços usados, ou para dizer que alguma parte do corpo está doendo.

– Não. Dormir o tempo todo é mais o seu estilo.

– Bom, agora que dormi o dia inteiro, provavelmente vou ficar acordada metade da noite. – Peguei a caixinha de miçangas. – Então pode esperar umas pulseirinhas horrorosas para quando você acordar. A minha não será bonita como a que você usa.

Ele olhou para o pulso.

– Eu tinha dez ou onze anos quando a minha mãe ficou doente. Ela tinha problemas musculares que afetavam as pernas, então passava muito tempo na cama. A minha tia levava esses kits de trabalhos manuais para ela. – Ele virou o pulso para mostrar a pulseira. – Couro e macramê eram os materiais favoritos dela. Eu tinha várias dessa, mas fui perdendo e quebrando ao longo dos anos. Esta é a última. Vou usar a que você fizer depois que essa daqui quebrar.

Uau. Era uma batalha inglória não se apaixonar por ele um pouquinho mais todo dia.

– Sabe, Hunter, sob essa capa de babaca que você usa, você é um cara muito legal.

Ele olhou para mim por um momentinho antes de se levantar.

– Vem, vamos colocar você na cama.

Ele me colocou debaixo das cobertas, depois tirou a roupa e deitou do meu lado. Diferentemente das outras noites em que dormimos juntos, ele ficou de cueca. Abraçando-me pela cintura, ele me puxou para perto do seu corpo. O abraço era tão forte que parecia que ele tinha medo que eu fugisse. Ou talvez eu é que quisesse acreditar nisso.

SEXO SEM AMOR?

No dia seguinte a Izzy estaria em casa, então essa era, provavelmente, a última noite que passaríamos juntos. Não era exatamente como eu queria que acabasse aquele período, mas talvez fosse mais fácil dessa forma.

Cerca de meia hora depois de irmos dormir, ouvi a mudança na respiração dele, e ele afrouxou um pouco seu abraço. Eu me permiti ceder à doença e fechar os meus olhos pesados.

Na manhã seguinte, Hunter saiu da cama, mas eu não abri os olhos, imaginando que ele iria ao banheiro ou algo assim. Depois de alguns minutos de movimento pelo quarto, senti os lábios dele na minha testa e vi que ele na verdade estava indo embora.

Ele colocou uma mecha de cabelo atrás da minha orelha e sussurrou:

– Sou louco por você, ervilhinha. Desculpe.

E foi embora.

Capítulo 31

Natalia

Eu tinha acabado de melhorar quando o fatídico dia chegou. Não estava ótima ainda – mas bem o suficiente para tomar um banho e passar um tempo em pé. Hunter tinha ido me visitar algumas vezes depois daquela noite – tinha até levado pizza e um filme de terror para mim e para a Izzy um dia, sabendo que ela adorava filmes de terror.

Durante as últimas vinte e quatro horas, tentei evitar pensar em como me despedir dele, testando palavras diferentes.

Obrigada, foi superdivertido.

Vejo você por aí.

Sempre quando vier a Nova York, dê uma passadinha. A minha porta sempre estará aberta para você. Quero dizer, a minha vagina.

Cobro dez por cento de taxa de serviço.

Eu ia de triste a brava, depois ficava triste de novo. Era só uma questão de sorte – ou azar – qual Nat ele encontraria quando chegasse.

Infelizmente para ele, quando o interfone tocou, eu estava brava. Não fui esperar na porta como costumava fazer, para não ter de olhá-lo pela última vez vindo pelo corredor até o meu apartamento.

SEXO SEM AMOR?

Em vez disso, deixei a porta aberta e voltei a ler o livro no qual não estava interessada, no sofá.

Hunter bateu duas vezes antes de abrir a porta e entrar.

Acenei, mas não olhei para ele.

O constrangimento se instalou antes mesmo de ele fechar a porta – pelo menos para mim.

Ele se sentou na beira da mesinha e pegou os meus pés.

– Como a paciente está se sentindo?

– Melhor. – Agindo como uma adolescente insolente, eu ainda não tinha olhado para ele.

Ele ficou esperando – não disse nada por alguns minutos, até que eu finalmente olhei para ver o que ele estava fazendo. Ele me pegou no pulo.

– Aí está ela.

Ele sorriu, o que me deixou ainda mais irritada. Estava no seu estilo casual e lindo, e eu queria que ele estivesse como eu estava por dentro – uma bagunça. Eu odiava que ele parecesse tão pouco impactado pela nossa despedida.

– Não podemos simplesmente nos despedir e acabar logo com isso? – falei, com o máximo sarcasmo.

Ao menos ele parou de sorrir.

– Natalia...

– É sério. Nós dois somos adultos. Foi legal. Agora acabou. Não estou a fim de te chupar pela última vez, se é isso que você está esperando.

Hunter baixou a cabeça e ficou olhando para o chão por um minuto. Quando voltou a olhar para mim e encontrou o meu olhar gélido, vi a dor nos olhos dele.

– Eu... Eu nunca quis magoar você, Natalia.

A minha boca começou a se mexer antes que o meu cérebro pudesse acompanhar.

– Pois magoou. E sabe por quê? Porque nunca foi só sexo. Você pode dizer o que quiser, mas você soube desde o primeiro dia também. Você não janta com a família de uma mulher, ajuda a filha dela com os arremessos de basquete e cuida dela quando ela está doente só para fazer sexo. E, a essa altura, acho ofensivo que você tente fingir que era só isso.

Hunter passou os dedos pelo cabelo e respirou fundo.

– Você está certa. Sempre fomos mais do que isso. Mas isso não muda o fato de que preciso terminar.

Senti uma facada no meu coração. Engoli em seco.

– Talvez não tenha sido só isso. Mas sabe o que muda? – eu disse.

– O quê?

– O fato de que agora você me deve uma explicação.

Hunter olhou diretamente nos meus olhos.

– Eu sinto muito, Nat. Sinto mesmo.

Não consegui controlar as lágrimas. Mas ainda tinha um pouco de dignidade.

– Vá embora, por favor.

Eu o senti me olhando, mas não o encarei de volta. Por fim, ele ficou em pé. Fez um carinho no meu cabelo e beijou a minha testa. E saiu sem dizer palavra.

Chorei o choro mais horrível depois que ele fechou a porta. A coisa louca é que, mesmo com tudo o que eu havia passado com o Garrett, eu nunca tinha chorado por ele. Meu casamento implodiu em um instante. Depois do choque inicial de ver o meu marido

SEXO SEM AMOR?

ser preso e descobrir que ele não era o homem que eu imaginava, fui direto para a raiva – quase como se tivesse pulado toda a fase de perda e tristeza.

E, mesmo em meio ao caos em que o Garrett tinha me colocado, não perdi a esperança. Eu me senti decepcionada, maltratada, boba, *enganada de milhões de formas*, mas nunca duvidei de que eu merecia algo melhor, e que esse algo melhor um dia viria.

Naquele dia, porém, descobri por que me havia me sentido assim: porque tinha mesmo alguém melhor para mim, alguém que *era* perfeito para mim. O único problema é que esse alguém tinha acabado de sair pela porta, levando o meu último grão de esperança consigo.

Capítulo 32

Natalia

Uma semana depois, a minha saúde já tinha voltado ao normal, mas o meu coração não tinha nem começado a se recuperar. Uma parte de mim lamentava a maneira como Hunter e eu tínhamos nos despedido, ou melhor, como eu tinha me despedido dele. Eu tinha agido de forma imatura, culpando-o por algo que não era sua culpa. Ele tinha sido claro desde o início. Fui eu quem se apegou à esperança de que ele mudaria de ideia. Tinha sido boba.

Mas o problema é que eu *sabia* que Hunter também gostava de mim. Eu só não sabia por que ele não queria fazer nada por nós. E, por causa disso, eu não conseguia superar. Era como se eu tivesse de seguir em frente deixando algo importante para trás.

No dia anterior, um dos pais com quem eu sempre falava nos jogos da Izzy havia me perguntado se o cara com quem eu costumava ir aos jogos era o meu namorado. Doeu tanto dizer que não, admitir em voz alta que o Hunter tinha partido da minha vida para sempre, que eu não tinha percebido por que ele estava me perguntando. Quando veio a próxima pergunta, sobre os meus planos para sexta-feira à noite, mal me dei conta de que ele estava me convidando para jantar.

O coitado do cara teve de explicar o que ele queria dizer, e ainda foi rejeitado. Mas não tinha jeito, nem sonhando, de eu estar pronta para sair com outro homem.

Então cá estava eu, sozinha em uma sexta à noite, tomando sorvete direto do pote, enquanto a minha enteada de dezesseis anos tinha ido jogar boliche com um menino. Ao menos uma de nós tinha vida amorosa.

– Volte às dez – eu disse para ela. – E o Manu tem de trazer você até a porta do apartamento e esperar você entrar. Senão você vai ter dois pais na cadeia, não só um, porque vou matá-lo.

– Você não assusta nem um pouquinho. Agora, se o Hunter dissesse isso, o Manu poderia até ficar... – Izzy riu – ... cagando de medo.

Eu ri, mas a mandei tomar cuidado com a linguagem. Ela me deu um abraço – algo que ela havia começado a fazer nos últimos dias. Talvez ela estivesse se sentindo mal porque eu tinha levado um fora. De qualquer maneira, eu aceitava tudo o que ela pudesse me dar.

Quando comecei a ficar enjoada de tanto sorvete, o meu celular tocou. Apareceu na tela uma foto minha com a Anna, abraçadas no dia do casamento dela. Coloquei o pote na mesinha de centro e levantei.

– Graças a Deus que você ligou. Eu estava quase terminando um pote inteiro de sorvete.

– Humm... De banana com chocolate?

– Não. – Esfreguei a minha barriga estufada. – Cereja com chocolate.

– Bom, guarde um pouco para quando desligarmos, porque acho que você vai precisar.

O meu coração começou a pular no meu peito. Anna e eu tínhamos nos falado alguns dias antes, depois que comprei a minha passagem para ir ao batizado. Ela mencionou que não tinha visto o Hunter desde que ele voltou à Califórnia, mas que ele ia jantar lá na noite anterior. É claro que ela tinha algo sobre ele para me dizer.

– O quê? Se ele levou uma mulher para jantar com vocês aí, acho que prefiro nem saber, Anna.

– Ele veio sozinho. Não trouxe nenhuma mulher.

Eu me senti infinitamente melhor.

– E ele vai levar alguém ao batizado?

– Não, não é sobre isso que vou falar.

Comecei a entrar em pânico.

– O que está acontecendo?

– O Hunter ficou bêbado ontem. *Bem* bêbado. E começou a falar da morte do irmão, ficou superchateado. Você sabia que o irmão dele se matou? Eu não sabia.

Antes de absorver a gravidade daquelas palavras, ouvi um chorinho no fundo.

– Droga. A Caroline acordou. Desculpe. Achei que ela dormiria por mais tempo. Eu volto a ligar em dois minutos. Vou pegá-la no colo para que possamos conversar.

– Ai, meu Deus. Não me deixe aqui esperando.

– Não vou.

SEXO SEM AMOR?

Troquei o sorvete por uma taça de vinho, bebi tudo e estava enchendo uma segunda taça quando o celular tocou.

– Foram dez minutos, não dois.

– Desculpe, ela estava manhosa.

– Você consegue falar agora?

– Sim. Ela está mamando, então vou ter que falar baixo. Mas ou é isso, ou ligo só quando ela terminar.

– Fale logo!

– Nem sei por onde começar.

– Pelo começo. Me conte tudo.

– Bom... Foi uma noite estranha do início ao fim. Em geral, ele bebe uma ou duas cervejas. Mas, quando o Derek ofereceu para ele uma cervejinha, ele pediu um uísque com Coca-Cola. Pra ser honesta, acho que ele vem bebendo demais ultimamente. O cabelo dele estava desalinhado... Você sabe, o cabelo dele é naturalmente meio bagunçado, mas ontem ele inteiro estava um horror. Ele estava com olheiras, sem se barbear e parecia que tinha dormido de roupa. Parecia que ele e o Derek estavam conversando sem palavras quando ele pediu o drinque. Derek só fez que sim com a cabeça, como se eles já tivessem vivido isso antes.

Eu quis que ele sofresse quando nos separássemos, mas ouvir aquilo não me deixava nem um pouco feliz como achei que ficaria. Parecia que eu tinha levado um soco no estômago.

– Eu não sabia que o irmão dele tinha se matado – comentei. – Hunter mencionou que ele ficou doente. Mas não entendo por que isso veio à tona. Já faz anos que ele morreu, certo? Será que era o aniversário da morte dele?

– Nada faz muito sentido. Deixe-me continuar e aí talvez você entenda melhor.

– Tá...

– Então, ele bebeu o primeiro drinque em três minutos, no máximo. Vi o Derek preparar. Era, basicamente, um copo inteiro de uísque com um pouco de refrigerante. Hunter fez até careta ao engolir. Depois do segundo, ele resmungou que tinha sido promovido no trabalho.

– Resmungou que foi promovido?

– Sim. Quando o parabenizei e disse que era uma grande vitória, ele respondeu que, na vida, o mais importante não é vencer – é aquela pessoa para quem você liga para contar que venceu.

Irônico. Dois dias antes, quando a Izzy ganhou o prêmio de melhor jogadora, o meu primeiro impulso foi mandar uma mensagem para o Hunter a fim de contar a novidade. Foi rápido, pois demorou apenas dois segundos para eu me lembrar de que não tinha mais razão para mandar mensagens para o Hunter, mas aquilo me pegou de um jeito que passei o resto da noite mexida. Fiquei triste depois, ao invés de feliz pela conquista da Izzy. Não tinha me permitido analisar como aquilo estava me afetando, mas o próprio Hunter definiu bem – na vida, o mais importante é a pessoa para quem você liga para contar as boas notícias.

Suspirei.

– Ele ficou triste porque não podia ligar para o irmão?

– Não. Ele estava se referindo a você, Nat.

– Estou confusa. Você disse que ele estava triste por causa do irmão.

SEXO SEM AMOR?

– Sim. É confuso mesmo. Em um minuto ele dizia que estava com saudades suas, depois começava a falar sobre o irmão. Era como se você e o irmão dele tivessem uma ligação.

Parei algumas palavras antes.

– Ele disse que estava com saudades minhas?

– Ele disse que estava pouco se lixando para a promoção, se não podia compartilhá-la com você.

O meu coração bateu contra a caixa torácica.

– Não entendo. *Nunca* entendi. Se ele quer compartilhar coisas comigo, por que me deixou?

– Perguntei para ele exatamente isso.

– E o que ele disse?

– Que era pelo seu próprio bem.

– O que ele quer dizer com isso?

– Não consegui arrancar mais nada dele. Ele só ficou bebendo e dizendo coisas desconexas pelo resto da noite.

– Como o quê?

– A maioria delas não fazia sentido nenhum. Por exemplo, ele balbuciou algo sobre querer colocar sementes nas casinhas de passarinho do quintal, depois começou a se lembrar de coisas aleatórias do irmão. Parece que o aniversário do Jayce é por esses dias. Eu não tinha ideia de que ele tinha se matado. Nunca insisti para o Derek falar a respeito porque sei que ele era próximo tanto do Hunter quanto do irmão. E sabia que o Jayce tinha morrido jovem e, quando perguntei como, o Derek tinha me dito que era por causa de uma doença genética e que ele ficou doente por muito tempo. Ontem, depois que o Hunter capotou no sofá, perguntei ao Derek por que ele tinha mentido para mim.

328

– E o que ele respondeu?

– Respondeu que não tinha mentido. Que o Jayce estava mesmo doente e que ele preferia se lembrar disso como o motivo da sua morte, mesmo que tecnicamente não tenha sido assim.

Jesus.

– Então ele estava doente e se matou?

– Sim. E o Hunter nunca superou. Eles eram muito próximos.

Anna ficou quieta por um tempo, nós duas tentando digerir a enormidade daquelas palavras.

– Ele se enforcou, Nat. No banheiro.

O meu peito começou a tremer com os meus soluços. Perder uma pessoa amada para uma doença é duro, mas somar isso à tragédia de um suicídio... As pessoas que ficam se sentem muito culpadas.

– Você está bem? – Anna perguntou. Eu sabia pelo tremor da voz dela que ela também estava chorando.

– Não.

– Sim, eu sei. É horrível. Nem fiquei brava com o Derek por não ter me contado. Porque, quando ele me revelou a verdade, fiquei mal e preferi não ter sabido. Agora não consigo parar de imaginar.

Anna e eu conversamos por mais duas horas depois disso. Eu a fiz contar todos os detalhes que ela conseguia lembrar da noite anterior – três vezes. Eu estava com uma dor de cabeça horrível quando desliguei, mas a dor no crânio não era nada comparada à dor no meu peito.

Queria voar para a Califórnia e abraçar o Hunter enquanto ele chorava pelo irmão. Nem importava que não éramos mais um *casal* – eu só queria ajudá-lo.

Naquela noite me revirei na cama por horas. A minha cabeça estava rodando em meio a tantos pensamentos. A perda que Hunter sofreu tinha a ver com ele não querer se relacionar comigo? Ele ficou com medo de formar vínculos depois do trauma que sofreu? Ele tinha perdido a mãe *e* o irmão ainda tão jovem. Talvez as perdas tivessem deixado cicatrizes que o faziam ter medo de entregar de novo o seu coração.

Embora a Anna tivesse dado uma luz sobre como funcionava a cabeça do Hunter, eu me sentia mais perdida do que nunca com relação a ele. Era quase meia-noite quando peguei o meu celular do criado-mudo. Os meus dedos encontraram o nome do Hunter nos contatos. *Eram só nove horas na Costa Oeste – não era tarde para ligar para ele.* Mas, se eu ligasse, ele com certeza saberia que eu estava ligando por causa do jantar na casa da Anna. Mas, se eu não ligasse, nunca mais ia conseguir dormir.

Decidida a mandar uma mensagem em vez de ligar, eu me dei conta de que estava abrindo um canal de comunicação – ele poderia falar comigo ou bater a porta na minha cara de novo. Depois de mais dez minutos me perguntando sobre como escrever, resolvi ser simples e direta.

Natalia: Pensando em você. Quer conversar?

O meu pulso acelerou quando apertei "enviar" e esperei uma reposta. Apareceu imediatamente que a mensagem foi entregue. Depois de dez segundos, mudou de entregue para lida. Segurei a respiração quando os pontinhos de digitação começaram a pular na tela. A ansiedade corria nas minhas veias enquanto eu esperava pela resposta. Depois de alguns segundos, os pontinhos pararam, e suspirei fundo. Fiquei paralisada, olhando a tela do celular e supondo que os pontinhos tivessem sumido porque ele tinha acabado de digitar e a mensagem estava voando pelo ar antes de chegar ao meu telefone. Esperei.

Cinco minutos.

Dez minutos.

Meia hora.

Uma hora.

Mas as palavras nunca chegaram.

Teria sido melhor aceitar que ele não respondeu caso a mensagem não tivesse sido lida, e caso eu não tivesse visto os pontinhos indicando que ele estava digitando uma resposta. Aí eu poderia pelo menos ter ficado em dúvida sobre a chegada da mensagem – me apegado a um fiapo de esperança de que não tinha chegado e por isso ele não respondeu. Mas não havia dúvida. Hunter tinha lido a mensagem e decidido não responder.

Capítulo 33

Hunter
7 ANOS ANTES

– *Vamos, Jayce. Atenda a porra do telefone.*

A minha perna balançava de maneira nervosa enquanto eu contava os toques. Depois do quarto toque, foi para a caixa postal. Desliguei na hora e liguei mais uma vez.

Só chamou de novo.

Algo estava errado. Peguei o meu laptop e os projetos nos quais estava trabalhando e parei no escritório do meu chefe antes de sair.

– Preciso pesquisar uma coisa no departamento de construção – menti. – Volto mais tarde.

No meu carro, liguei o rádio na tentativa de relaxar no caminho de trinta minutos até a casa do Jayce. Mas o efeito foi exatamente o oposto. A cada música que tocava, a cada quilômetro que eu me aproximava da casa do meu irmão, a sensação ruim aumentava.

Jayce andava depressivo. Eu não podia culpá-lo. Ele agora lutava para fazer as tarefas simples do dia a dia – falar e se sentar se tornaram ações difíceis. De alguma forma, ele conseguia se deitar

SEXO SEM AMOR?

e se levantar da cama todos os dias, e até caminhar um pouco, mas, no fim do dia, estava sempre exausto e dependente da cadeira de rodas que ele tanto desprezava. O tremor involuntário nos braços e nos ombros tinha se intensificado tanto que o acordava no meio da noite, então ele raramente dormia por mais de uma ou duas horas seguidas. Exceto pela ida a consultas médicas, ele não saía de casa havia meses. A maior parte dos dias ele passava assistindo à TV e esperando enfermeiros diferentes virem ajudá-lo a se barbear e a ir até o quintal para mudar de cenário.

Tentamos fazê-lo se mudar novamente para a casa do tio Joe e da tia Elizabeth, ou vir morar comigo. Mas ele recusou, preferindo ficar na casa alugada e deprimente dele, sozinho, em vez de cercado pela família que queria ajudá-lo. Eu o visitava algumas noites por semana depois do trabalho, assim como o nosso tio, mas nem isso era capaz de animá-lo mais. Eu costumava pensar que a pior coisa do mundo era a morte. Mas passei a ter certeza de que ficar esperando a morte era muito pior.

Depois de vinte minutos, liguei de novo do celular, enquanto estava dirigindo. *Sem a porra de uma resposta.* Eu estava em uma reunião quando ele ligou naquela manhã, então o celular estava no modo silencioso. Uma náusea revirou o meu estômago quando apertei o botão para ouvir a mensagem novamente.

"*Mano* (silêncio por dez segundos)

Nunca fiquei bravo com a história da Summer. (Alguns suspiros profundos até ele conseguir falar de novo.)

Só queria que você soubesse disso. (Outra longa pausa.)

Te amo, cara."

A doença de Huntington tinha afetado a cabeça dele – sua maneira de pensar, as coisas em que ele acreditava. Altos e baixos maníacos haviam se desenvolvido na personalidade do Jayce. Eu tinha lido o suficiente para saber que tudo por que ele estava passando era normal, mas algo no recado que ele deixou me dizia que a mensagem era mais do que só um desabafo aleatório em um momento de baixo astral. Havia anos que eu não falava com a Summer. Embora eu tivesse contado sobre nossa relação para o Jayce, eu havia terminado com ela não muito depois de o Jayce sair do hospital. Por que ele estava pensando sobre isso agora? Parecia que ele não queria que eu carregasse aquele peso comigo depois que ele se fosse. Rezei para estar errado.

A cada quilômetro, o meu pressentimento foi ficando pior, e o meu pé pressionava o pedal com mais força. Quando saí da rodovia, vi que estava correndo a 150 km/h. Eu tinha feito em vinte minutos uma distância que levaria pelo menos meia hora para percorrer.

O meu irmão não atendeu – não que eu tenha dado muita chance antes de usar a chave que ele tinha me dado no ano anterior.

– Jayce!

Sem resposta.

– Jayce!

Sem resposta.

Entrelacei os dedos e aloonguei as minhas mãos, então bati algumas vezes. *Geladas.* As minhas mãos estavam geladas.

Não estava na cozinha.

Não estava na sala ou na pequena sala de jantar.

A porta do quarto estava aberta.

Nada.

Não havia outros espaços em que ele poderia estar naquela casa pequena.

Não estava no quintal.

Andei pelo corredor que levava da cozinha à porta dos fundos e vi que a porta do banheiro estava fechada. De frente para a porta, senti a minha nuca arrepiar.

Merda. Eu tô ficando louco.

Respirei fundo e bati.

– Jayce. Você está aí?

Sem resposta.

Bati mais uma vez, e a porta se abriu quando bati.

Paralisei.

A minha respiração acelerou.

O mundo pareceu girar ao contrário, e o meu coração pareceu se rachar ao meio.

Não.

Não.

– *Nãããããooooo!* – gritei.

Corri para o corpo sem vida do meu irmão, pendurado por uma corda presa ao teto. Ele tinha retirado a lâmpada e amarrado a corda em uma viga no forro.

Em pânico, ergui o corpo para que não ficasse pendurado pela corda.

Os olhos estavam abertos e saltados.

Os lábios e o rosto estavam azulados.

Havia sangue seco nos cantos da boca.

Mas me recusei a acreditar que já fosse tarde demais.

– Não! Não! Você não pode...

Eu o abracei por muito tempo, sem querer que a corda apertasse o seu pescoço.

Não consegui ir buscar algo para cortar a corda e soltá-lo.

Não consegui ligar para pedir ajuda.

Não consegui ver se o coração dele estava batendo.

Não consegui.

Simplesmente não consegui...

Capítulo 34

Hunter

ATUALIDADE – DUAS SEMANAS DEPOIS

Essa porra estava sendo muito mais difícil do que pensei

Sentado em uma cadeira de madeira no jardim da casa do Derek, olhei a Natalia conversando com um grupo de mulheres e me perguntei se alguém mais via o mesmo que eu. Talvez eles estivessem cegos graças à beleza dela – o sorriso que iluminava um cômodo inteiro, as pernas longas e torneadas na medida certa, um pouco musculosas, mas ainda assim femininas, e um vestido justo marcando suas curvas, que cobria tudo de um jeito ainda mais sexy do que se deixasse a pele à mostra. Mas, quando ela me cumprimentou mais cedo, os nossos olhares se encontraram por um segundo, e vi antes de ela escapar rapidamente. Ela estava sofrendo por baixo daquelas camadas todas de beleza. E eu odiava saber que era eu quem tinha feito isso com ela.

Bebi a minha segunda água com gás, querendo que fosse outra coisa. Mas, depois de semanas bebendo sem parar – uma merda que eu não fazia desde a morte do Jayce –, Derek me fez prometer que ficaria sóbrio para o batizado. Era o mínimo que eu podia fazer.

O meu amigo se sentou na cadeira ao meu lado, com a bebê nos braços usando um vestido branco e longo.

– A minha mulher vai se divorciar de mim se ela descobrir, sabe.

– Do que está falando?

Ele me olhou de um jeito que dizia "não seja babaca".

– E ela *vai* descobrir. Ela podia ter continuado achando que você era um galinha que não queria se amarrar em ninguém. Mas não. Você fodeu com tudo. Desde que ficou bêbado e falou do Jayce, ela acha que você é um cara traumatizado. E você conhece a Anna. Não há nada de que ela goste mais do que um projeto para curar alguém. Ela não vai parar de cavar até descobrir tudo sobre a sua vida. Eu não vou dar detalhes, mas também não vou mentir para ela. No fim, ela vai perguntar especificidades sobre a doença e vai juntar dois e dois.

– Não use essa linguagem na frente da minha afilhada, por favor.

Derek balançou a cabeça. Ele ficou calado por um momento enquanto olhava para a mulher dele e a melhor amiga dela. A voz dele ficou séria.

– A Nat merece saber.

– Não. O que ela merece é muito mais do que posso dar a ela.

– E você? Você não merece um pouco de felicidade?

Bebi a água, querendo um drinque para me acalmar da pior forma.

– Deixe os projetos de cura para a sua mulher.

Não conseguiríamos nos evitar na igreja. Os padrinhos se sentavam juntos. Natalia estava com a Caroline no colo. Ela ficava linda com um bebê nos braços – tinha jeito para a coisa. E não tinha nada a ver com o quanto ela era linda. Tentei não olhar para ela, lutando contra a minha vontade, porque, por um breve segundo, esqueci que ela não era mais minha. Quando lembrei, ficou difícil respirar.

Um dos cobertorezinhos da Caroline caiu no chão, e me abaixei para pegar, abanando para limpá-lo, embora o chão de mármore estivesse limpíssimo. A igreja estava quente, até, então coloquei o cobertor no banco, entre nós, em vez de cobrir a bebê.

Finalmente tive coragem de olhar para a Natalia e, quando os nossos olhos se encontraram, ela me esperou dizer algo, ou fazer algo. Como não fiz nada, ela quebrou o gelo:

– O vestido é lindo, não é?

Os meus olhos a mediram.

– Sim. Você fica muito bem de vermelho. Está linda.

Natalia sorriu.

– Quis dizer o vestido da Caroline.

– Ah, sim, o vestido dela é lindo também.

Como sou idiota.

Foi constrangedor, o que era péssimo, porque a nossa conversa sempre tinha fluído bem, desde o dia em que nos conhecemos.

Tentei melhorar.

– Como você está?

O olhar dela me informou que eu tinha feito o contrário.

– Solitária. E você?

Ela foi sincera, e eu não podia enganá-la e fazê-la se sentir mal. Forçando um sorriso patético, respondi:

SEXO SEM AMOR?

– Também.

Aí, como o idiota que sou, baixei os olhos até a boca carnuda dela. O fato de estar em uma igreja não me impediu de pensar no quanto eu queria morder aqueles lábios. Quando voltei aos seus olhos, vi que ela sabia exatamente o que tinha me passado pela cabeça. Felizmente para mim, o órgão começou a soar e a cerimônia teve início, ou eu teria feito algo estúpido, como me aproximar mais dela... no meio da igreja.

O meu amigo tinha ganhado a batalha no planejamento da festa, então houve só uma pequena recepção depois do batizado. Só a família, alguns poucos amigos e um bufê servido no quintal da casa deles – e o *Adam*. Acho que o Adam estava na categoria "amigos", já que ele e o Derek trabalhavam juntos e eram próximos o suficiente para ele ter sido um dos seus padrinhos de casamento. Mas, para mim, naquele dia, Adam era o inimigo número um. Eu me perguntei se o bobalhão imaginava que um dia ele esteve próximo de dormir com a mulher linda com quem ele estava falando naquele momento. Pior que isso, eu não conseguia parar de pensar que a Natalia talvez tivesse o mesmo plano para aquela noite. Ela riu e jogou a cabeça para trás com alguma coisa que o pescoção disse, e quase perdi a cabeça. Como beber não era uma opção, decidi dar uma volta.

Encontrei a Izzy em frente à casa, jogando uma bola perto da tabela de basquete do vizinho. Fui até ela.

– Como estão os seus lances livres?

Ela bateu a bola duas vezes, mirou e arremessou na cesta.

– Melhores do que nunca.

Tirei o paletó e joguei na grama.

– Que tal uma partida de um contra um?

A engraçadinha olhou para os lados.

– Claro. Tem alguém aqui que possa competir comigo?

Roubei a bola dela, mostrando que teria competição, sim.

– Como estão as coisas?

– Bem. Fui eleita a melhor jogadora do time.

– Parabéns. Que maravilha!

Ela deu de ombros como se não fosse grande coisa e tentou disfarçar o sorriso de orgulho. Bati a bola, dei alguns passos e fiz uma cesta de três pontos.

Uuuuuh.

– Sorte – ela disse.

– Ah, sei. Sua vez.

Ela pegou a bola e eu entrei na frente dela.

– Passa por mim, melhor jogadora.

Eu preferiria dizer que a deixei passar para que ela ganhasse autoconfiança. Mas não precisei *deixar* nada. Ela passou quase por cima de mim, e descobri rapidinho que a minha cesta de três pontos tinha sido sorte, sim. Jogamos por um tempo, a competição se intensificando a cada cesta que fazíamos. Quando terminamos, a minha camisa estava para fora da calça, as mangas arregaçadas, e eu estava suando como um idoso fora de forma. A Izzy mal tinha se desarrumado.

– Precisando de uma pausa?

Apoiei as mãos nos joelhos, tentando recuperar o fôlego.

SEXO SEM AMOR?

– De onde você tirou isso?

Ela riu e nós nos sentamos na calçada para descansar um pouco.

– Como estão as coisas na escola? O Manuel está sendo legal com você ou preciso ir lá quebrar a cara dele?

– É só Manu, não Manuel. E está tudo bem, acho.

– Acha?

– Posso te perguntar uma coisa? Você pegaria mesmo um avião para Nova York só para quebrar a cara de um menino que tivesse sido mau comigo?

Ela pode ter achado que eu estava brincando, mas eu não estava.

– Com certeza.

– Então eu devia fazer isso também. Ah, espere... Você acabou de apanhar de mim no basquete. – Ela riu sarcasticamente.

Eu mereci aquilo. Brincando com pedaços de grama entre os dedos, perguntei:

– Como ela está?

– Não muito bem... – Izzy me encarou. – Graças a você.

– Sinto muito, Izzy.

– Não consigo entender. Achei que você gostasse dela.

– Eu gostava. Gosto.

– Então, qual é o problema? É porque você mora aqui e a gente em Nova York?

– É complicado.

Ela balançou a cabeça.

– Não, na verdade não é. Adultos complicam as coisas mais do que deveriam. Você gosta dela. Ela gosta de você. Resolvam-se.

– Não é simples assim. Há outros fatores envolvidos quando a gente é adulto.

– Você vai para a prisão?

Infelizmente, ela estava perguntando sem sarcasmo.

– Não, não vou.

– Você a traiu?

– Não acho que devíamos falar disso. Mas não, não a traí.

Ela ignorou o que eu disse.

– Você ainda pensa nela?

Fiz que sim com a cabeça. Era impossível *não* pensar nela o dia inteiro, mesmo que eu estivesse tentando ao máximo não pensar.

Izzy ficou em silêncio por um bom tempo, e eu sabia que ela estava refletindo sobre como juntar as peças da nossa conversa. Sem todas as peças, porém, ela nunca seria capaz de montar o quebra-cabeça. Ao menos foi o que pensei, até ela provar que adolescentes conseguem ver além do que os adultos imaginam.

– O meu pai estragou tudo de diversas formas. Ele não é o cara que eu achava que era. Ao longo dos últimos anos, eu sempre ficava pensando em tudo o que ele me dizia. Como antes nunca tinha desconfiado que ele era um mentiroso, passei a ter dúvidas se conseguiria reconhecer a diferença entre a mentira e a verdade. Então passei a duvidar de tudo. Ele me amava mesmo? Ele queria ficar comigo, ficar com a gente, ou nós éramos apenas parte da mentira dele? Eu não tinha me dado conta de que a Nat se sentia do mesmo jeito. Era por isso que ela não conseguia superar, que nós não conseguíamos superar. O meu pai se defendeu dizendo que não contou nada para a Nat porque não queria magoá-la. E, claro, todo mundo acha que sou nova demais para entender as coisas. – Ela baixou os ombros. – Talvez eu seja mesmo nova demais para entender muitas coisas. Mas o que aprendi nos últimos dois anos é que a Nat

SEXO SEM AMOR?

não precisa de proteção. Ela é a mulher mais forte que conheço. Então, se você quer protegê-la, se quer que ela supere e não passe anos se questionando como fez com relação ao meu pai, esclareça a situação. Porque, embora a verdade possa doer, a dor passa mais rápido. São as mentiras e as dúvidas que fazem a gente sofrer por muito tempo.

Fiquei boquiaberto. Não apenas apanhei no jogo de basquete, como tinha acabado de receber uma lição de vida e de amor de uma menina de dezesseis anos.

Capítulo 35

Hunter
UMA SEMANA DEPOIS

Puta merda.

Sempre desconfiei que fosse ela.

Eu costumava visitar o túmulo do Jayce algumas vezes por ano. Mas, no aniversário dele, toda vez que eu chegava já havia flores lá. Era uma combinação muito estranha: uma violeta, um lírio, um cravo e talvez duas rosas, além de duas aves-do-paraíso. Não era um arranjo que um florista faria. E as flores não formavam um buquê também, eram apenas amarradas de forma desorganizada com um pedaço de juta. Elas me faziam pensar que alguém entrava em uma floricultura e pegava aleatoriamente algumas flores do seu gosto – ou do gosto da pessoa que seria presentada – sem tentar combinar uma com a outra.

E era por isso que eu suspeitava que fosse ela. Era a cara da Summer – ousado e lindo, fruto da visão dela.

Ela estava de costas, mas de longe eu sabia que era ela. Por puro hábito, parei e observei à distância. Eu fazia isso nos primeiros meses após nosso término – sem querer vê-la e, ao mesmo tempo, sem conseguir ficar longe.

Ela estava andando de um lado para o outro em frente ao túmulo do Jayce, e achei que talvez ela estivesse conversando com ele. Parecia mesmo. Sorri quando a vi apontar o dedo na direção da lápide. Depois de assistir àquilo por mais tempo do que deveria, eu me virei para ir embora. Voltaria mais tarde. Mas só tinha dado alguns passos quando a voz conhecida me chamou.

– Hunter?

Merda. Congelei.

O que diabos eu fiz? Continuava andando e fingiria que não a ouvi? Eu já tinha sido babaca demais. Talvez fosse hora de dar a cara a bater. Respirando fundo, virei devagar.

Quanto tempo fazia? Jayce tinha morrido havia mais de sete anos. Todo esse tempo e ela estava exatamente igual e, ao mesmo tempo, totalmente diferente do que era. Ainda era linda, mas agora mais madura – mais reservada.

– Oi – eu disse.

Que jeito besta de começar a conversa depois de tanto tempo.

Ela sorriu e inclinou a cabeça.

– Você estava indo embora porque me viu?

Os nossos olhares se encontraram.

– Verdade?

– Sempre.

Fiz que sim com a cabeça.

– Sim.

– Eu estava acabando. Venho todo ano no aniversário dele

para dar uma bronca nele. Deixe só eu me despedir do Jayce, já vou embora. – Ela virou para o túmulo por um minuto e depois de volta para mim. Eu não tinha me movido um centímetro de onde eu estava. – Tudo pronto. Ele é todo seu para você dar uma bronca também. – Summer deu um passo em direção a um carro estacionado na viela do cemitério e olhou para mim de novo. – Você está com uma aparência boa, Hunter. Espero que esteja feliz.

Ela estava quase entrando no carro quando finalmente tomei coragem – embora não tivesse ideia do que dizer a ela.

– Summer... espere.

Fui até o fim da fileira do túmulo do Jayce, onde ela estava. Mas fiquei mirando o chão, como um garotinho tímido.

– Você está com uma aparência boa – comentei.

– Como sabe, se não está olhando para mim? – ouvi o humor na voz dela. Ela não tinha mudado, mesmo depois de tantos anos.

Olhei para ela, e ela sorriu. Foi um sorriso verdadeiro. Ela não guardou rancor.

– Você está feliz? – perguntei.

A mão dela pousou sobre a barriga, que eu não tinha notado.

– Estou. Estou grávida de quatro meses e sofro com os enjoos matinais o dia todo. Mas estou feliz. – Ela apontou para o carro. – Aquele é o meu marido, o Alan.

Uau. Olhei para o carro estacionado. Eu não havia notado que tinha alguém sentado no banco do motorista. *Que dia ótimo.*

– Parabéns.

Ela olhou para mim.

– Me dê um instante.

SEXO SEM AMOR?

Assenti, mas principalmente porque eu não fazia ideia do que ela estava falando. Então, ela foi até o carro e falou com o marido. Inclinando-se na janela, ela o beijou, e ele ligou o motor.

Quando Summer voltou para onde eu estava, o carro já tinha ido embora.

– Vem, vamos dar uma volta. O Alan vai dar um tempinho para colocarmos a conversa em dia.

Comecei a andar ao lado dela, sem saber aonde estávamos indo ou o que ela poderia dizer.

– Você está casado? – ela perguntou.

– Não.

– Divorciado?

– Não.

– Filhos?

– Não.

Ela me examinou.

– Você ainda não sabe, né?

A pergunta podia se referir a milhões de coisas, mas eu sabia exatamente do que ela estava falando.

– Não. Eu te falei, não quero saber.

– Você não apresentou nenhum sintoma ainda?

Balancei a cabeça.

– Ainda não.

Caminhamos em silêncio até chegar a uma encruzilhada. Fomos pela direita.

– Você se apaixonou de novo desde que terminamos?

Nem precisei pensar.

– O nome dela é Natalia.

– O que ela acha da sua decisão de não fazer o exame?

Enquanto eu pensava em uma maneira de responder, Summer chegou à conclusão correta.

Ela assentiu.

– Você me largou porque não queria que eu o visse ficando doente. Tentei por meses te fazer mudar de ideia. Então estou imaginando que agora você acha que o melhor é nem *contar* sobre a possibilidade da doença para a mulher que ama. Só amá-la e largá-la sem dar nenhuma explicação, para assim ela te odiar. Estou certa? Ela não sabe que você tem chance de desenvolver a doença de Huntington. E que é teimoso demais para fazer o exame.

– Para que contar? Para ela se preocupar comigo?

Summer parou.

– Achei que você a amasse.

– Eu amo.

– Mas então ela não merece a verdade e a chance de tomar a decisão?

– Não. Às vezes mentiras poupam as pessoas de muita dor. Você sabia, e ficou mais difícil para você superar. E se eu contasse para ela e a deixasse fazer parte da decisão, e ela me convencesse a fazer o exame? E se desse positivo, ela não me deixasse e me visse sofrer e morrer aos quarenta anos?

– E se der negativo e você tiver deixado de viver a vida com a Natalia?

Respirei fundo.

– É um risco grande demais. Ela tem um passado. Você não

entende. Todos os homens que passaram na vida dela a decepcionaram. Não posso fazer isso com ela. Não posso ser mais um homem a decepcioná-la.

Ela me olhou nos olhos.

– Acho que você já é mais um, Hunter.

O carro estava esperando de novo quando voltamos do túmulo do Jayce, quase uma hora depois. Summer foi até o marido dizer para ele que estava tudo bem e pediu dois minutinhos com os dedos.

– Preciso ir. Temos uma consulta com o obstetra daqui a pouco. Mas fiquei muito feliz de te encontrar. – Ela me abraçou e deu dois passos na direção do carro antes de virar e dizer: – Verdade ou desafio. Vamos, uma última vez.

Balancei a cabeça.

– Não vou lhe dar a chance de escolher desafio, barriguda.

– Tá bom – ela disse. – Mas só porque estou grávida. Não porque fiquei covarde. Eu escolho verdade.

Ri e pensei em uma pergunta.

– Você quer um menino ou uma menina? E você não pode responder "desde que seja saudável", porque este jogo é sério.

Summer acariciou a barriga.

– Se eu pudesse escolher o sexo, escolheria menina. Mas quero um bebê saudável, acima de tudo.

– É justo.

– Sua vez. Verdade ou desafio?

— Se você escolheu verdade, sei que tenho de escolher desafio.

Eu me toquei de que aquele tinha sido o plano dela o tempo todo.

— Vá atrás da mulher que você ama e deixe-a fazer parte da sua vida. E viva, pra variar um pouco.

— Você está horrível.

— Que jeito bom de atender à porta. — Passei pelo Derek e me joguei no sofá.

Tínhamos combinado de jogar raquetebol naquela noite, mas ele ainda estava de terno.

— Eu não sabia que precisava me vestir bem.

— Não estava falando da sua roupa. É você quem está com uma aparência péssima. Você tem dormido?

Eu não estava dormindo bem, porque tudo na minha vida andava mal. Nos últimos dias, tinha encontrado a Summer no túmulo do meu irmão e tive de ouvir um sermão. Depois, vi na TV a notícia da soltura do canalha do ex-marido da Natalia e, por fim, naquela tarde fui colocar uma calça jeans que tinha voltado da lavanderia e achei uma calcinha fio dental de renda vermelha da Natalia dentro da sacola de roupa limpa.

Esqueci que a havia encontrado debaixo da cama quando inspecionei o quarto, antes de devolver o apartamento. Enfiei a peça na mala e a mandei para lavar junto às minhas roupas quando voltei para casa. A descoberta da calcinha me excitou por um momento, até eu me tocar de que tinha lavado e não conseguiria mais sentir o cheiro dela, nem se tentasse muito.

– Só bastante ocupado no trabalho – menti.

Derek balançou a cabeça.

– Que papo furado. Tanto faz. Você pode tentar enganar todo mundo ao seu redor, mas não pode enganar a si mesmo, babaca. Vou trocar de roupa.

Enquanto ele foi se trocar, Anna entrou pela porta da frente com Caroline. Ela colocou o indicador sobre a boca para que eu fizesse silêncio enquanto andava na ponta dos pés com a bebê no colo. Entrou no quarto da pequena e voltou com a babá eletrônica um minuto depois.

– Desculpe, ela estava um pouco manhosa, então a levei para um passeio e agora a fiz dormir. Não queria acordá-la.

– Como vai a minha amendoinzinha?

O rosto da Anna se iluminou.

– Ela é o máximo, mas sei que sou suspeita para falar.

Ela andou até a cadeira e sentou à minha frente.

– Você quer ter filhos um dia, Hunter?

Aquela era uma pergunta que eu odiava responder. Querer filhos e poder tê-los eram duas ideias muito diferentes. Então, enquanto a resposta era que eu adoraria ter um gurizinho um dia, respondi uma meia-verdade que já vinha automaticamente à minha boca.

– Não vejo filhos no meu futuro.

– Por quê?

Merda. Embora eu conhecesse Anna havia anos, ela sempre tinha sido somente a mulher do meu amigo. Uma peça vermelha no tabuleiro no qual eu era uma peça preta. Eu andava ao redor dela, por cima dela, mas nunca parava na mesma casa. Não tínhamos esse tipo de conversa. Obviamente, ela tinha uma razão para se interessar por mim agora, não somente como amigo do marido dela, e esse interesse me irritava. Olhei por sobre o meu ombro, esperando que o Derek já estivesse vindo interromper. Mas não estava.

– Algumas pessoas nasceram para ser tios legais, não pais.

A maioria das pessoas respeitava o meu jeito vago de falar. Não a Anna.

Ela estreitou os olhos e questionou:

– Você é sempre tão evasivo quando lhe fazem perguntas? Acho que nunca tinha prestado atenção nisso antes.

A minha mão foi imediatamente para a gravata, para soltá-la, só que eu não estava usando gravata. Antes que eu pudesse responder à sua não pergunta, ela disparou de novo:

– Você foi ótimo com a Izzy. Talvez devesse se dar o devido valor.

– A Izzy é uma menina muito legal.

Ela me estudou como um detetive analisa um suspeito. Esperou o surgimento de qualquer sinal no meu rosto para falar.

– A Nat lida muito bem com ela – Anna disse.

Desviei o olhar sob o seu escrutínio, mas ela provavelmente percebeu que estremeci quando ela trouxe à tona o nome da Natalia.

– Ela lida, sim. – Anna esperou até os nossos olhos se cruzarem. Eu sempre usava esse truque com a Nat quando ela tentava me evitar.

– Pena que o pai dela logo estará de volta. Ele será solto na semana que vem. Um mês antes, por causa da lotação do presídio. Com certeza a situação da Izzy terá de passar por adaptações.

Assenti.

SEXO SEM AMOR?

Mas ela não parou de me cutucar.

– E a da Nat. Tenho certeza de que ele tentará usar a Izzy para se meter o máximo que puder na vida da Nat.

Foi impossível ficar calmo. Mesmo que eu ficasse parado, sabia que a minha cara mostrava que eu poderia estrangular alguém.

– A Natalia é mais esperta que isso.

Anna apostou para ganhar.

– Ela é... mas está vulnerável neste momento.

Por sorte, o Derek finalmente terminou de se arrumar. Ansioso para dar o fora, me levantei.

– Já era hora. Vamos nos atrasar. Eles só tinham uma hora de quadra disponível.

Derek olhou o relógio.

– Temos bastante tempo.

Babaca.

Ignorando-o, abaixei e beijei o rosto da Anna.

– Foi bom te ver, Anna.

Ela fez uma cara de "sei" e ficou em pé.

Derek estalou os dedos.

– Esqueci a minha raquete. Já volto. – O meu futuro ex-amigo desapareceu de novo, deixando-nos, Anna e eu, fitando um ao outro. Depois de nos encararmos em silêncio, ela estendeu a mão e apertou o meu braço.

– Ela está apaixonada por você – ela pontuou de forma delicada. – Mas o Garrett tem muita lábia...

– Você está pronto? – Derek chamou, aparecendo no corredor de novo.

– Sim. – Olhei para Anna. – Boa noite.

Capítulo 36

Hunter

Eu não conseguia dormir.

O meu sentimento visceral de inquietude e tensão não ia embora. Nos sete anos desde que Jayce tinha morrido, nunca duvidei da decisão de não fazer o exame. Eu sabia o que ter consciência da doença e esperá-la vir à tona tinha feito com a vida do meu irmão. E, caso eu amolecesse e acabasse me esquecendo da agonia pela qual ele tinha passado, eu poderia sentar na cama, abrir o criado-mudo e reviver aquela lembrança dolorosa. Tirando do envelope a carta que eu sempre carregava comigo, acendi a luminária. Já tinha passado da hora de reler.

Hunter,

Hoje de manhã foram necessárias três tentativas para conseguir levar a colher de cereal à minha boca. A minha mão tremia tanto que, a cada vez que chegava perto da boca, não tinha mais nada na colher. Mas, na terceira tentativa, consegui colocar um pouco de cereal na boca – mas aí quase morri engasgado porque os músculos da minha garganta já não conseguem mais engolir.

SEXO SEM AMOR?

Eu sinto muito. Sinto tanto.

Não tenho mais nada além da minha dignidade. E preciso levá-la comigo e não a deixar para trás na cama que deixo molhada ou na necessidade de ser alimentado por alguém, como um bebezinho. Isso vai magoá-lo, mas sei que você vai entender por que tive de fazer isso.

A minha última oração nesta Terra é para que você seja poupado. Caso você não seja, não tenho muito conselho a dar, exceto dizer as coisas que eu teria feito de forma diferente. Eu gostaria que a Emily nunca tivesse sabido do meu diagnóstico. Eu me culpo pelo aborto porque ela ficou transtornada por tempo demais. Depois, eu a afastei dizendo que não a amava. Mas eu amava, sim. Eu só não conseguiria fazê-la passar pelo que estava por vir, anos de sofrimento. Às vezes, quando você ama uma pessoa, é preciso abrir mão dela para que ela fique bem.

Aproveite a vida, maninho. Não perca tempo se preocupando com o diagnóstico, como eu perdi. O tempo voa, quer você o aproveite, quer não. A escolha é sua.
Me perdoe e siga em frente.

Com amor,

Jayce

Li a carta meia dúzia de vezes. Em geral, quando fazia isso, eu focava na dor – precisei justificar o que o meu irmão tinha feito muitas vezes dentro da minha cabeça a fim de aceitar que era para o melhor. Mas, dessa vez, fiquei obcecado com uma passagem: "Aproveite a vida, maninho. Não perca tempo preocupando-se com o diagnóstico, como eu perdi. O tempo voa, quer você o aproveite, quer não. A escolha é sua."

Sempre pensei que o "preocupando-se com o diagnóstico" fosse o argumento para eu não fazer o exame. De que adiantaria saber, quando não haveria nada que eu pudesse fazer para prevenir a doença? Por que viver com uma sentença de morte, se eu podia simplesmente ignorar isso?

Só que…

Pela primeira vez na vida, refleti se eu estava mesmo vivendo. É claro que eu tinha relações – sexuais – e um emprego que eu amava, e alguns amigos próximos. Sempre foi o suficiente para mim. Mas será que eu estava seguindo em frente e vivendo a minha vida, ou só existindo e esperando a porra do sintoma aparecer? Eu não quis saber até então para que eu pudesse viver cada dia como se fosse o último. Mas, se eu pudesse escolher como gostaria de passar o meu último dia na Terra, escolheria passá-lo com a Natalia. Então será que eu estava mesmo vivendo cada dia como se fosse o último?

Reli o fim da carta novamente: "Aproveite a vida, maninho. Não perca tempo se preocupando com o diagnóstico, como eu perdi. O tempo voa, quer você o aproveite, quer não. A escolha é sua."

Eu tinha decidido não me preocupar com o diagnóstico não

fazendo o exame. Achei que não saber era o que me impedia de fixar raízes por todos esses anos. Mas, de repente, dei-me conta de que as raízes foram fixadas, e que uma planta forte havia crescido e cercado o meu coração. Não era a incerteza a respeito da minha saúde que me impedia de sair voando, era o fato de eu ainda não ter encontrado uma pessoa que me fizesse querer enfrentar a tempestade, fincando ainda mais aquelas raízes.

Essa pessoa era a Natalia. Eu amei a Summer. Ela foi o meu primeiro amor. Mas não tinha sido "a" mulher para mim. Talvez porque fôssemos muito jovens. Talvez eu sempre tivesse pensado nela como o meu primeiro amor, e lá no fundo soubesse que ela não seria o último.

Natalia – era ela.

Eu já tinha me apaixonado muito antes de conseguir admiti-lo.

O que mudaria para mim agora, se o resultado do exame fosse positivo? Voltaria para a vida de sexo consensual e sem compromisso entre adultos? Qual é a diferença entre isso e não querer descobrir sobre a doença?

"Não perca tempo se preocupando com o diagnóstico…"

Ela nem precisaria saber que fiz o exame, caso desse positivo.

Mas e se eu fizesse o exame e descobrisse que era negativo?

"A escolha é sua…"

O risco de descobrir era maior do que o risco de perdê-la?

Era quase uma da manhã, mas, depois de finalmente tomar coragem para responder àquela pergunta, eu precisava conversar com alguém. Pegando o meu celular, passei pelos contatos até achar o que eu queria.

Ele atendeu com voz de sono, depois do quarto toque.

– Hunter? Está tudo bem?

Suspirei fundo.

– Sim, tio Joe. Está tudo bem. Desculpe ligar tão tarde. Mas preciso fazer um exame de sangue. Posso passar no seu consultório amanhã de manhã?

– Você está doente?

– Não. – Fiz uma pausa. – Mas agora preciso saber.

Não foi preciso explicar. O tio Joe levou um momento para processar minhas palavras.

– Me dê alguns minutos para eu me vestir. Encontro você no consultório em meia hora.

– É uma da manhã.

– Eu sei. Mas não foi fácil para você me ligar. Quero saber o que está acontecendo. Vou levar café. Se você ainda quiser fazer o exame depois de conversarmos, conheço um laboratório que abre às seis. Eu mesmo colho o sangue e levo lá. E peço urgência a eles.

Capítulo 37

Hunter

– Liga a TV na NBC.

Sem "oi". Sem "como vai, amigão".

Peguei o controle remoto, liguei a TV e coloquei no canal em que o Derek mandou colocar. Estava passando um comercial de xampu para calvície. Tirei o som e disse:

– Não tem acontecido muita coisa comigo nos últimos tempos, mas ainda tenho o meu cabelo todo.

– Espere.

– Você não vai me fazer assistir a um filme B de terror de novo, só para no final me mostrar o seu nome na consultoria de robótica, né?

– Cala a boca e olha a TV.

Eu tinha acabado de chegar de uma reunião, então tirei os sapatos e puxei a camisa de dentro da calça. Estava começando a desabotoar a camisa, com o meu celular pressionado entre a orelha e o ombro, quando começou o noticiário.

Aumentei o som da TV sem notar que o celular acabou caindo no sofá.

SEXO SEM AMOR?

Que porra era aquela?

A tela estava mostrando um homem passando por entre repórteres a caminho de um prédio de apartamentos. Na legenda, lia-se "CONDENADO POR COMANDAR ESQUEMA DE PIRÂMIDE, GARRETT LOCKWOOD FOI LIBERADO HOJE". Um bando de repórteres estava colocando o microfone na cara dele, perguntando sobre a restituição das vítimas, enquanto ele tentava andar.

Garrett levantou a mão, claramente já experiente com esse tipo de situação, e disse:

– Gente, só quero ir para casa e ficar com a minha família. Responderei às perguntas de vocês amanhã.

Mas não foi isso que me fez pressionar o controle remoto tão forte que quebrei a tampa de onde se colocam as pilhas. Era o prédio que ele chamou de casa.

Era o prédio da Natalia.

A reportagem não durou mais que um minuto. Em seguida, o noticiário continuou com uma matéria sobre assaltos a casas. Fiquei lá, parado na frente da TV. Me esqueci do Derek, até que ouvi meu nome sendo chamado. A voz vinha do meu celular no sofá.

– *Merda.* – Peguei o celular. – Desculpe, cara. Derrubei o celular.

– Você viu?

– Por que diabos ela está deixando o cara ficar na casa dela?

– Não sei. Mas sei um jeito de descobrir.

Derek vinha me enchendo o saco para ligar para a Natalia desde que terminamos. Mas, desde que contei que tinha feito o exame, ele havia se tornado incansável.

– Você sabe que o resultado só sai na sexta.

– Tá, acho que a Nat vai ser obrigada a dormir com o ex dela até sexta, então. Quer dizer, se o resultado for o que você deseja. Você não se importa de dividir ela com ele, né?

– Porra, o que você quer que eu faça?

– Pra começar, supere essas porras de "mas isso, mas aquilo". – Ele fez uma pausa. – São duas da tarde lá. Se você for para o aeroporto agora, consegue chegar por volta da meia-noite.

O meu coração começou a bater forte dentro do peito. Eu não conseguiria fazer aquilo.

Ou conseguiria?

Voar para Nova York a fim de dizer a uma mulher que eu tinha basicamente largado que ela não podia voltar com o ex-marido?

Haja colhão para isso.

Andando de um lado para outro, esqueci que ainda estava ao telefone, embora o aparelho continuasse na minha mão, até que Derek falou de novo.

– Você vai se arrepender disso, cara. Você tá demorando demais pra tomar essa decisão.

Passei a mão pela cabeça. *Merda. Ele estava certo.*

– Preciso ir.

– Vai atrás dela, cara. Já passou da hora.

Eu havia passado seis horas no avião tentando pensar no que falaria quando chegasse aqui. Ainda assim, não fazia ideia do que dizer. Eu tinha feito o exame. Se o resultado fosse negativo, eu pretendia

SEXO SEM AMOR?

fazer de tudo para reconquistar a Natalia. Mas o fato de o Garrett estar fora da cadeia complicava a situação. Mesmo que não fosse para ficar comigo, ela merecia coisa melhor do que aquele canalha.

Consegui entrar no prédio quando alguém saiu, então a Natalia não saberia que eu estava ali até que me visse na porta do apartamento. Não sabia dizer se isso era bom ou ruim. Pressionei o botão do elevador pela segunda vez e fiquei assistindo aos números decrescendo acima da porta, enquanto batia o pé no chão de ansiedade. Suor começou a correr da minha testa, mesmo que a noite estivesse fria.

E se ele atendesse a porta?

Pior, e se eu interrompesse algo entre eles?

O meu coração começou a pulsar ao imaginar as diferentes situações que poderiam estar me esperando.

Quando o elevador finalmente subiu, foi parando em todos os andares, mesmo que só o quarto andar estivesse pressionado. Que teste de paciência.

Em frente à porta, levei um minuto para me acalmar. Eram onze horas, o ex-marido dela estava lá, e eu não tinha nem noção do que eu falaria. *Grande plano*. Duas respirações profundas não me acalmaram em nada, mas, como achei que fosse explodir se não falasse com ela, bati e esperei.

Sabia que estava correndo um risco.

Sabia que não tinha o direito de ser possessivo depois de ter ido embora.

Sabia que aparecer depois de três semanas sem ligar era uma atitude babaca.

Mas eu também sabia que amava essa mulher.

Por isso parecia que o meu coração ia rasgar o meu peito, quando finalmente a porta se abriu. Fiquei cara a cara com Garrett, que estava só de cueca boxer no apartamento dela.

Capítulo 38

Hunter

– Preciso falar com a Natalia. – Fechei os punhos, mas, milagrosamente, consegui mantê-los quietos ao lado do corpo e não dar um soco na cara daquele idiota.

Garrett fez cara feia e me mediu. Saiu e fechou a porta atrás de si, depois cruzou os braços sobre o peito nu.

– Estamos um pouco ocupados agora. – Ele levantou o queixo. – O que quer que você tenha sido da Nat enquanto eu não estava aqui, já não é mais, cara.

Eu tinha duas escolhas: ou empurrá-lo e passar – e só de olhar rápido para o porte físico dele eu sabia que conseguiria com facilidade – e exigir falar com a Natalia, ou virar as costas com o rabo entre as pernas e ir embora, porque era certeza que o cara nunca me deixaria entrar.

Eu não iria embora sem ver a Natalia. Não queria brigar com o cara. Mas eu precisava falar com ela.

Felizmente, Garrett não estava preparado para o quanto eu estava resolvido a falar com ela, então nem precisei me esforçar muito para passar por ele. Acho que o peguei desprevenido, mas a mão dele já estava no meu ombro quando gritei o nome da Natalia dentro do apartamento.

– Saia daqui. Seja lá quem você for, a *minha mulher* não quer mais ver você.

Tirei a mão dele do meu ombro e o encarei.

– *Ex-mulher*. E eu gostaria de ouvir isso da Natalia. Não quero fazer cena. Só quero falar com ela.

O som de uma porta se abrindo no corredor nos interrompeu, e ambos viramos em direção do barulho. Eu estava esperando que fosse a Natalia, mas foi a Izzy quem apareceu no corredor, tirando os fones de ouvido.

Ou ela não tinha ouvido o confronto se intensificando entre mim e o pai dela, ou não ligou. O rosto dela se alegrou ao me ver.

– Hunter! O que você está fazendo aqui?

Percebi pela visão periférica o Garrett estudando a nossa interação.

– Passei para conversar com a Natalia. Desculpe se te acordei, querida.

– Eu não estava dormindo, não.

Aproveitei a oportunidade para fazer o que eu tinha ido fazer.

– A Nat está dormindo? Você se importaria de dizer a ela que estou aqui?

Ela franziu a testa.

– A Nat não está aqui. Meu pai não te disse? Ela está passando esta semana na casa da mãe dela.

Olhei para o Garrett e respondi para a Izzy:

– Não, ele não disse.

Izzy era uma menina esperta. Ela entendeu que havia algo. Revirando os olhos, balançou a cabeça para o pai dela antes de olhar para mim.

– O papai queria passar um tempo comigo, mas a Nat não quis interromper a minha rotina da escola. – Ela fitou o pai. – Meu pai se ofereceu para dormir aqui no sofá. Mas a Nat não queria ficar na mesma casa que ele porque ele ia ficar fazendo joguinhos.

– *Isabella* – o pai avisou.

– O quê? – ela disse. – É verdade.

Sorri. *Adoro essa menina.*

– Obrigado, Izzy. Espero te ver logo.

Ela sorriu também.

– Jura?

Pisquei para ela.

– No que depender de mim, sim.

Eu estava sentado nos degraus desde a madrugada.

Vi o céu azul-escuro mudar de cor para amarelo e laranja ao nascer do sol. Fazia anos que eu não via o sol nascer ou se pôr. *Isso* é que era viver – não comer todas as mulheres da Califórnia enquanto esperava uma tremedeira nas mãos me dizer se eu estava doente. Havia decidido, ao longo das três últimas horas, que, se eu tivesse a sorte de ter a Natalia na minha vida, ia querer acordar uma hora mais cedo todos os dias, só para ter uma hora a mais com ela.

SEXO SEM AMOR?

Eram quase oito horas quando ouvi a porta se abrir atrás de mim. Fiquei em pé no segundo degrau e vi que era a Bella. Ela me olhou e fechou a porta atrás de si.

– A minha filha está sofrendo.

Olhei para baixo.

– Eu sei. Desculpe.

– Tem outra mulher?

– Não, não tem outra mulher.

Ela parou por um momento.

– Você ama a minha filha?

– Amo.

– Você está aqui para acertar as coisas com ela?

– É complicado, Bella, não vou mentir para você. Espero que tudo dê certo.

Ela olhou para mim por um momento.

– Você sabe como as mães italianas fazem almôndega caseira?

Franzi a testa.

– Acho que sim.

– A gente coloca a carne no moedor. – Ela mostrou com as mãos.

– Sim...

Bella puxou a alça da bolsa sobre o ombro e endireitou as costas.

– É isso que eu vou fazer com o seu saco, se você magoar a minha filhinha de novo.

Daí ela beijou as minhas duas bochechas e foi embora, deixando-me ali na escada.

Ela gritou por cima do ombro, já na calçada:

– A porta está aberta. Ela está na cozinha. Sem fazer safadeza no meu sofá, hein? Acabei de trocar a capa.

Ri comigo mesmo e a observei ir embora. Respirei fundo e entrei na casa.

A Natalia gritou da cozinha.

– O que você esqueceu desta vez?

Ela estava de costas, colocando café em uma caneca e com o celular na outra mão, lendo algo.

Esperei até ela colocar o bule sobre a mesa para não a assustar e falei em voz baixa:

– Oi.

Ela deu um pulo e virou na mesma hora. Piscando várias vezes, como se achasse que estava alucinando, ela pressionou o celular contra o peito.

Dei um passo hesitante na direção dela.

– Desculpe, não quis assustar você.

– Hunter? O que diabos você está fazendo aqui?

– A sua mãe me deixou entrar. Vim conversar com você.

A adrenalina inicial deu lugar a uma espécie de sombra sobre o rosto dela. Ela fechou melhor o robe que estava vestindo.

– Que engraçado. Tentei falar com você há algumas semanas e você não quis falar comigo. Você nem se deu ao trabalho de responder à minha mensagem. Não parecia ter muito a dizer no batizado também.

Coloquei as mãos nos bolsos e olhei para o chão.

– Vi o seu ex na TV, entrando no seu prédio.

Fazia vinte e quatro horas que eu estava acordado com nada para fazer a não ser pensar no que diria para ela, mas a forma como ela me olhou indicava que *aquela* não era a coisa certa a dizer. Ela ficou *puta*.

SEXO SEM AMOR?

Colocou as mãos na cintura.

– Daí você achou que o meu ex estava na minha casa... e que eu estava *dando* pra ele?

Seu tom me dizia que era melhor eu não responder "sim" àquela pergunta, mesmo que fosse verdade.

– Eu precisava falar com você.

– Sobre o quê?

Ela estava brava.

E na defensiva.

E como se fosse me dar um tapa na cara.

Ainda assim, eu nunca a tinha visto tão linda. *Deus, estou mesmo muito apaixonado por ela.* Aquele pensamento tornou impossível disfarçar o sorriso no meu rosto. Com razão, a Natalia olhou para mim como se eu estivesse louco.

– Por que diabos está sorrindo?

Dei mais dois passos hesitantes na direção dela.

– Você é incrivelmente linda.

– E você é um cretino.

As palavras dela foram duras, mas a expressão do seu rosto tinha se suavizado um pouco.

– Sou. – Meu sorriso se alargou.

– O que você quer? Preciso atender um paciente.

Ela ainda não tinha se movido, então dei mais um passo, de forma que ela ficou presa entre mim e a pia. Considerei uma vitória o fato de ela não me dar um chute no saco. O meu coração estava acelerado e parecia que, se eu não a tocasse, ele ia explodir dentro do meu peito.

HUNTER

– Senti a sua falta. – Dei mais um passo e diminuí a distância entre nós. Ela ainda assim não fugiu, então fui tentando a sorte. Peguei o rosto dela com as duas mãos. Os meus olhos se fecharam ao sentir a pele macia sob os meus dedos. Respirei fundo, sentindo aquela fragrância intoxicante. Ela com certeza devia ter acabado de tomar banho. Sorri, abrindo os olhos, e me inclinei para beijá-la de leve.
– Ervilha-de-cheiro – murmurei. – Adoro este cheiro.

O celular que estava na mão dela caiu no chão, mas ela não tentou pegá-lo. Entendi como mais um bom sinal e voltei a beijá-la. Só que, desta vez, não foi de leve. Pressionando-a contra a pia, eu a beijei longa e intensamente. Lambi os seus lábios para abri-los, e ela gemeu dentro da minha boca quando as nossas línguas se tocaram. As minhas mãos no rosto dela desceram para a nuca e a puxaram para aprofundar o beijo. Ela gemeu de novo, e o som percorreu todo o meu corpo.

Deus, senti falta disso.

Senti falta dela.

Como um dia pude achar que estava vivendo?

Nós nos beijamos por um bom tempo e, quando nos afastamos, o rosto dela ficou tenso imediatamente.

– Não posso passar por isso de novo, Hunter. Você me fez sofrer.

Encostei a minha testa na dela.

– Eu sei. Desculpe. Sinto muito ter te magoado. Sou louco por você. Não queria que sofresse, era o contrário. Queria *poupar você* do sofrimento.

Depois de um minuto respirando rápido, ela engoliu.

– Não consigo entender, Hunter. Você me fez sofrer porque não queria me fazer sofrer? Não faz sentido. O que está acontecendo?

SEXO SEM AMOR?

Olhei nos olhos dela. Era o momento da verdade. Pelos últimos dez anos, me escondi atrás de uma doença que eu nem sabia se tinha. Eu queria viver, e queria viver *para* e *com* essa mulher.

– Precisamos sentar e conversar.

Ela assentiu.

– Vamos lá na sala. A minha mãe foi cuidar das minhas sobrinhas. Ela só volta daqui a algumas horas. Vamos ter privacidade.

Eu não tinha certeza se estava fazendo a coisa certa. Não sabia se isso não acabaria em um desastre ainda maior, mas precisava ter fé. Sentando no sofá, cruzei os dedos, olhei para baixo e, silenciosamente, fiz uma oração. Coisa que eu não fazia desde o enterro do meu irmão.

Daí comecei do começo...

– Quando a minha mãe tinha dez anos, a mãe dela foi fazer uma cirurgia no joelho e morreu na mesa de operação. Ela não sabia que tinha um problema no coração que causaria complicações na anestesia. Por causa disso, a minha mãe criou um medo irracional de médicos. Depois, quando o meu irmão era pequeno, o nosso pai morreu por causa de uma pancada na cabeça que sofreu em um acidente de carro. Como ele sobreviveu à batida e morreu depois no hospital, a minha mãe culpou os médicos pela morte dele também. Isso aumentou ainda mais a fobia dela e, basicamente, ela nunca mais foi a um médico. Quando eu tinha nove anos, ela começou a apresentar os sintomas de Parkinson. Não sei por quanto tempo ela vinha escondendo os sinais, mas, àquela altura, ela já não conseguia mais disfarçar. Suas mãos tremiam, e ela começou a ter dificuldade para andar. Como ela se recusava a ir ao médico, o meu tio cuidava dela da melhor forma que podia e fez o diagnóstico com base em observações. Mas ela não tomava os remédios que ele receitava e não fez exames de sangue. Ela morreu em casa quando eu tinha dezessete anos. – Fiz uma pausa. – Sei que você sabe parte dessa história. Mas preciso contar tudo, desde o começo.

Ela apertou a minha mão e disse:

– Respire.

– O meu irmão começou a demonstrar sintomas do que parecia ser Parkinson também, no fim da adolescência. Ele não nos contou até não dar mais para disfarçar, assim como ela tinha feito.

– Meu Deus. Sinto muito. Não sabia que Parkinson podia se desenvolver em adolescentes.

– Em geral, não se desenvolve mesmo. Mas o Jayce não tinha doença de Parkinson. Nem minha mãe.

– Não entendi.

Respirei fundo e olhei para ela enquanto falei:

– Eles tinham a doença de Huntington. É uma doença genética. O meu irmão teve a versão juvenil da doença, que causa uma deterioração mais rápida do que a versão adulta. Basicamente, é como Parkinson combinado com esclerose. Quando ele tinha vinte e poucos anos, já não estava conseguindo andar nem comer sozinho. Começou a engasgar com a própria saliva. Então, ele se enforcou. Eu que o encontrei.

A mão da Natalia cobriu a boca dela, e lágrimas começaram a rolar pelo seu rosto.

– Nossa, eu sinto muito. A doença de Huntington é horrível.

– Obrigado.

Desviei o rosto, sem querer que ela visse os meus olhos se enchendo de lágrimas. Tentei suprimi-las. Um ardor salgado se instalou na minha garganta. Quando olhei de novo, ela estava com uma expressão de dor e compaixão. Conforme fui tomando coragem para acabar a história, para explicar a razão pela qual tinha fugido dela, os seus olhos tristes foram se dilatando e ficando arregalados.

Ela concluiu o resto sozinha.

– É uma doença genética? – ela perguntou.

Assenti.

– Então quer dizer que é hereditária?

Olhei nos olhos dela.

– Pode ser. A pessoa que carrega o gene tem cinquenta por cento de chance de passar para o filho. – Respirei fundo e juntei um restinho de coragem para proferir as palavras que nunca tinha dito em voz alta, a não ser para o Derek: – Depois da morte do meu irmão, optei por não fazer o exame. Não queria viver esperando pelos sintomas. Mas, depois de deixar você aqui e voltar para a Califórnia, me dei conta de que eu não estava vivendo. Então, finalmente, fiz o exame na semana passada. E o resultado sairá no fim desta semana.

Capítulo 39

Natalia

Vomitei.

Tinha dito ao Hunter que precisava ir ao banheiro porque senti aquela queimação no esôfago que a gente sente logo antes de passar mal. A minha vista ainda estava embaçada com as lágrimas enquanto segurava a cabeça sobre o vaso sanitário, olhando para a água.

A porta do banheiro abriu, mas eu não conseguia levantar a cabeça. Hunter sentou no chão e me abraçou. O calor do peito dele me aqueceu como um cobertor quentinho. Recostei a minha cabeça contra o ombro dele e chorei.

Ele me abraçou firme por um bom tempo, embalando-me e fazendo carinho no meu cabelo, sem dizer nada. Quando nos olhamos, ele falou baixinho:

– Sinto muito. Não queria te contar até ter o resultado do exame.

– Você ao menos estava planejando me contar se desse positivo?

Ele não precisou falar para eu saber a resposta. O olhar dele dizia tudo. Assoei o nariz.

SEXO SEM AMOR?

– Bom, estou feliz que o Garrett finalmente tenha tido uma serventia. Como você sabia que eu estava na casa da minha mãe? Nem contei para a Anna ainda.

– A Izzy me contou quando fui à sua casa.

Recuei.

– Você viu o Garrett?

– Sim.

– Como foi?

– Ele tentou me fazer pensar que você estava lá com ele, que vocês estavam juntos.

Dei um suspiro.

– Ele é tão babaca. Odeio deixar a Izzy lá com ele, mas eu sabia que ela queria passar um tempo com o pai, mesmo que ela não admitisse. Ela ama o pai, e eles precisam se entender para melhorar a relação.

Hunter assentiu. Ficou em silêncio durante o momento que se seguiu.

– No que você está pensando? – perguntei.

Ele balançou a cabeça.

– Não sei se fiz a coisa certa ao contar para você. Foi muito egoísta da minha parte. Não poderemos ficar juntos se o resultado for positivo.

– O que você quer dizer com "não poderemos ficar juntos"?

– Não vou fazer você passar por isso, virar a minha enfermeira. Vim a Nova York porque sou um ciumento idiota. E te contei porque você precisava saber a verdade. Os homens da sua vida desrespeitaram você com mentiras, e eu não queria fazer isso. Mas não faria você passar pelo que passei com o meu irmão.

– Mas não é você quem decide isso.

Hunter fechou os olhos. Quando os abriu, anunciou:

– Não vamos discutir sobre esse assunto agora. O resultado sai daqui a dois dias.

– Tá. – Eu precisava mesmo daqueles dias para digerir tudo e formular respostas para todos os argumentos que ele defenderia para que não ficássemos juntos caso o resultado fosse, infelizmente, positivo.

Ficamos sentados no chão do banheiro por mais uma hora enquanto Hunter respondia às minhas perguntas sobre a doença. Ele claramente tinha se informado bastante sobre genética e estatística, além de ter tido a real experiência com a mãe e o irmão. O único lado bom de tudo aquilo é que o Hunter já tinha passado da idade de ser considerado um quadro juvenil da doença, isto é, quando os sintomas aparecem antes dos vinte anos. A versão adulta da doença em geral se desenvolvia entre os vinte e os cinquenta anos, mas podia chegar até aos oitenta anos, e a progressão ficava muito mais lenta, levando entre dez e trinta anos para causar a morte.

– Venha. – Hunter finalmente ficou em pé. – Vamos sair deste banheiro.

– Eu teria alguns pacientes para atender, então vou ligar para desmarcar as sessões.

– Você não precisa fazer isso. Preciso achar um lugar para ficar e dormir um pouco. Estou acordado desde ontem de manhã.

– Por quanto tempo você vai ficar?

– Não sei ainda. Mais dois ou três dias, pelo menos.

– Fique aqui na casa da minha mãe, comigo.

SEXO SEM AMOR?

– Ela tem um moedor de carne?

Esfreguei o nariz.

– Tem. Por quê?

– Por nada. Ela faz almôndegas muito boas. Mas prefiro ficar em um hotel, se estiver tudo bem para você.

– Tudo bem.

Embora já tivesse tomado banho, tomei uma chuveirada para conseguir esfriar a cabeça enquanto Hunter usava o meu computador para procurar um hotel perto da casa da minha mãe. Quando acabei de me arrumar, eu o encontrei no sofá, dormindo profundamente. Por um momento, observei aquele homem e pensei na decisão difícil que ele tomou ao me contar. Desde a descoberta, ele nunca havia contado a ninguém a não ser ao seu melhor amigo, mais de uma década atrás. Era muito para uma pessoa só. Decidi que queria lhe mostrar o quanto estava agradecida por ele ter sido honesto comigo, então sentei no colo dele, com uma perna de cada lado, e o beijei.

– Hmmm... – ele gemeu, acordando.

Posso ter iniciado o beijo, mas ele logo assumiu o controle, agarrando o meu cabelo com as duas mãos para segurar a minha cabeça enquanto usava aquela língua talentosa dele para conduzir a minha em uma dança frenética. Quando tentei me afastar, ele puxou o meu lábio inferior com os dentes.

– O que está tentando fazer? Eu poderia me acostumar facilmente a ser acordado assim.

Rocei o meu nariz no dele.

– Quando eu era pequena, sempre que as minhas irmãs e eu

382

não confessávamos alguma arte, a minha mãe prometia não nos punir se falássemos a verdade, dizendo "a honestidade merece um prêmio". Então sempre confessávamos o segredo, e ela nos dava pirulitos ou outra guloseima como prêmio.

– Ah, é? E você está dizendo que vai me dar um pirulito por ter compartilhado a minha infelicidade com você?

Recuei para ver o sorriso sinistro dele.

– Quase. Você poderia ser o *meu* pirulito. Vou para as minhas consultas; você vai para o seu hotel, tome um banho quente e vá para a cama pelado. Vou acordar você com um prêmio pela sua honestidade.

Minnie foi a minha última consulta do dia. Não era profissional ter pacientes favoritos, mas eu a atenderia mesmo que não fosse paga para isso.

Ela encarou o botão do elevador com rugas de preocupação por todo o rosto. Só verificou se a porta estava mesmo fechada três vezes antes de eu guiá-la até o elevador. Não verificar uma quarta vez a estava matando. O comportamento obsessivo-compulsivo não tem a ver com não resistir à compulsão. Tem a ver com a inabilidade de parar de pensar sobre a compulsão quando você resiste a ela. Ela não precisava averiguar se a porta estava fechada uma quarta vez, mas ela não conseguia parar de pensar a respeito. Tentei distraí-la enquanto esperava pelo elevador, lento como uma tartaruga.

– Então... o Hunter voltou.

SEXO SEM AMOR?

Pronto, consegui distraí-la. Ao menos por enquanto.

– Ah! Eu sabia que ele ia cair em si.

Sorri.

– Você sabia, eu não.

As portas do elevador se abriram, e tive de colocar a minha mão no ombro dela para ela conseguir entrar. Não era fácil para ela sair daquele andar. Mas hoje eu queria descer com ela até o hall de entrada: sair do elevador e esperar outro elevador para voltar e confirmar, enfim, se a porta estava mesmo fechada. Quebrar padrões toda semana estava funcionando, mesmo que lentamente.

– Você estava certa, aliás. Ele tinha mesmo um segredo do qual estava tentando me proteger. Ele pode ter uma doença. Bom, é complicado, mas ele estava com medo de se envolver comigo e acabar me fazendo passar por anos difíceis, do ponto de vista médico.

Minnie ficou quieta quando saiu do elevador e apertou o botão para chamar o outro. Eu sabia que era difícil para ela se concentrar, até que fosse possível aliviar o motivo do seu estresse. Hoje era o elevador que a levaria de volta ao andar em que tínhamos estado o responsável por aliviar sua ansiedade, pois ela logo poderia tocar a maçaneta de novo.

Uma vez que as portas do elevador se fecharam, Minnie suspirou aliviada e falou:

– Há trinta anos, quando estava tentando lidar sozinha com a minha doença, eu afastava as pessoas porque não queria que elas me impedissem de fazer o que eu fazia. Eu sabia que as pessoas tentariam me ajudar, mas isso significaria parar de verificar se a porta estava fechada, entre outras coisas, e é claro que só de pensar nisso ficava estressada. Eu afastava as pessoas em vez de encarar os meus medos.

Assenti.

– Acho que é isso que o Hunter tem feito todos esses anos. Ele não fez o exame por todo esse tempo porque não queria ter de lidar com o resultado. Era mais fácil afastar as pessoas do que ser pressionado a fazer o exame antes de se sentir pronto.

As portas do elevador se abriram no andar da Minnie. Ela saiu e seguiu correndo para o corredor, o que me fez sorrir. *Passo a passo*. Vi lá do elevador que ela checou a maçaneta mais uma vez antes de voltar até mim. O rosto dela estava aliviado.

Apertei o botão para descermos.

– Você está bem?

Ela fez que sim com a cabeça.

– Próxima parada: mercado. – Hoje íamos fazer tarefas cotidianas juntas. Embora pareçam fáceis, elas dão a oportunidade de trabalhar com várias compulsões. No táxi, ela teria de checar a porta quatro vezes; no mercado ela contaria o troco quatro vezes. Eu tinha um plano para quebrar cada um desses padrões. Mas, por ora, ela estava focada. Nós pegamos o elevador juntas e continuamos batendo papo como se uma compulsão obsessiva não nos tivesse interrompido.

– As únicas pessoas que eu mantive na minha vida por esses trinta anos foram as que me aceitaram do jeito que eu sou e não tentaram mudar a minha forma de viver. Acho que você sabe quantas pessoas sobraram.

Minnie tinha só uma irmã e a mãe. Não tinha amigos nem colegas de trabalho. Ela tinha se afastado do mundo todo para não ser

SEXO SEM AMOR?

questionada sobre as suas obsessões. Mas, como a mãe já tinha uma idade avançada e a irmã era casada e morava na Geórgia, ela se deu conta de que estava sozinha na maior parte do tempo. Foi assim que resolveu buscar a terapia novamente. Ela queria ter pessoas na vida dela e escolhê-las em detrimento da doença.

– Deixe-me perguntar uma coisa. Você teria se afastado de pessoas que nunca tivessem nem mencionado as suas obsessões e deixassem você viver da forma que queria?

Ela deu de ombros.

– Provavelmente não. Mas as pessoas não conseguem. Elas sempre querem me consertar.

Foi como se acendessem uma luz na minha cabeça. Virei para ela e a abracei com força.

– Minnie, esta sessão de hoje é por minha conta. É o mínimo que posso fazer por você ter resolvido o problema da minha vida amorosa.

Capítulo 40

Hunter

Achei que tivesse sido um sonho.

Um sonho pornográfico. Mas, para a minha surpresa, a mão que estava me acariciando não era fruto da minha imaginação fértil. Eu tinha fechado as persianas para dormir de dia, então o quarto do hotel estava escuro. Exatamente como a Natalia sugerira, fiz o check-in, tomei uma ducha quente e deitei pelado. Não sabia se ela ia cumprir a promessa depois de trabalhar o dia inteiro, mas, caso cumprisse, eu já estava preparado.

Consegui distinguir direitinho a silhueta dela. Ela estava nua, de quatro, com a cabeça sobre o meu pau, que ficou inchado depois de ela bombear algumas vezes. A minha pele se arrepiou quando a cabeça dela foi baixando em câmera lenta. Antes de colocar a língua para fora, ela me olhou diretamente, com aqueles olhos grandes, e ficou me encarando conforme lambia da cabeça para a base.

Gemi.

Que foda.

Como um dia passou pela minha cabeça que ficar longe dela seria uma boa ideia?

SEXO SEM AMOR?

Ela girou a língua pela cabeça pra molhar meu pau antes de começar a chupá-lo. Fui tomado pelo impulso de agarrar o seu cabelo e fazê-la mamar a minha pica, estocando na boca dela até a garganta. Mas consegui, sei lá como, me controlar. Pode ser que ela até tivesse deixado, mas era a hora dela de brincar, então eu tinha de deixá-la fazer o que queria.

Mas, se eu não tinha como demonstrar fisicamente o que ela estava provocando, pelo menos eu podia expressar verbalmente.

– Puta merda... Que delícia. Você não sabe como está difícil não te virar de costas e foder essa sua cara linda.

Vislumbrei de relance, no escuro, um sorrisinho maroto. Ela abriu ainda mais aquela boca sexy e enfiou o meu pau inteiro nela.

Meu Deus.

Isso.

Isso é que era viver.

A mulher que eu amava voltando do trabalho e me acordando com a boca dela. Não há nada no mundo melhor do que isso. Como não fui me tocar disso antes? Que idiota.

Ela chupava com entusiasmo, abrindo a garganta e me engolindo inteiro. Quando começou a fazer um vaivém com a cabeça, sugando o pau todo com a boca, achei que fosse me envergonhar gozando em trinta segundos.

– Caralho, Natalia, pega leve aí.

Como se fosse possível, ela aprofundou ainda mais. A cabeça do meu pau bateu na sua garganta, parecia que ela tinha parado de respirar. O meu saco vibrou, e eu sabia que não ia aguentar por muito mais tempo. Eu era louco por aquela mulher de tantas formas!

Mas não estava pronto para acabar. Queria entrar nela. Queria penetrar todo orifício do corpo dela. Queria foder de um jeito tão forte que a fizesse gemer o meu nome daquele jeito sexy.

Usando toda a minha força de vontade, eu me sentei do jeito que podia, tirei a cabeça dela do meu pau e a puxei para cima de mim. Aí virei para ela ficar por baixo.

– Não quer que eu chupe mais?

– Ah, pequena, eu quero. Quero foder a sua boca, a sua bunda gostosa e esses seus peitões grandes e lindos. Quero enfiar o meu pau em todo lugar que você deixar. – Fiz carinho nos lábios dela com o dedão. – Mas eu não ia conseguir me segurar se você continuasse me chupando, então preciso te penetrar.

Estava em cima dela, o meu pau duro e molhado com sua saliva, então, quando ela abriu as pernas sob mim, foi bem fácil de entrar. Fechei os olhos e me deixei tomar por aquela conexão com ela de novo. Nada nunca tinha me dado tanto prazer. O calor molhado daquela boceta apertadinha me sugou e me fez perder a cabeça.

E não era só a conexão física que era boa. Natalia abriu os olhos e, mesmo no escuro, nos encaramos. Eu já tinha feito muito sexo nessa vida, mas posso dizer honestamente que foi a primeira vez em que fiz amor.

Comecei um vaivém lento olhando o rosto dela. Ela era tão linda, tão aberta, tão verdadeira. A emoção me tomou e abri a boca para expressar de uma vez por todas o que estava sentindo. Afastando o cabelo da cara dela, encostei de leve os meus lábios nos dela.

– Natalia, eu te a…

Puta merda!

Merda.

Que merda.

Meeerdaaa.

Tirei na mesma hora e pulei para fora da cama.

Natalia ficou meio assustada, e com razão.

– Que foi? O que houve?

Andei de um lado para o outro, quase arrancando os cabelos.

– Eu estava sem camisinha.

– E daí? Eu tomo pílula. Confio em você.

– Não interessa – retruquei. – Foi muito irresponsável. E se... *Que merda.* Não acredito que fiz isso.

– Hunter, não tem problema.

– Tem, sim. Tem problema, sim. Não devia ter acontecido.

Fui para o banheiro para me recriminar sozinho. Como pude ser tão irresponsável? E se a Natalia engravidasse? E se ela tivesse um filho meu, e nós dois ficássemos doentes, e ela acabasse tendo de criar esse filho sozinha e, no fim das contas perdesse não uma, mas duas pessoas amadas?

Que burro.

Burro e irresponsável.

Tomei uma ducha para relaxar, mas não ajudou. Eu precisava me desculpar com a Natalia pela forma como agi, para que ela soubesse que nunca poderia acontecer de novo. Mas, quando saí do banheiro, ela não estava mais lá.

Apertei o botão de rediscagem pela décima vez, mas ela não atendeu.

Como sou idiota.

Sou tão idiota.

Finalmente consigo reconquistá-la, e o que faço? Fodo com tudo – e durante o sexo, ainda, bem quando estava *dentro* dela. Quem faria isso? Fui ridículo. Não tem outra interpretação. E fui mal-educado e descontei nela em vez de pedir desculpas.

Sentei na beirada da cama com os cotovelos sobre os joelhos, segurando a cabeça. Já fazia mais de uma hora que ela tinha saído quando ouvi a fechadura abrindo.

Fiquei em pé no mesmo instante, com um suspiro de alívio, e fui até ela.

– Me desculpa, pequena.

Natalia levantou a mão para me parar.

– Não. Senta aí. Precisamos conversar.

Fiz o que ela mandou e esperei. Por alguns minutos de silêncio constrangedor, a Nat ficou brincando com o anel que ela usa no dedo indicador.

Quando não aguentava mais, tentei de novo:

– Nat, desculpa. Eu não devia…

– Não quero saber.

– Eu só queria pedir desculpas e explicar por que fiz aquilo.

– Não é isso que quero dizer. Sei que você está arrependido, e entendo por que se aborreceu.

– Sim…

– O que quis dizer é que não quero saber se você pode ou não desenvolver a doença.

SEXO SEM AMOR?

Ela se sentou ao meu lado. Fiquei estupefato.

– Natalia, eu...

– Deixe-me explicar.

Como eu não tinha noção de como responder àquilo – nem tinha certeza de que queria saber, mesmo depois de tomar a decisão de fazer o exame –, fiquei feliz de ela querer ser a primeira a falar.

– Refleti bastante a respeito hoje. Pelos últimos dez anos, você optou por não fazer o exame. Você só tomou a decisão de ir atrás disso por minha causa. E você planeja me deixar se descobrir que pode ter a doença para me poupar... Bom, não quero correr esse risco. Eu ia falar isso para você hoje à noite. Mas aí você ficou histérico porque se esqueceu de colocar a camisinha, e isso me fez perceber que, se nunca descobrirmos, nunca poderemos ter filhos. – Ela fez uma pausa. – Sei que estou pensando longe, porque, nunca se sabe, pode ser que o nosso relacionamento nem vá para a frente por um milhão de razões totalmente normais, então essa discussão nem faz muito sentido. Mas eu queria pelo menos refletir sobre como me sentiria se não pudesse ter filhos, caso nunca soubéssemos sobre a sua genética. E me dei conta de que não me importo. Não tenho um desejo específico de engravidar. Tenho a Izzy, e ela não é menos minha filha porque não engravidei dela... e só vivemos juntas há cinco anos. Se decidirmos que queremos ter filhos... bem lá na frente... então por mim tudo bem se adotarmos.

Ouvi-la falar do quanto ela estaria disposta a sacrificar por mim fez o meu coração doer e se encher de amor ao mesmo tempo.

– Natalia, nem sei o que comentar. O fato de que você estaria disposta a abrir mão de uma coisa tão significativa, a se sacrificar...

392

– Balancei a cabeça. – É muito importante para mim.

Ela me olhou nos olhos.

– Eu quero *você*, Hunter. Com o resto a gente vai aprendendo a lidar. Quero que nunca mais você se sinta mal por estar me penetrando. Se as coisas entre nós continuarem como parece que elas continuarão… um de nós pode fazer uma cirurgia de esterilização para não nos preocuparmos mais com camisinha e gravidez.

Ela não queria apenas dar o maior presente que alguém poderia ganhar. Ela queria me dar muito mais e não pedia nada em troca além de mim. Eu não sabia se merecia, mas era egoísta o bastante para aceitar.

Já fazia um tempo que eu sabia dos meus sentimentos por ela; só não tinha colhões para expressá-los. Mas era hora. Já tinha passado da hora.

Fui até onde ela estava sentada, na beira da cama, e me ajoelhei aos seus pés.

– Eu te amo, Natalia. O que sinto por você é tão foda que parece que o meu peito vai explodir.

– Eu te amo também, Hunter.

Eu a beijei com carinho.

– Então ficamos combinados? – ela disse. – Você concorda que não deveríamos saber o resultado?

– Me dá um tempo para pensar sobre isso, ok?

– Claro. É uma decisão importante. E temos mais dois dias, não temos?

Concordei.

– O resultado só vai ser liberado na sexta de manhã.

SEXO SEM AMOR?

– Ok. Então vamos dormir e conversamos amanhã de novo, de cabeça fria.

Parecia um plano racional. Mas você sabe que *tesão e razão* não caminham muito bem juntos...

Capítulo 41

Natalia

Estava me sentindo confusa quando acordei com o som do telefone tocando. As persianas estavam fechadas, e eu não tinha noção de que horas eram, nem de onde eu estava em um primeiro momento. Mas o peito malhado sobre o qual eu estava deitada me lembrou. Hunter estava desmaiado – nem se mexeu ao som do telefone, então peguei o celular dele de cima do criado-mudo. Parou de tocar assim que peguei, mas a chamada perdida era do *tio Joe*. Vi o horário antes de colocar lá de volta: nove horas. Tínhamos dormido demais.

Com delicadeza, dei uma chacoalhadinha no meu gigante dorminhoco:

– Hunter.

– Hmm? – Ele apertou ainda mais os olhos.

– O seu celular tocou. E já está tarde, são nove horas.

Ele abriu um olho.

– Senta na minha cara.

– É essa a sua resposta quando acordo você para dizer que te ligaram? – Ri e dei um tapinha no ombro dele.

SEXO SEM AMOR?

– E daí? Gosto de comer assim que acordo.

– Foi o seu tio quem ligou.

Os olhos se abriram, e a expressão dele ficou séria de repente.

– O quê?

Ele se ergueu apoiado nos dois cotovelos.

– São seis da manhã na Califórnia. Deve ter algum motivo para me ligar tão cedo.

– Não pensei nisso... Mas então retorne a ligação já.

Hunter sentou na beirada da cama. Não pegou imediatamente o telefone. Primeiro, achei que ele estava dando um tempo para acordar direito, mas depois vi a cara dele.

– O que foi?

– Foi o tio Joe quem fez os exames. Ele disse que me ligaria assim que tivesse o resultado.

– Mas hoje é quinta-feira. Você disse que o resultado só sairia na sexta.

– Ele disse *provavelmente* na sexta. Não sei. Ele pode ter ligado por outro motivo... mas...

O celular dele começou a tocar de novo. Nós nos entreolhamos por alguns toques antes de ele atender.

– Oi, tio Joe. Pode me dar um minutinho?

Hunter tapou o telefone e disse:

– Tem certeza de que é isso que você quer? Você não quer saber. É uma decisão importante, Natalia.

Eu não tinha *total* certeza, mas estava certa de uma coisa.

– Se for positivo, você vai me deixar. A sua vida não será a mesma. Vou deixar você decidir. Mas não quero correr esse risco. Eu não preciso e não quero saber.

Ele me olhou nos olhos por um bom tempo antes de assentir com a cabeça. Depois, levou de novo o celular ao ouvido.

– Oi, tio Joe. Antes de que você diga qualquer coisa, quero avisar que não quero saber o resultado. Então, se for por isso que está ligando, esteja ciente de que não quero saber.

Ouvi a voz masculina do outro lado, mas não consegui distinguir as palavras. Hunter olhou para o outro lado, ouvindo com atenção.

– Aham. Sim.

Os olhos dele encontraram os meus de novo.

– A Natalia e eu decidimos que não queremos saber.

Ele desviou o olhar mais uma vez e continuou ouvindo. Não consegui ficar parada. Comecei a andar pelo quarto, enrolada no lençol.

Hunter continuou assentindo e disse "sim" algumas vezes. Lá pelas tantas, ele esfregou a testa com a mão. Fiquei nervosa ao imaginar que o tio dele tivesse ligado por outro motivo, que algo ruim tivesse acontecido.

Depois de alguns minutos que pareceram horas, Hunter limpou a garganta.

– Ok. Obrigado, tio Joe. Ligo para você amanhã.

Ele desligou e fechou os olhos, com a cabeça baixa.

– O que aconteceu? Está tudo bem com a sua tia?

O meu coração parecia que ia sair pela garganta quando ele me olhou com lágrimas escorrendo pelo rosto.

– Hunter, o que aconteceu?!

Sem aviso prévio, fui pega e jogada na cama.

– O resultado foi negativo!

SEXO SEM AMOR?

Chacoalhei a cabeça, com medo de acreditar no que tinha acabado de ouvir.

– Que resultado?

– Do exame de DNA. Tenho zero por cento de chance de desenvolver a doença de Huntington.

Também comecei a chorar.

– Meu Deus! Jura que é verdade? Mas você disse para ele que não queria saber.

Hunter sorriu.

– Ele me falou um monte. Tive de superar aquele papinho de não querer saber e aceitar. Ele disse que não ia guardar para si um resultado negativo.

– Você não tem mesmo chance de desenvolver a doença? Não está dizendo isso só para eu me sentir melhor depois da briga de ontem?

– Não, não estou tentando fazer você se sentir melhor, pequena. – Ele me beijou. – Vou fazer você se sentir *bem* melhor.

Fiquei animada e cheia de energia.

– Vamos sair para comemorar! Nem acredito!

– Vou comemorar dentro mesmo. Dentro de você.

Hunter afastou os lençóis nos quais eu estava enrolada e beijou o meu pescoço.

– Nunca fiz sexo sem camisinha. Só ontem, por um minutinho.

Sorri.

– Então vai ser como se fosse a sua primeira vez?

– Com você, é sempre como se fosse a primeira vez. Mas, desta vez, quero gozar dentro de você. Quero meter tão forte e gozar tão gostoso que as suas pernas vão tremer e as pessoas do quarto ao lado vão ouvir o meu nome. Quero gozar dentro de você tanto quanto você está dentro de mim... Tão fundo que vai se perder lá dentro e nunca mais vai sair. Quero marcar você como minha.

– *Ai*, Hunter...

Ele colocou os meus braços para cima e segurou os meus pulsos juntos com uma só mão, usando a outra mão para me tocar entre as pernas.

– Abre as pernas pra mim, linda.

Abri, e ele baixou a cabeça para chupar um dos meus mamilos enquanto seus dedos massageavam o meu clitóris. Ele começou a desenhar círculos com o dedão, e eu gemi. Deslizou dois dedos dentro do meu sexo para ver se eu estava pronta e então se posicionou sobre mim.

Ao me penetrar, ele não desviou os olhos dos meus. Eu estava tão molhada, tão loucamente pronta para ele. Cruzei as pernas ao redor da cintura dele conforme ele foi entrando mais fundo. Os braços dele começaram a tremer.

– Caralho, que delícia...

Ele começou me penetrando lentamente, estudando a reação no meu rosto a cada movimento do vaivém. Depois fechou os olhos como se quisesse saborear cada minuto dessa primeira vez dentro de mim sem nenhuma barreira, mas, quando gemi e disse *goza dentro de mim*, a força de vontade dele foi para o beleléu.

O que tinha começado como um doce fazer amor logo se tornou uma foda. *Uma foda genuína e primitiva.* Hunter me penetrava com força, o rosto dele expressando uma necessidade desesperada.

Os nossos corpos ficaram encharcados de suor enquanto nos mexíamos de forma ritmada, eu indo de encontro a cada estocada dele. O som molhado dos nossos corpos se batendo ecoou por todo o quarto e foi a coisa mais erótica que já ouvi.

– Hunter...

– Caralho... Vem, amor. Goza comigo. Vou gozar dentro da sua bocetinha gostosa.

Nós dois explodimos ao mesmo tempo. Gritei o nome dele e gemi, o calor dele jorrando dentro de mim, abastecendo o orgasmo mais intenso da minha vida. Foi a sensação mais incrível que já tive.

Conforme fomos desacelerando, Hunter afastou o cabelo do meu rosto e continuou deslizando para dentro e para fora de mim, enquanto recuperávamos o fôlego.

– Eu te amo, ervilhinha.

– Eu te amo também. Acho que você roubou um pedaço do meu coração na noite em que nos conhecemos.

– Sou charmoso e irresistível.

– Humm... Acho que consegui resistir bem. Você tinha me perseguido por quase um ano e viajado cinco mil quilômetros para me convencer.

– Pois vou te dizer que um ano não foi nada, linda. Eu teria te perseguido pelo mundo todo. Eu pensava que não estava conseguindo te tirar da minha cabeça, mas era o meu coração que não queria abrir mão de você.

Epílogo

Natalia
DOIS ANOS E MEIO DEPOIS

Escapei enquanto Hunter ainda dormia e dei um pulo na casa da Anna para pegar o presente que tinha comprado para ele.

Ele estava de pé na cozinha quando tentei entrar pelos fundos da casa. Mas, como estava ouvindo música, não me ouviu entrar, e pude dar uma espiadela nele pelas costas. Os quatro anos que passaram desde que havíamos nos conhecido, no casamento dos nossos amigos, não tinham diminuído em nada o desejo que eu sentia por esse homem. Borboletinhas voavam na boca do meu estômago ao vê-lo sem camisa, movimentando-se ao ritmo da música enquanto fazia café.

Sexo sem amor. Foi assim que tudo começou. Sorri ao lembrar o mau humor dele quando declarei, um mês antes, o período de *amor sem sexo* por trinta dias até o casamento.

Hunter gritou sem se virar, e pulei de susto, porque não tinha percebido que ele sabia que eu o estava observando. Mas ele sempre sabia, não é? Era como se tivesse um sexto sentido. Andou até mim com duas canecas e me passou uma delas ao me estalar um beijo na boca.

SEXO SEM AMOR?

– Aonde você foi tão cedo?

Dei um sorriso engraçadinho.

– Fui pegar uma coisa.

Ele me puxou pela cintura.

– Lingerie para mais tarde? Espero que não tenha sido muito cara, porque pretendo rasgá-la assim que o pastor disser que você é oficialmente minha mulher.

Entrelacei os braços ao redor do pescoço dele.

– Em primeiro lugar, não é lingerie nenhuma. Não vou usar nada por baixo do meu lindo vestido branco. Você não é o único que não quer perder tempo arrancando mais uma camada de roupa. Em segundo lugar, temos de jantar com os nossos familiares e amigos antes de arrancar qualquer coisa. E, em terceiro... – eu o beijei de leve – ... já sou sua mulher desde que você me mostrou a casa da sua mãe e conquistou todas as mulheres da minha família.

Vi a doçura no rosto dele.

– Mal posso esperar para oficializar isso, Natalia Delucia.

– Eu também. Mas me deixe ir buscar o seu presente. A Izzy chega daqui a uma hora, depois o cabeleireiro e o maquiador, e depois a Anna.

Eu havia deixado o presente no carro, então tive de sair dos braços do meu futuro marido e da casa. Ao colocar a mão na maçaneta, parei e virei.

– Ah, e a Izzy vai trazer uma pessoa. Então *seja legal*, tá?

– Uma pessoa? Tomara que o nome seja Mary, Martha ou Sally.

Balancei a cabeça.

– O nome dele é Gaige. E ela parece gostar muito dele. Então não o assuste como você fez com o outro.

Nós nem conseguíamos falar sobre o que ele tinha dito ao cara que pegou beijando a Izzy no dia de visita dos pais da universidade sem brigar de novo. Ao que parece, Hunter era mais hiperprotetor do que o próprio pai da Izzy. Felizmente, Garrett e eu tínhamos firmado um acordo de guarda compartilhada da Izzy enquanto ela terminava os dois últimos anos do ensino médio em Nova York. Quando ela se formou e decidiu ir para a Universidade da Califórnia, em Los Angeles, o momento era perfeito para eu me mudar também para lá. Ali, eu tinha tudo que poderia desejar: minha melhor amiga, minha filha, minha linda casa, um ótimo trabalho novo e o homem dos meus sonhos.

Hunter murmurou:

– Nem te conto o que vou fazer com esse.

Eu o ignorei e saí para pegar o presente. Havia coberto a gaiola para ficar protegida, mas também era bom para escondê-la. Lá dentro, a cara do Hunter ficou confusa ao me ver carregando uma caixa de um metro de comprimento coberta com um lençol.

– Feliz dia de casamento! – Sorri e coloquei a gaiola no chão.

– Você está me dando uma casa de boneca?

Ri porque foi um chute muito bom. Parecia mesmo uma casa de boneca. Mas o barulho que vinha de dentro indicava que não era isso.

– *Fottiti!*

Hunter pulou para trás.

– O que diabos...

Caí na gargalhada ao ver a reação daquele homenzarrão. Ergui o lençol e revelei o meu presente de dia de casamento – um grande araracanga macho. Era o pássaro de cor mais vibrante que eu já vi, com penas brilhantes em tons de azul, amarelo e vermelho.

– Este é o Arnold.

SEXO SEM AMOR?

– Você está me dando um pássaro? – O rosto dele se iluminou como o de um menino de dez anos.

Assenti.

– Achei que era hora de dar uma utilidade para aquelas casinhas de passarinho. Você disse que sempre quis um quando era pequeno, mas a sua mãe não deixava.

– Eles vivem até uns cinquenta anos. Ela sabia que não tinha esse tempo de vida.

Abri a gaiola e coloquei a mão dentro para que o Arnold se empoleirasse nela. Ele logo pulou.

– Bem, *você* tem cinquenta anos pela frente, Sr. Delucia. *Nós* temos cinquenta anos pela frente para cuidarmos do Arnold.

Hunter olhou para mim.

– Nós podemos viver ainda cinquenta anos juntos, não podemos?

– Espero que sim.

Hunter se inclinou para me beijar, mas, logo antes de os nossos lábios se tocarem, Arnold grasnou de novo.

– *Fottiti.*

– O que ele está dizendo? "Fode-te"? Acho que esse pássaro tinha de ser meu, mesmo.

Ri e expliquei:

– Quase! Ele está dizendo *fottiti*. Duas coisas me fizeram comprar o Arnold. *Fottiti* foi uma delas. Quando comecei a procurar pássaros, fui a muitas lojas. E, na semana passada, estava em uma chamada Paraíso Tropical olhando as gaiolas, quando dei de cara com o Arnold. Ele ficava gritando essa palavra, mas eu não fazia ideia do que significava... até que a minha mãe me ligou e o ouviu grasnando no fundo. E não é que *fottiti* significa "foda-se" em italiano? A minha mãe ficou horrorizada, mas achei engraçadíssimo. O Arnold já tem oito anos, e os antigos donos dele – Giuseppe e Gianna Moretti – o venderam para a loja de animais porque estavam se divorciando. Achei que o coitadinho do Arnold merecia um lar feliz, e também que podíamos ensinar palavras bonitas para ele aumentar esse vocabulário um pouco peculiar.

– Faz sentido mesmo a gente ter um pássaro que xingue em italiano.

– Não faz?

– E qual era a outra razão?

– Do quê?

– Você disse que duas coisas a fizeram comprar o Arnold.

– Ah! – Tirei um papel do meu bolso de trás – Esta é a coisa mais louca. Prova que o Arnold tinha de ser nosso.

Dei para o Hunter um documento da loja. A parte de cima era a nota fiscal, discriminando tudo o que era importante saber sobre o pássaro: nome, sexo, pais e... a data de nascimento.

Esperei pela sua reação enquanto Hunter passava os olhos por todo o papel. Quando ficaram arregalados, eu sabia que ele tinha lido a data de nascimento.

– Você só pode estar brincando comigo.

– Não estou, não.

Nosso novo filho tinha nascido no mesmo dia que o irmão do Hunter.

– Você sabe que esse é o aniversário do Jayce.

– Sei, sim. E não é que era pra essa arara boca-suja ser nossa?

Depois de me agradecer pelo presente – e de me apalpar

enquanto agradecia –, ele me pediu que esperasse na sala porque ia trazer algo para mim também.

Ele me deu uma caixa preta com um laço prateado. O Arnold estava empoleirado no ombro dele. Logo notei que ele ficaria boa parte do tempo ali.

– Não é nem vagamente tão incrível quanto o Arnold, mas é pra você.

Desfiz o laço e abri a caixa. Os meus olhos brilharam.

– É isso mesmo?

Hunter abriu um sorriso travesso.

– É, sim.

Tirei a liga azul da caixa. Era a liga que ele pegou no casamento da Anna e do Derek, e que colocou na minha perna depois que peguei o buquê.

– Perguntei duas vezes se você sabia o que tinha acontecido com isso, e você disse que não sabia.

– Eu sei. Era mentira. Algo me dizia que eu precisava guardá-la. Acho que, no fundo, sabia que um dia ia tirá-la da sua perna no dia do nosso casamento. E, embora eu antes achasse que "para sempre" não existia, guardei isso como se fosse a esperança, que é a última que morre.

– É a coisa mais romântica que já ouvi. – E me aproximei e entrelacei os meus dedos nos dele.

É claro que ele aproveitou para me puxar para (bem) perto.

– Ah, é? Ganhei um passaporte para entrar na sua calça agora?

Eu me casei com Hunter Delucia ao entardecer, em uma pequena cerimônia no quintal da nossa casa, com familiares e amigos presentes. Coloquei velas nas casinhas de passarinho penduradas na árvore sob a qual estávamos. Era como se a mãe e o irmão dele estivessem nos observando lá de cima.

Nós havíamos encontrado saúde e amor verdadeiro e estávamos felizes além do que ele ou eu poderíamos imaginar. Quando o pastor disse que ele podia beijar a noiva, o meu marido, com os olhos cheios de lágrimas, segurou o meu rosto com ambas as mãos.

– Eu te amo, Natalia Delucia. Você me mostrou o que é viver, e o meu coração será sempre seu.

Os lábios dele tocaram os meus antes que eu pudesse dizer o mesmo. Mas ele sabia. *Ele sabia.*

Eu costumava achar que Hunter Delucia tinha roubado um pedaço do meu coração. Mas eu estava errada. Porque, no fim das contas, até o coração para de bater. Ele roubou um pedaço da minha alma – porque as almas vivem para sempre, e para sempre também viverá o amor que sinto por esse homem lindo.

Agradecimentos

Devo tudo às minhas incríveis leitoras. Obrigada por me dedicarem o seu tempo e por permitirem que as minhas histórias se tornassem suas. Vocês tornaram os meus sonhos mais reais do que a minha mais ousada imaginação poderia conceber, e sou muito grata por ter tantas de vocês comigo por tantos anos. Espero que fiquemos juntas por muitos anos ainda.

Para Penelope – é sempre difícil para mim pensar no que dizer para você nos meus agradecimentos. Talvez porque, se eu fosse escrever uma lista de todas as razões pelas quais lhe sou grata, ela ficaria mais longa do que este livro. Então vou resumir: seria um horror se você não estivesse ao meu lado todos os dias. Obrigada... por tudo.

Para Julie – obrigada pela amizade e inspiração. As suas histórias são tão únicas quanto você.

Para Luna – bem-vinda à sua casa! Obrigada por ter me ajudado tanto com este livro! Mas, sobretudo, obrigada pela sua amizade e pelo seu apoio constante.

Para Sommer – nunca acho que você conseguirá superar as capas lindas que você já fez, mas você vai lá e consegue. Esta aqui é maravilhosa. Obrigada! Obrigada!

Para a minha agente e amiga, Kimberly Brower – tenho orgulho de poder ver você amadurecer e crescer no mundo dos livros. Quando olho para trás, fico espantada com tudo o que já fez por mim, mas, quando olho para a frente, dou-me conta de que foi apenas o começo! Mal posso esperar por todos os projetos novos e empolgantes que vamos anunciar neste ano!

Para Elaine e Jessica – obrigada pelo trabalho duro e por me estimularem a escrever histórias cada vez melhores!

Para Dani, da Inkslinger – obrigada por me manter organizada!

Para todas as blogueiras literárias – obrigada pelo apoio constante. Sei que sou sortuda por ter um grupo incrível de parceiras que ajudam a divulgar os meus livros. Vejo vocês postando dia após dia e quero que saibam como sou grata pelo que fazem. A paixão de vocês por livros é contagiante, e as resenhas, os vídeos e as chamadas dão força aos meus livros! Obrigada por lerem o que escrevo.

Com muito amor,

Vi